Die letzte Dorade von Saint Philibert

Oder: Leben und Sterben um jeden Preis

Pauls und Leonhards erste Geschichte

Roman

Neobooks und Eigenverlag

Dieses Buch erscheint als eBook bei Neobooks
ISBN 978-3-7380-3484-4
und als Taschenbuch im Eigenverlag
ISBN 978-3-00-050246-0

Das eBook ist im Online-Handel für eBooks erhältlich,
das Taschenbuch im Buchhandel, bei ebay,
amazon und den Autoren

Umschlag- und Textgestaltung:
Nina Sangenstedt, gestaltvoll.de, Bonn
Lektorat: Almut Baumgarten, Velbert-Langenberg

Autorenkontakte: huttenundmorgenroth@web.de
Post: Ulrich Hutten und Robert Morgenroth
c\o PunktundKomMa
Zeppelinstraße 123 a, 14471 Potsdam

http://huttenundmorgenroth.de

Inhalt

Vieles stimmt vielleicht in dieser Geschichte, manches sogar ganz bestimmt. Das meiste ist natürlich erfunden. Aber alles ist wahr. Dass jede Ähnlichkeit mit lebenden Personen purer Zufall sein muss, versteht sich von selbst.

Wir haben die Freiheit sehr genossen, Phantasie und Realität, Fakten und Fiktion wild miteinander zu vermengen. Das könnten Journalisten wie Leonhard Ross und Paul Wiesensee nicht tun.

Robert Morgenroth und Ulrich Hutten

Intro

„Der Fisch stinkt immer vom Kopf", beharrt Leonhard Ross am Telefon, „die Frage ist nur, wer oder wo ist der Kopf?". Den seinigen schüttelt Paul Wiesensee, sein Freund, am anderen Ende der Leitung: „Schwer zu sagen, wenn es um eine Qualle geht. Aber sind Quallen überhaupt Fische?"

Erstes Kapitel

Zwei Leichen, eine Beerdigung und ein toter Hund

Die elegante Yacht lag still im Wasser wie eingeschlafener Wind. Nachtschwärze dunkelte vor sich hin und leise schimmerte die See. Auf dem Oberdeck glimmte eine Zigarette. Hüsteln verriet Wachsamkeit. Es ging auf Mitternacht zu im Golf von Mexiko. Im luxuriösen Komfort der Schlafsuite schob sich Tico ein Kissen unter den Kopf und versuchte sich ein wenig zu entspannen. Aber es war nicht nach seinem Geschmack.

„Chingada", zischte er das Mädchen an, das sich zwischen seinen Beinen eifrig an ihm mühte. Er griff ihr hart ins Haar und zog sie brutal mit sich hoch, während er sich aufrichtete, um besser telefonieren zu können, ohne seine Beretta M9 aus dem Auge zu verlieren.

Für Tico Salvatore Ramon Flores war es normalerweise kein Problem, Verschiedenes gleichzeitig zu erledigen. Immerhin hatte er gerade auf mehr als elegante Weise Joaquín Guzmán aus dem Weg geräumt, den sie wegen seiner Körperkürze von nur anderthalb Metern „El Chapo" nannten, den Kurzen. Der sich für unantastbar gehalten hatte. Bis dahin der mächtigste Drogenbaron der Welt, Rang 701 in der Forbes-Liste der Reichsten, mehr als eine Milliarde geschätztes Vermögen. Der Mann, der als Boss das mächtigste Sinola-Kartell und halb Mexiko regiert hatte wie ein Sonnenkönig, mit Geschäftsbeziehungen rund um den Globus. Der Mann, um den sich Mythen und Legenden rankten wie die von seinem vergoldeten Sturmgewehr, Typ AK-47, das selbst auf der Toilettenschüssel neben ihm stand. Oder die wilden Spekulationen um seine Flucht aus dem Gefängnis, vielleicht in einem Karren versteckt unter verpisster Schmutzwäsche, vielleicht aufrechten Ganges als Polizist verkleidet, vielleicht aber auch, weil er sich mit 20 Millionen Dollar beim Präsidenten der Republik einfach freigekauft hatte.

Angeblich wusste in ganz Mexico jede und jeder, in welchem der teuren Restaurants er gerade seiner Vorliebe für Schildkrötenfleisch frönte, nur die Polizei war nicht im Bilde. Und dennoch hatte diese ahnungslose Polizei „El Chapo", den Kurzen, im Morgengrauen aus seinem Hotelbett geholt. Zusammen mit ein paar Kumpanen, ohne Schusswechsel, ohne Schwierigkeiten. Ausgerechnet ihr spektakulärster Coup gelang der mexikanischen Polizei ganz unspektakulär. Dieses Mal war sie offensichtlich bestens informiert. Allerbestens.

Eigenartigerweise war Tico, immerhin des Kurzen längster und engster Vertrauter, dem Zugriff entgangen. Man musste nicht lange spekulieren, warum.

Nun war er die Nummer Eins. Und die Geschäfte gingen weiter, als wäre es nie anders gewesen. Ihn nannte niemand einen Kurzen. Er war „El Austin", der Angstmacher.

„Er lebt also noch? Du hast Scheiße gebaut, Nikolas Plage, beschissene Scheiße." Tico sprach die lauten Worte leise, fast flüsternd in den Hörer, als wolle er die Ohren am anderen Ende dazu zwingen, jede einzelne Silbe seiner Worte zu erlauschen.

„Es interessiert mich nicht, was du mir erzählst von deinen Problemen ... Was? Nicht so einfach bei euch da drüben? Europa? Scheiß drauf, scheiß auf Europa. Wenn du immer noch nicht kapiert hast, wie man das regelt, kapierst du es nie. Probleme existieren nicht. Hörst du? Es gibt sie nicht ... Unterbrich mich nicht. Hast du je davon gehört, wir hätten ein Problem? Mit einem arroganten Gouverneur oder aufsässigen Staatsanwalt vielleicht, oder mit wild gewordenen Studenten und heulenden Müttern, vielleicht mit einem penetranten Journalisten-Fuzzi oder irgendeinem der vielen kleinhirnigen Großkotze, die denken, sie können uns an den Karren fahren? Hast du das je gehört? Oder haben wir vielleicht ein Problem mit dir? ... Nein? Siehst du. Du irrst. Der Typ ist doch schon tot. Und weiß es bloß noch nicht. Aber du weißt es. Cachái? Du hast noch einen gut bei mir, weil du es bist. Ich gebe dir noch diesen Monat. Nimm ihn, als Geschenk. Wenn du dich wieder meldest, höre ich keine Ausreden mehr."

Tico Salvatore Ramon Flores legte das Telefon zur Seite und seufzte. Vielleicht, weil sich das Mädchen zwischen seinen Beinen inzwischen geschickter anstellte. Vielleicht aber auch, weil er sich nicht sicher war, ob sie mit Nikolas Plage ihre europäischen Geschäfte dem richtigen Mann anvertraut hatten. Immerhin, platziert hatte er ihn bestens. Er würde nicht wagen, dieses Ding noch zu vermasseln.

Tico schloss müde die Augen. Ärgerlich, dieser Rückschlag in Europa, dachte er. Aber Kleinkram. Denn ihm war klar, dass er es über kurz oder lang mit Problemen ganz anderer Dimension zu tun bekommen würde. Hier in Mexiko, vor der eigenen Haustür. Falls es nämlich „El Chapo", dem Kurzen, je gelingen sollte, ein weiteres Mal aus seinem Hochsicherheitsgefängnis zu spazieren. Dann vielleicht durch einen anderthalb Kilometer langen Tunnel, der auf unerklärliche

Weise direkt in seine Zelle gebaggert würde. Vielleicht sogar mit Hilfe alter Seilschaften. In den USA und anderswo. Tico fand keinen Schlaf.

Gleichgültig drehte sich der Globus weiter. Auf seiner dunklen Seite wanderte die Nacht über alle Probleme hinweg, die ungelösten und auch über die, die angeblich nicht existierten, glitt gen Westen, senkte sich bald auf Hawaii und begann, den asiatischen Kontinent zu unterwerfen.

*

Derweil hatte im Osten, an der bretonischen Küste jenseits des Atlantiks, die Vormittagssonne dem neuen Tag schon die Frische gestohlen. Charles Dupont musste sich zusammennehmen, um nicht laut zu schnarren, als er die schwarz gekleidete Gesellschaft in das Kirchlein Saint Cornély in Carnac einlaufen sah. Hinter dem mit orangeroter Amaryllis geschmückten Sarg schritt in festlichem Ornat der asketisch hagere Père Caneloux mit seinem Schlangengesicht. Ihm folgten, etwas linkisch die Weihrauchgefäße schwenkend, vier Messdiener. Der Père verneigte und bekreuzigte sich vor dem Altar. Dann drehte er sich um und besprengte mit einem silbernen Klöppel den Sarg mit Weihwasser, ganz im Gestus tief empfundenen Bedürfnisses, den dahingeschiedenen Charles Dupont persönlich auf dem Weg ins himmlische Paradies zu begleiten.

Im Namen des Vaters, des Sohnes und des Heiligen Geistes. Cis, E, Gis. Der Atlantikwind fing das melancholische Moll der Totenglöcklein ein und trug ihr Zittern hinaus in die Weiten des Morbihan, wo es ein paar Menschen anwehte für einen Moment. Tod, Leid und Schmerz hatten eigentlich nichts verloren hier in Carnac, hier in den kleinen lebensfrohen Badeorten an der Bucht von Quiberon, der bretonischen Riviera, wo die Menschen es sich gut gehen lassen und Pinien, Villen, Hotels und nordisch atlantischer Strand fast südländisches Flair und mediterrane Lebenslust verströmen. Aber selbst hier wurde gestorben.

In gebührendem Abstand zu den Messdienern bewegte sich, den blassen Teint von einem schwarzen Netzschleier umhüllt, Gisèlle Dupont, die rechtmäßige Ehefrau des Verblichenen. Auch diese Rolle, die Rolle der fassungslosen Witwe, spielte sie bravourös. Aller Augen hefteten sich auf sie und das enge, schwarze Kostüm, das ihre Figur begrenzte. Sicher, sie war ein wenig in die Jahre gekommen, aber immer noch eine ausnehmend schöne Frau. Das würdevolle Leid, das sie ihrem bleichen Antlitz aufgetragen hatte, stand ihr gut. An Gisèlles Seite ein sonnengebräunter Mittvierziger. Zur Verblüffung der einheimischen Trauergemeinde.

Auch Charles Dupont irritierte diese Begleitung. Nun erinnerte er sich vage. „Das ist Nikolas Plage“, hatte sie ihn vor einiger Zeit vorgestellt, beiläufig. Er hatte sich den Namen nicht gemerkt, hatte Wichtigeres zu tun, als ihre zahlreichen Liebhaber im Kopf zu behalten. Aber vielleicht hatte er, dachte er sich, doch so einiges übersehen im Leben seiner Frau, zumal in der Hektik der letzten Wochen?

Dem Paar folgten Carnacs kahlköpfiger Bürgermeister Eugène-Marie le Pont, dann der pockennarbige Vorsitzende des Yachtclubs von Saint Philibert, erst danach die übrigen Clubmitglieder. Auf den hinteren Bänken saßen neugierige Alte, notorische Kirchgänger, die sich kein einziges Begräbnis entgehen ließen, waren sie doch ein fast so ergiebiger Zeitvertreib wie der Besuch öffentlicher Gerichtsverhandlungen. Zeit hätte in ihrer letzten Lebensphase eigentlich ein zu kostbares Gut sein müssen, um sie zu vertreiben. Aber hier war der Tod immerhin live zu erleben und bereitete unterhaltsam auf die eigene Endlichkeit vor.

Auch harmlose Honoratioren und Kleinbürger aus Carnac hatten Platz genommen, die bei einer derart bedeutenden Trauerfeier einfach nicht im Abseits stehen konnten. Man sollte sie hier sehen, obwohl sie in ihrer überwältigenden Mehrzahl Charles Dupont nicht ausstehen konnten, wenn nicht sogar hassten.

Sie alle, die ihn tot wähnten, vergossen nicht eine einzige Träne, auch wenn sie pflichtschuldig ihre betretenen Mienen aufgesetzt hatten. Charles wunderte das nicht. Nur die Eingeweihten schluchzten für besondere Momente oder taten so als ob. Charles hatte sie alle im Blick. Es war genau so, wie er es sich vorgestellt hatte.

Wie gut, dass ich tot bin, sagte sich Charles und beobachtete gebannt das Spektakel. Er betrachtete es als eine Art Festakt, den man für ihn veranstaltete. Gut getarnt, geschminkt und verjüngt mit einem rötlich-grau gefärbten Dreitagebart, einer sanft gekrümmten Gumminase, Sonnenbrille und einem schwarz-grau melierten Toupet verharrte er auf der Empore des neugotischen Kirchleins, nur wenige Meter von der Orgel entfernt, ein unauffälliger Trauergast in gut geschnittenem schwarzem Anzug, um den sich niemand kümmerte. Bei einem Schuhmacher in Nantes hatte er Sohlen und Absätze aufrüsten lassen. Nun würde ihn niemand am leicht hinkenden Gang erkennen. Oder an seinem vermaledeiten Schnarren. So wirkte er fast unscheinbar, so als hätte er seine frühere Präsenz einfach abgestreift. Aus diesem Grund wollte Charles Dupont abwarten, bis sich die Gäste am Ende der Trauerfeier verlaufen hatten. Hätte der

Père mit dem Schlangengesicht geahnt, das Dupont so tolldreist sein würde, in Saint Cornély seiner eigenen Beerdigung beizuwohnen, er wäre sicher ins Stottern gekommen. Sogar beim Vaterunser. Das konnte er sonst im Schlaf herunterbeten.

Die Größe der Trauergemeinde war beträchtlich. Nur an Heiligabend war das Kirchlein im Herzen von Carnac besser gefüllt. Einer jedoch, den Charles erwartet hatte, fehlte. Es war Albert, der Ober des „La Mer" im benachbarten Yachthafenstädtchen Saint Philibert. An dessen Hafenpromenade war Charles Dupont ein gern gesehener, regelmäßiger Stammgast und eines der prominenten Mitglieder des Yachtclubs. Albert war eingeweiht, aber nicht der Einzige, der wusste, dass in diesem Sarg zwar ein Leichnam, aber bestimmt nicht der Duponts seine letzte Ruhe finden sollte.

Père Caneloux verneigte sich jetzt auch mit Worten vor dem Verblichenen und rühmte dessen großzügiges finanzielles Engagement für das Musée de Préhistoire im ehemaligen Priesterseminar und für das Freilichtmuseum in Carnac. Und überhaupt für den Erhalt des megalithischen Erbes des Morbihan. Ein Reichtum an Dolmen und Menhiren wie kaum anderswo. Steinkreise, kilometerlange Reihen, verwittert, flechtenübersät, deren prähistorische Vergangenheit der Fachwelt bis heute Rätsel aufgeben.

Für diese geheimnisumwitterten Riesen aus Granit, drei-, vier-, fünftausend Jahre alt, hatte sich Charles schon in seiner Jugend brennend interessiert, als er ihnen auf Malta zum ersten Mal begegnete. Er hatte sich auf alles gestürzt, was damit zu tun hatte, hatte es als hungriger Junge in sich hineingefressen wie Reisbrei mit Rosinen, hatte bewundert, wie die einfachen Megalithsteine und die mächtigen pi-förmigen Dolmen mit ihrer waagerechten Deckplatte eine Art Freiluftkammer bilden, hatte herausgefunden, wie sich die steinernen Giganten aus dem Nahen Osten, aus der Türkei, wo man jüngst in Göbekli Tepe die mit 12 000 Jahren älteste Kultstätte der Welt ausgrub, über das Mittelmeer bis nach Stonehenge und weiter nach Irland verbreiteten. Die unbekannten Völker aus der Jungsteinzeit, ihre Kulte und Kulturen, hatten seine jungenhafte Phantasie entzündet wie alle Sagen und Mythen, die er als Kind lesend verschlang. Sie waren bis zur Pubertät seine Gegenwelt zu den intellektuellen Vernunftanforderungen aus Elternhaus und Schule, sein Rückzugsraum, seine Höhle, in der er sich lebendig und frei fühlte, ein Held, der alles tun und lassen konnte, was er wollte.

Noch als Erwachsener erfreute sich Charles geradezu kindlich an den schwergewichtigen Hinkelsteinen, die Obelix mit spielerischer Leichtigkeit zu Dolmen verarbeitete oder lieber noch in ein Knäuel römischer Legionäre kickte. Dabei war es ein solcher Hinkelstein, der beim Herumklettern sein Bein zum Hinkebein verunstaltet hatte. Er hatte ihn, den elfjährigen Jungen, fast zermalmt. Dass er überlebte, war Glück. Er hatte schon oft Glück gehabt beim Überleben. Bislang.

Obwohl er über diese gewaltigen Steinbrocken so gut wie alles wusste, genoss er es, wenn Père Caneloux in gut gelaunter Rotweinrunde die Gelegenheit nutzte, um allerlei lokale Geschichten über deren Ursprung zu erzählen. Besonders gern verbreitete der Priester die Legende des örtlichen Kirchenpatrons, des Heiligen Cornély, immerhin kein Geringerer als Cornelius, 21. Nachfolger auf dem Stuhl Petri in Rom. Der, so verkündete Caneloux es bei jeder Gelegenheit und voller lokalpatriotischem Stolz, habe sich den Caesaren zum Trotz mutig geweigert, dem heidnischen Kriegsgott Mars zu opfern.

Vor seinen römischen Verfolgern habe er bis in die Bretagne fliehen müssen. Hier aber habe er die Schergen des Kaisers in das Heer mannshoher Steine verwandelt, die bis zum heutigen Tage das Wunder des Heiligen bezeugen.

An diesem Punkt pflegte der Père seine Geschichte vorerst abzubrechen, um die gehobene Rotweinstimmung seiner Zuhörer durch ihren weniger erfreulichen Ausgang nicht zu verderben. Denn am Ende vermochte das Wunder der Bretagne den wackeren Cornély nicht zu retten. Ganz offensichtlich hatte er es versäumt, oder es war ihm nicht gelungen, sämtliche Häscher zu versteinern und damit ganz und gar unschädlich zu machen. Sonst wäre er kaum von einem der Söldner enthauptet worden, im Jahr des Herrn 253, wie es heißt. Bei näherem Hinsehen kämen für seinen Märtyrertod aber auch ganz andere Todesorte und Todesarten in Frage. Möglicherweise verschied er sogar auf ganz natürliche Weise. Aber wer wollte den Père schon mit solchen Einwänden irritieren, wenn ihn der Wein beflügelte. Und überhaupt, wer weiß schon so genau, was jemals wirklich geschehen ist oder geschieht.

Hätten die Gallier und ihre Vorfahren schon damals die Schrift gekannt, wäre noch mehr aus jenem Dunkel ferner Zeiten aufgezeichnet, als sich die Menschen Unvorstellbares in Geschichten vorstellbar machten. Und sie weiter erzählten, nicht anders, als es der Père noch heute tat. Charles war inzwischen nüchtern genug, um eher an die genialen Ingenieurleistungen der Megalithiker und ihre bewundernswerten kosmologischen Kenntnisse zu glauben als an noch so wunderbare Legenden. Und er hatte sich eigentlich vorgestellt, seiner Verdienste wegen eines Tages unter einem Dolmen begraben zu werden. Aber dafür war es zu spät, daraus konnte nichts mehr werden.

„Charles Dupont hat sich um unsere Region, unsere Stadt und unsere ehrwürdige Kirche St. Cornély, ja um uns alle verdient gemacht“, predigte der Père gerade in jenem salbungsvollen Sermon, der vor allem bei älteren Gläubigen die Wirkung jedes Schlafmittels übertraf. Eine Zeit lang noch erging er sich in ähnlich abgestandenen Phrasen. Dann aber hob er die Stimme plötzlich und schlug einen gänzlich irritierenden rhetorischen Bogen von den Rätseln der Dolmen und Menhire in vorgeschichtlicher Zeit zu den Geheimnissen, die im Hier und Heute schlummern, und zu der grundsätzlichen Unmöglichkeit, die Zeichen der Zeit wirklich zu entschlüsseln. Seien sie ja doch nur diesseitige Verweise auf die menschliche Transzendenz, immer bloß Wegweiser zu Verborgenem, zu Unerkennbarem, immer nur Fingerzeige auf die Verheißung lebendiger Auferstehung nach dem Tod und auf das Paradies, das gute Christen wie Charles Dupont erwarte.

Kaum jemand außer den Eingeweihten und Charles Dupont auf seiner Empore ahnte, was damit gemeint war. Die Trauergemeinde folgte dem Père eher ratlos auf seinem etwas abstrakten Exkurs. Und der verfolgte auch gar nicht die Absicht, sich seinem gemeinen Kirchenvolk verständlich zu machen. Er wandte sich in diesem Moment an einen Anderen, ein höheres Wesen. Im Unterschied zu manchem Priester glaubte Caneloux tatsächlich an Gott. Und hier im Gotteshaus, unter den Augen des Allerhöchsten, wollte er mit seiner vielleicht etwas abseitig klingenden Anspielung dem eigenen Gewissen Genüge tun, indem er geschickt, aber doch wahrhaftig auf die verborgenen Aspekte im Hier und Jetzt dieser Trauerzeremonie verwies.

Dann aber fand er schnell wieder den Weg zurück zu dem Verstorbenen und dessen verdienstvollem Vorstoß, die vorkeltischen Altertümer endlich auf die Liste des UNESCO-Weltkulturerbes zu setzen, nicht zuletzt, um den Tourismus im Morbihan weiter anzukurbeln. Und er vergaß keineswegs, Duponts von reiner Nächstenliebe geprägte Fürsorge zu erwähnen, die er über seine Stiftung hungernden Kindern in der Dritten Welt zuteil werden ließ.

So erschien Charles Dupont der Trauergemeinde in der Kirche wie die Inkarnation des guten Christenmenschen. Selbstverständlich unterließ der Père die entfernteste Andeutung, die einen so strahlenden Heiligenschein hätte trüben können, etwa dass der reiche Geschäftsmann aus Paris, ein gelernter Jurist, in Wirklichkeit von den Einheimischen in der ganzen Region verabscheut wurde, dass extremistische Regionalisten ihn sogar unverhüllt bedroht hatten, indem sie ihm unter anderem, aber in dieser Reihenfolge, einen Haufen abgehackter Hahnenköpfe, einen Kübel übel stinkender Fisch-Innereien und eine Fuhre undefinierbaren Kots vor die Türe setzten.

Die Bürger von Carnac fühlten und dachten bretonisch, nicht französisch. Und sie wollten nicht, dass die Pariser sich hier breitmachten und ihr Land kolonialisierten. Viele von ihnen sympathisierten offen oder versteckt mit der Protestbewegung der Rotmützen, die in der ganzen Gegend begonnen hatte, Großkundgebungen und Streiks zu organisieren, um gegen Paris und den französischen Zentralismus Front zu machen.

Charles Dupont versuchte sich ein Bild zu machen. Vorne in der dritten Reihe saß der ehrenwerte Doktor Briand, durch und durch konservativ, aber trotz des ehelichen Sakraments mit ununterdrückbarem Gefallen am anderen Geschlecht. „Aha“, dachte sich Charles. Briand trug einen Hut und, ungewöhnlich für seine Gewohnheiten, eine getönte Brille, wohl um seine inneren Regungen zu verbergen. Aber warum nur war Albert nicht hier? Der Père pries gerade die Großzügigkeit als einen von Duponts edlen Charakterzügen. Das Heucheln beherrschte er perfekt. Respekt, dachte Charles, der darin selbst eine beachtliche Routine erworben hatte. Auch der Vervollkommnung dieser Kunst, wenn auch nicht nur ihr, hatte er seinen Aufstieg und sein nicht ganz unbescheidenes Vermögen zu verdanken.

Irgendetwas Aufmunterndes muss ein Pfarrer ja sagen, dachte Charles, auch wenn hier gar niemand aufgemuntert werden wollte, schon gar nicht Gisèlle, seine Gattin, die von dieser Beerdigung in jeder Beziehung profitierte. Prüfend und wohlgelaunt lauschte Charles den klagend kümmerlichen Klängen der Orgel, die sich unter Spitzbögen verkrochen und ihn auf diese Weise wissen ließen, dass er doch noch nicht auf dem Weg ins himmlische Jerusalem war. Auf dem bunten Glasfenster am Chor des neugotischen Kirchleins ließen die Sonnenstrahlen dieses Junimorgens das Bild noch schauriger als gewöhnlich leuchten. Er glühte in ihrem Licht, der Märtyrer, der Kirchenpatron, der arme Cornély, von einem römischen Legionär ganz in der Nähe von Carnac geköpft, und erinnerte die Gläubigen so an wahre christliche Opferbereitschaft.

Albert, sinnierte Charles, wäre vielleicht der Einzige gewesen, der aufrichtig um ihn trauern würde. Nicht allein der großherzigen Trinkgelder wegen, die er ihm jedes Mal aufs Tablett gelegt hatte. Die beiden mochten sich. Charles’ feine Fünf-Gänge-Menüs, die im Hauptgang fast immer eine gegrillte „Dorade à la maison“ einschlossen, zu der Albert einen Chardonnay aus der Provence kredenzte, endeten gen Mitternacht in schöner Regelmäßigkeit mit einer Runde Calvados und einem höflich distanzierten und doch sehr mitteilsamen Geplauder. „À la votre!“, pflegte Albert zu sagen, „à la votre!“, Charles zu erwidern. Die Zeremonie war nicht weniger eingespielt als die Rituale des Priesters in der Totenmesse. Zu später Stunde durchbrach zuweilen ein Anflug von Vertraulichkeit die beiderseits sonst stets sorgfältig gewahrte Form. Dann redeten sie sich mit ihren Vornamen an, um freilich schon am nächsten Tag wieder zur gebotenen Distanz zurückzukehren. Innerlich bedankte sich Charles in diesem Moment bei Albert noch einmal, während der Organist die Tasten seines Instruments bediente. Ohne ihn, ohne seine Geistesgegenwart läge er nun wirklich in der bekränzten Eichenkiste, die der Père mit dem Schlangengesicht gerade ein weiteres Mal mit Weihwasser bespritzte. Der Choral auf der Orgel klang gespenstisch.

Auf der Empore registrierte Charles jede Bewegung unter ihm, auch wenn er die meisten Trauergäste nur von der Seite oder von hinten sehen konnte. Er hob den Kopf und glitt unmerklich in ein Grübeln hinüber, gestand sich ein Gefühl von Unsicherheit ein, das ihm neu war oder das er bisher immer verdrängen konnte. Es wäre ihm auch mehr als hinderlich gewesen in einer Branche, in der es immer härter zuging und gnadenloser. Jetzt aber hatte sich dieses Gefühl eingeschlichen, festgebissen, und er konnte es nicht mehr abschütteln. Trotz aller Abgebrühtheit und Cleverness, die er sich in vielen Jahren und äußerst brenzligen Situationen erworben hatte, belauerte es ihn, stellte Fragen, die ihm nicht mehr aus dem Kopf wollten: Wer war es, der ihn im „La

Mer“ vergiften wollte? War er jetzt womöglich hier, saß unter seinen Augen? Oder hatte irgendeiner seiner Widersacher einen Mordauftrag erteilt? „Lehre uns bedenken, dass wir sterben müssen, auf dass wir klug werden“, zitierte unter ihm das Schlangengesicht Psalm 90, Vers 12.

Seine Frau Gisèlle, die mit diesem – wie hieß er noch? – in der ersten Reihe saß, schluchzte. Meisterhaft, dachte Charles. Und hätte mit einer Spontanreaktion ums Haar eine Katastrophe ausgelöst. Denn seinem Rachen war nun doch dieses zwanghafte Schnarren entstiegen, dieser röchelnde Laut, im Muskelschlauch seines Halses von einem nur kurzen, aber heftigen Flattern des Gaumensegels und des Zäpfchens erzeugt, dieser Reflex, den er so schlecht unterdrücken konnte. Und der, wenn er zu geräuschvoll geriet, an das Grunzen eines Schweins erinnerte. So wurde sein spontanes Schnarren mit der Zeit zu einer Art akustischem Markenzeichen, das Charles bereits seit seiner Pubertät begleitete und das ihm blieb wie der eigene Körpergeruch und sein Hinkebein.

Charles hielt den Atem an. Hatte ihn die Abnormität seines Halses verraten? Erkannten sie ihn? Ein paar Trauergäste drehten ihre Köpfe zur Empore hoch. Gerade waren die letzten Töne eines Chorals verklungen. Es war mucksmäuschenstill. Neben ihm saßen zwei korpulente Frauen und ein Dutzend junger Leute. Jetzt bloß die Nerven behalten. Charles hielt dem Angriff stand. Die Trauerköpfe senkten sich wieder. Das bühnenreife Spiel konnte weitergehen.

*

Dessen erster, so kurzer wie dramatischer Akt hatte eine Woche zuvor eingesetzt. Am Pfingstmontag hatte sich Charles Dupont wie gewöhnlich im „La Mer“ eingefunden, diesmal mit einer im Lokal noch unbekannten sommerweizenblonden jungen Dame, die er mit Chantal ansprach.

„Monsieur wünschen?“, fragte Albert.

„Wie immer“, lachte Dupont, „und einen Pernod als Aperitif.“

Das Nobellokal an der Hafenpromenade von Saint Philibert war wie üblich gut besucht, das Paar unterhielt sich angeregt. Die Vorfreude auf die folgenden Genüsse und die Genüsse, die dann noch folgen würden, wärmte sie an Leib und Gliedern. Für Charles war das „La Mer“ so etwas wie ein Außenhaus seiner eigenen Villa, Speisezimmer und Salon zugleich.

Albert war ein äußerst umsichtiger Betreuer seiner Gäste. Er hielt seine Augen und Ohren stets offen. Und es entging ihm wenig, wenn sich die illustren Gäste im edlen Ambiente des Hauses einfanden, um es sich gut gehen zu lassen und zuweilen das Angenehme mit dem Nützlichen zu verbinden, das hier so beiläufig geregelt werden konnte. Das Fläschchen mit dem Totenkopf entdeckte Albert genau genommen zufällig und nur deshalb, weil er bemerkte, dass eine Kerze auf Duponts Tisch erloschen war. Auf der Suche nach Zündhölzern fand er in einer Schublade das Gift. Blitzschnell erfasste er die Situation, hastete an den Tisch, riss Charles’ Teller weg, schüttete, was ihm noch nie passiert war, die Gemüsebeilage auf den Boden, was aber wie eine Ungeschicklichkeit wirkte. Charles war irritiert und hilflos für eine Sekunde. Er durchschaute nicht sofort, dass ihm gerade das

Leben gerettet worden war. Und noch weniger erkannte er in diesem Augenblick, dass die Inszenierung seines Todes nun unvermeidlich würde, dass es nun an der Zeit war, für sein eigenes Ableben, für seinen Scheintod zu sorgen.

Nur wenige Minuten später sackte am Nachbartisch Brigitte Leclerc, die Gattin von Alain Leclerc, des bedeutendsten Cidre-Herstellers im Morbihan, röchelnd auf ihrem Stuhl zusammen. Sie hatte gerade die ersten Bissen ihrer Dorade zu sich genommen. Die rasche Ankunft des Rettungsdienstes vom Croix Rouge kam für die sonst durchaus resistente Dame nicht schnell genug. Ihre Halsschlagadern waren angeschwollen, ihr heller Teint hatte sich binnen Sekunden dunkelviolett verfärbt. Dann hörte sie auf zu atmen. Monsieur Leclerc wurde leichenblass, die Gäste gerieten in höchste Aufregung.

Alberts Gehirn arbeitete auf Hochtouren. Monsieur Leclerc gehörte wie Charles Dupont zu den wichtigen Stammgästen des „La Mer“. Aber wer um Himmels Willen trachtete schon seiner Frau nach dem Leben, deren Werk und Wirken sich im Wesentlichen darin erschöpfte, das Geld ihres Mannes mit vollen Händen und so protzig auszugeben, dass es ihren gesellschaftlichen Kreisen imponierte, ihren Freundinnen vor allem und deren Ehemännern? Hatte sie nur Pech, als sie zur gleichen Zeit wie Charles Dupont eine Dorade orderte? War ihr Tod reiner Zufall oder ein Kollateralschaden, den jemand in Kauf genommen hatte?

Dupont reagierte überraschend wenig überrascht, als Albert ihn noch am selben Abend über den giftigen Fund in der Küche aufgeklärte. Er wirkte schon wieder gefasst, fast kühl, fragte kaum nach, schien sich für Einzelheiten nicht zu interessieren, obwohl es für ihn um Leben und Tod gegangen war und er dank Alberts Blitzreaktion ein Übermaß an Glück gehabt hatte, das nicht unbedingt verdient war. Wie zum Beispiel war die Giftflasche in diese Schublade gekommen? Warum war sie dort so auffällig deponiert worden, als solle sie gefunden werden? Wieso durchzuckte Albert sofort die Idee, dass damit Duponts Dorade beträufelt worden war, die er gerade aufgetragen hatte? Warum konnte er Charles Dupont retten, aber Brigitte Leclerc nicht? All das schien Dupont nicht zu interessieren. Er war schon weiter, hatte bereits einen Plan, in den er Albert noch an diesem Abend einweihte. Offenbar hatte er damit gerechnet, ja in dem Bewusstsein gelebt, dass er nicht damit rechnen konnte, so einfach aus allem davon zu kommen, was sich über, hinter und neben ihm zusammengebraut hatte. Auch wenn ihm nicht klar war, von welcher Seite die Gefahr drohte. Es gab schließlich mehr als eine Möglichkeit.

Albert, der mit seiner steten Aufmerksamkeit, seinem gewinnenden Lächeln und mit seinem immer noch fast jungenhaft tänzelnden Schwung die Gäste für sich einnahm, wenn er sie bediente, war erfahren im Umgang mit schwierigen Situationen in der Gastronomie von St. Philibert. Luxussegler aus halb Europa steuerten das Nest an und spuckten ihre Ladung an Land, europäische Schickeria aller Couleurs, jede Menge Halbwelt darunter. Niemand wusste so genau, seit wann Albert im „La Mer“ bediente. Eines Tages war er dort aufgetaucht. Und binnen kürzester Zeit schien es allen, als wäre er schon immer da gewesen, hätte schon immer aus den Mänteln geholfen, Stühle näher gerückt, Kerzen entzündet und den passenden Wein zum gewählten Menü empfohlen. Bald war es, als gehöre er zum Inventar des Nobel-Restaurants, das weit über die Region hinaus berühmt war für seine exklusiv zubereiteten Meeresfrüchte, die stilvoll zelebrierten Austernmahle und die fangfrischen, goldbraun kross gebratenen oder im würzigen Salzmantel servierten Doraden. Ja, die fangfrische Dorade war zum Sinnbild von Saint Philibert aufgestiegen. Und so meisterte Albert auch an diesem Pfingstmontag all die schwierigen, ja chaotischen Umstände eines so plötzlichen und für die Lokalität so unangenehmen Todesfalls souverän, umsichtig und mit der ihm eigenen Mischung aus lässiger Nonchalance und würdevoller Eleganz.

Merkwürdig nur, dass er am Tag darauf spurlos verschwunden war, als hätte ihn der bretonische Erdboden verschluckt. Obwohl er ja Schlimmeres verhindert hatte, zählte ihn die Polizei, die wegen des Giftmordes an Brigitte Leclerc zunächst fieberhaft ermittelte, eine Zeit lang zu den Verdächtigen. Albert verschwand, wie er aufgetaucht war, so als hätte es ihn nie zuvor gegeben, als wäre er nie in Saint Philibert zugange gewesen. Die polizeiliche Suche, offiziell ausgegeben als Wunsch der Staatsanwaltschaft nach Kontaktaufnahme mit einem wichtigen Zeugen, führte nicht weiter und verlor sich wie in einem schwarzen Loch. Keine Hinterlassenschaften, keine Spuren. Albert hatte sich in vollkommenes Nichts aufgelöst.

*

Charles Duponts Blick schweifte hinunter auf die Gemeinde und blieb erneut an Doktor Briand mit seiner dunkel getönten Brille hängen. Eigentlich war es erstaunlich, dass der renommierte Arzt letzten Endes mitgespielt hatte bei seinem Trauerspiel. Aber zugleich bestätigte es seine Erfahrung, dass jeder zu kaufen war. Es kam nur auf den Preis an.

Mit zitternden Händen hatte Doktor Henri Briand den Totenschein für ihn ausgefüllt: „Charles Edouard Henri Dupont, geb. am 23. Mai 1956, gest. am 4. Juni 2014." Darunter stand kurz und knapp: „Todesursache: Herzversagen". Mit diesem Dokument war Charles offiziell und amtlich von dieser Welt verabschiedet. „Herzversagen" hatten sie gewählt, weil so keine Obduktion angeordnet werden musste. Am übernächsten Morgen war im „Atlantic Libre" in einer von Gisèlle Dupont unterschriebenen Anzeige zu lesen, dass ihr „innig geliebter Gatte" im Alter von 58 Jahren für immer von ihr gegangen sei.

Den Plan, als Ersatz einen toten Hund und, damit das Gewicht stimmte, neunzig Kilogramm Muschelkalksteine im Sarg zu verkeilen, hatte Charles gemeinsam mit dem Père in der Gott geweihten Sakristei von Saint Cornély ausgeheckt. Charles hatte sofort nach dem Giftattentat im „La Mer" nachgedacht und war zu Folgerungen gelangt. Das konnte er gut, scharf und präzise analysieren, daraus nüchtern die Konsequenzen ziehen und dann schnell entschlossen handeln, indem er die erforderlichen Dinge einfädelte. Möglichst ohne selbst in Erscheinung zu treten. Es war höchste Zeit, aus seinem alten Leben zu verschwinden. Und so hatten er und der Père sich schon am nächsten Tag zu einer dringlichen Beichte mit sofortigem Ablasshandel in der Sakristei des Gotteshauses verabredet, um unter dem Kreuz des Herrn seine irdische Himmelfahrt auf den rechten Weg zu bringen.

Es war nicht das erste Mal, dass man hier oder andernorts diskret, kreativ und ergebnisorientiert zusammenkam. Beide, er und der Père, hatten sich schnell in gegenseitigem Verständnis und tatkräftigem Beistand zusammengefunden, der

Parvenü und das Schlangengesicht, als Neuankömmlinge und Brüder im Geiste, die fast zu gleicher Zeit in dieser ebenso herrlichen wie eigensinnigen Gegend Frankreichs begannen, sich um Gewinn an Land, Leib und Seele zu kümmern. Charles und der Père hatten nicht bloß beim Rotwein den gleichen Geschmack.

Bei der Fleischeslust allerdings unterschieden sich ihre Vorlieben. Und da Charles um die speziellen Neigungen seines geistlichen Partners wusste, verhalf er ihm über seine Verbindungen gelegentlich zu ebenso diskreter wie professioneller Erleichterung, allerdings nicht ohne sie ebenso diskret und professionell zu dokumentieren. Indem er so dazu beitrug, dass der Père die Jugendlichen seiner Gemeinde und die vier Messdiener in Ruhe ließ, tat er etwas Gutes. Und hatte den Père zugleich in der Hand. Wie manch andere. Nicht nur in Carnac.

Auf vielleicht 900 Millionen, vielleicht eine Milliarde Euro hatte Charles Dupont sein Vermögen bis dahin angehäuft. Schätzungsweise. So ganz genau wusste er selbst nicht, was es gerade wert war. Jetzt, da es Zeit geworden war, schleunigst den amtlichen Tod zu suchen, nahm seine Gattin Gisèlle diese endgültige Abwendung mit einem erstaunlichen Gleichmut. Und mit Zins und Zinseszinsen. Er schaute von der Empore auf sie hinab und verscheuchte einen sentimentalen Anflug, der ihn aus fernen Zeiten anwehte, als sie sich gegenseitig noch ineinander hineinwühlten, emotional wie körperlich, und nicht genug bekommen konnten voneinander. Sie war ihm immer noch so vertraut wie kein anderer Mensch. Aber zuletzt hatte sie doch nur noch ein gemeinsamer, als Basis einer Ehe freilich nur beschränkt tragfähiger Erfahrungshintergrund verbunden, der sich im Wesentlichen aus dem erstaunlich offenen Meinungsaustausch über ihre wechselnden außerehelichen Affären speiste. Und aus intimer gegenseitiger Kenntnis ganz anderer Aspekte ihrer Lebensführung, die besser im Dunkeln blieben.

Sie waren Mitwisser voneinander geworden. Und dies hielt sie, ganz kühl kalkuliert, gegenseitig in Schach. Ein klassisches Patt. Je seltener sie bei ihm Befriedigung suchte, umso mehr erwartete sie allerdings ihre Befriedung. Der aus Charles Sicht großzügige Ehevertrag sah vor, ihr trotz vorsorglich getrennter Vermögen im Falle seines Ablebens die glatte Summe von 100 Millionen zukommen zu lassen, gleichsam als Trost für ihr auch künftig keineswegs trostloses Witwenleben und zur Gewährleistung ihrer Diskretion für alle Zeiten. Mit seinem nicht ganz unerheblichen Vermögensrest wollte Charles Dupont endlich ein lustvolles, ganz und gar unbeschwertes, ja von allen Altlasten befreites Dasein beginnen und die Rendite seines riskanten Lebenswerks genießen. Auf der Karibikinsel Saint Martin. Natürlich in neuer Identität.

Und natürlich mit Chantal. Der Gedanke an seine Geliebte erfrischte ihn. Selbst hier in der Kirche. Bei seinem eigenen Begräbnis. Und er spürte, als er an sie dachte, eine prickelnd pulsierende Aufladung, ganz besonders an bestimmten Stellen. Ganz körperlich. Er schloss die Augen und sah sie vor sich. Mit ihren zärtlichen Händen, an deren Fingerspitzen die zartrot lackierten Nägel zu sitzen schienen wie Knospen im Frühling.

Sie hatte ihn erlöst aus seiner zwanghaften Sexsucht, den einander immer schneller folgenden Attacken und gierigeren Schüben, die er in professionell organisierten Orgien immer vulgärer hatte entladen müssen, ohne je wirklich

Befriedigung zu finden oder gar Frieden. Bestenfalls ließen sich diese Sex-Partys, bei denen sich männliche Crème de la Crème aus Wirtschaft, Politik, Finanz- und Unterwelt in feinsten Hotels mit bezahlten Traumfrauen vergnügte und dabei ihre ureigenste Creme verspritzte, im Nachhinein für den einen oder anderen Deal benutzen, bei Politikern auch gerne verbunden mit einer diskreten Erpressung oder, im Falle mangelnder Kooperationsbereitschaft, mit einer unerquicklichen Indiskretion.

Chantal hingegen nahm Dupont ganz unkompliziert, einfach wie er war, trotz seines deformierten Beines und trotz seiner Deformationen nichtkörperlicher Natur, nahm ihn in sich auf, ließ ihn ein in pulsierende Öffnungen und feuchte Tiefen, glitt mit ihm, ohne ihn zu überfordern, durch sinnlich wohlige Wogen lustvoller Intimität, ohne dass er ihr irgendetwas beweisen musste, ohne dass er sich selbst irgendetwas beweisen musste.

Mit Chantal fühlte er sich unbeschwert, wie befreit, als hätte sie eine Zwangsjacke gelöst, die sein bisheriges Leben um ihn gelegt hatte. Ihre jugendfrisch unbekümmerte Fröhlichkeit ergoss sich über ihn wie ein warmer Sommerregen. Dieses große Mädchen mit seiner schonungslos frechen Offenheit pustete seinen Machismo so einfach und zwanglos weg wie Staub von einem Möbelstück. Mit ihr fühlte sich sein Verschwinden nicht an wie eine Flucht. Sondern wie eine Existenzgründung.

Einstweilen aber schaute er auf seinen Sarg hinunter. Er nahm sich zusammen, setzte sich ein wenig aufrecht und unterdrückte die spürbare Erregung, die der Gedanke an Chantal zwischen seinen Schenkeln hatte aufkommen lassen, obwohl weder der Moment noch das sakrale Ambiente dafür den passenden Rahmen bot. Ein wenig ärgerte ihn der Zeitdruck, unter dem er seinen Tod so eilig hatte organisieren müssen. Denn die Notwendigkeit, aus seinem alten Dasein zu verschwinden und ein neues Leben zu beginnen, war nicht über Nacht auf ihn gekommen. Schon eher in Gestalt dieser vergifteten Dorade, die ihm aufgetischt worden war. So ehrlich zu sich selbst war Charles, einzugestehen, dass ihn nicht nur die aphrodisierenden Lebenselixiere Chantals hinüberzogen zu seiner neuen Existenz. Er wusste aus seinen Quellen, dass sich die Pariser Staatsanwaltschaft schon eine ganze Weile mit seinen keineswegs durchgängig gesetzeskonformen Geschäften beschäftigte. Und es war im Zuge dieser Ermittlungen nicht ausgeschlossen, dass sie ihm schon dicht auf den Fersen war, ja, dass jeden Augenblick seine Verhaftung drohte.

Das war aber nur die eine Seite seiner akuten Probleme. Die andere hatte mit den existenziell unangenehmen, nachgerade lebensgefährlichen Entwicklungen in dem kriminellen Segment zu tun, in dem er seit vielen Jahren europaweit tätig war. Mittlerweile schlugen in dieser Branche ständig neue Player auf, neue Akteure, die noch skrupelloser und brutaler agierten als er selbst. Die rasante Globalisierung seit Anfang der 90er Jahre hatte längst auch sein Revier durcheinandergewirbelt. Ihm war klar, dass er zunehmend die Kontrolle über das Geschehen verlor. Und er spürte, dass ihm die rastlose Energie und dieser unstillbare Ehrgeiz verloren gingen, die ihn stets vorwärts getrieben hatten wie Wasserstoff und Sauerstoff eine Rakete. Ohne sie konnte am Ende des Tages keiner überleben in einem Dschungel, in dem es in jedem Sinn des Wortes ums Fressen ging, oder ums Gefressen werden.

Immer öfter, tageweise, fiel ihn eine Müdigkeit an, bedrückend und lähmend, als ob dichte Nebelschwaden aufkämen und sich ein klamm kalter, trüber Schleier über ihn legte. Und er war auch dieser unerfreulichen, nie auszuräumenden, oft gehässigen Stimmung gegen ihn überdrüssig, die sich trotz all seines Goodwills hier in der Gegend breitmachte, als würde sie ständig von jemand geschürt und befeuert. Sie bedrohte das gutbürgerliche Dasein, das er sich organisiert hatte.

Sicher, er hatte vorgesorgt, hatte schon lange an der Transformation seiner Existenz in ein ehrenwertes Leben gearbeitet, ein Leben, das er eigentlich hier in der Bretagne hatte beschließen wollen. In aller Ruhe. Dann kam Chantal und brachte ihn auf ganz andere Gedanken. Deshalb hatte er seine Immobilien in der Bretagne in höchst mobile Werte verwandelt und ihnen auf der Flucht vor unangemessenem Zugriff kurzfristig Asyl in der Schweiz verschafft. Von da sollten sie zu seiner Stiftung für hungernde Waisenkinder in Panama weiterwandern, um sich dort sowie in Island, dem Libanon, Hongkong und auf den Kaimaninseln seinen global diversifizierten Anlagen zuzugesellen. In der Verwandlung von Werten war er immer noch ein Meister.

*

Ein nervöses Husten lenkte seine Aufmerksamkeit noch einmal auf Doktor Briand. Es war der Père, der im rituellen Management des Trauerakts seiner geistlichen Profession so trefflich nachkam, dem die anspruchsvolle, nachgerade brisante Aufgabe zugekommen war, den ehrenwerten Doktor für dessen Mitwirkung an Charles' amtlichem Verschwinden in die Ewigkeit zu gewinnen. Briand war immerhin ein weit über das Morbihan hinaus geachteter Internist. Seine Unterschrift auf dem Totenschein war deshalb umso kostbarer und sollte ihm mit einer satten, sechsstelligen Provision vergoldet werden.

Mit der doppelten Summe hatte Charles schon den Père abschließend für all seine Dienstleistungen vergütet, obwohl der ihm mehr als einen Freundschaftsdienst schuldig gewesen wäre. Der Geldsegen würde es dem Gottesdiener mit dem Schlangengesicht erlauben, Gutes zu tun, vor allem die marode Fassade und die kaum noch brauchbare Orgel von Saint Cornély endlich zu renovieren. Auch würde er Bedürftigen ein paar Almosen zukommen lassen, der neue Papst aus Argentinien schien tatsächlich ernst zu meinen, was er sagte. Und nebenbei wäre es sicher keine Sünde, den eigenen Weinkeller wieder aufzufüllen, da er sich auf wenig wundersame Weise stets entleerte.

Wie das Geld technisch zu verbuchen war, dafür würde der kahlköpfige Bürgermeister sorgen, der, als habe es der Herrgott selbst so vorgesehen, gleichzeitig Kämmerer von Carnac war. Eugène-Marie le Pont war seit sechsunddreißig Jahren im Amt und ein Profi in schwierigen Geldangelegenheiten. Sein Verhältnis zum Père war von wahrhafter Gottesfurcht und unerschütterlicher Kirchentreue geprägt, allerdings auch von irdischer Bodenhaftung und nahezu prophetischer Sehergabe, jedenfalls wenn es um so profane Dinge ging wie die monetäre Reinwaschung größerer Summen in den unübersichtlichen Töpfen der Gemeindefinanzen.

Doktor Briand, der aus einer ehrbaren bretonischen Gelehrtenfamilie stammte, hatte sich mit aller Macht gegen das schändliche, um nicht zu sagen schurkische Ansinnen gesträubt, das ihm der Geistliche unterbreitete.

„Wieso? Was ist daran schlecht?“, fragte der Père mit einer Mischung aus Härte und gespieltem Unglauben. „Alle profitieren doch davon“, beharrte er. Charles und Gisèlle, Briand und er selbst, Caneloux, dazu die Handwerker, die vielen Gläubigen, die Kirche. Alle. Ganz Carnac. „Kein Mensch kommt zu Schaden“. Es sei ja niemand wirklich tot. Bis auf einen aufgedunsenen Straßenköter, den man aus seinem Leid erlöst habe und den bestimmt kein Mensch vermisse. Ganz im Gegenteil. Indem man Dupont helfe, der allerhöchster Gefahr ausgesetzt sei, rette man vielleicht ein Menschenleben. Selbstverständlich, beteuerte der Geistliche, halte man sich an die Zehn Gebote.

„Ein falsches Zeugnis?“, krächzte der Père angesichts der anhaltenden Einwände Briands zunehmend gereizt und schenkte sich und dem Doktor noch einen Merlot ein. „Unchristlich?“ Verstehe der Doktor gar nicht den Nutzen der Transaktion? „Ist eine solche Hilfe in Wirklichkeit nicht ein Akt christlicher Nächstenliebe?“

Er sei mit seinem Einkommen vollständig zufrieden, entgegnete Briand, bis dahin noch ganz seinem ärztlichen Ethos verpflichtet.

Als sich der Doktor zu fortgeschrittener Stunde immer noch störrisch gebärdete, färbte sich des Geistlichen Gesicht in ein tiefes Rubinrot, das mit dem ihres sechsten Glases Wein durchaus konkurrieren konnte. So sichtbar durchflutet von seiner Mission, deutete er an, dass er, wo es um seine Fürsorgepflicht für die Pfarrgemeinde Saint Cornély in Carnac gehe, auch eine Ausnahme vom Beichtgeheimnis machen könne, ja um Gottes Willen machen müsse, sollte Briand durch seine unerträgliche Widerborstigkeit dem ehrwürdigen Kirchlein von Carnac geradezu mutwillig Schaden zufügen. Der vom Merlot beflügelte Eifer pumpte dem Père weiteres Blut in den Kopf.

Briand wusste, worauf das Schlangengesicht anspielte. Ihm schwante, dass er kurz vor der Kapitulation stand. Jedenfalls spürte der Père, wie Briands Widerstandskraft erlahmte und sein Ethos schwand. Und weil dem Doktor seine im Übrigen vorbildliche Ehe und sein gut funktionierendes Familienleben bei Weitem wichtiger waren als die Anstrengung, noch länger mit dem schlangengesichtigen Père um Prinzipien zu zanken, willigte er schließlich ein.

„Meinetwegen", seufzte er und ergab sich. Nicht ohne dem Père abzuringen, dass sein Honorar gleichfalls des Bürgermeisters reinigende Töpfe durchfließen sollte, um von dort zu ihm zu finden und ihm über sein schlechtes Gewissen hinwegzuhelfen.

Seit dieser Stunde schlief er kaum noch und wenn, dann wälzte er sich im ehelichen Bett unruhig von einer zur anderen Seite. Im Traum und so manches Mal nach dem Aufwachen noch wünschte er für sich selbst einen Sarg als Behausung herbei.

*

Charles Dupont sehnte sich im Augenblick eher nach dem Ende der Zeremonie, auch wenn er auf der Empore gewissermaßen einen Ehrenplatz einnahm. Er wusste, dass sämtliche Schauspieler der Trauerkomödie in Saint Cornély erleichtert darüber waren, dass sie ihn los waren. Zeitweise hatten sie den arroganten Pariser Parvenü hofiert, von dem sie in Wahrheit wenig wussten, nur dass er mit seiner Société des Maisons Bretonnes schon halb Carnac aufgekauft hatte. Bei bestimmten Gelegenheiten schmückte man sich mit Duponts Anwesenheit und versuchte zugleich, in seine Tasche zu greifen. Denn hin und wieder spendierte er nicht nur großzügige Summen für den Ausbau des Freilichtmuseums, sondern auch für das Croix Rouge, neue Spielgeräte für die Vercingetorix-Grundschule und für eine ganze Reihe karitativer Aktivitäten. Hätte man diese Spenden verweigern sollen? Dupont hatte in Carnac Grundstück um Grundstück erworben, luxuriöse Ferienwohnungen bauen lassen und an betuchte Pariser verkauft, die am Golf von Quiberon ihre Ferien verbrachten. Niemand wusste genau, wo überall und wie er beteiligt war, mit offenen oder stillen Einlagen.

Carnac war gespalten. Die Bürger, überwiegend Handwerker, Bauern und Fischer, fühlten sich einerseits mehr oder weniger von den Parisern besetzt. „Die Bretagne den Bretonen“, hieß ein gängiger Text der Wandschmierereien, die von Jahr zu Jahr häufiger an den Mauern und Wänden der schicken neuen Anwesen erschienen wie mahnende Menetekel. Andererseits gab es auch jede Menge Nutznießer der ortsfremden Investoren. In der Gastronomie entstanden neue Verdienstmöglichkeiten, das bescherte insbesondere dem benachbarten Hafenstädtchen Saint Philibert einen formidablen Aufschwung. Alle, vom Serviermädchen bis zum Autoschlosser, profitierten von den Pariser Feriengästen. Schließlich munkelte man, dass auch auf dem Polizeirevier von Carnac und im Rathaus eine ganze Reihe heimlicher Nutznießer den Geldsegen genössen, während sie öffentlich über die Machenschaften der Hauptstädter und die Überfremdung klagten. Die Pariser verletzten den Stolz der Bretonen. Könnte auch das ein Motiv für den Giftanschlag gewesen sein, fragte sich Charles, während der grauhaarige Organist mit seinen Pedalen immer schaurigere

Töne erzeugte. Ging es vielleicht gar nicht um seine eigentlichen Geschäfte, war es gar nicht die immer mächtigere Konkurrenz, die ihm ans Leder wollte?

Der kahlköpfige Bürgermeister le Pont kannte sein einheimisches bretonisches Wahlvolk und wusste, was es von ihm erwartete. Er hielt die Schlussworte der Zeremonie kurz und launig. Geschickt balancierte er zwischen politisch erforderlicher Distanz zum Verblichenen und einem menschlich unumgänglichem Minimum an geheucheltem Mitgefühl. Kein Unterton, der auf irgendeine Feindseligkeit hätte schließen lassen, oder umgekehrt, was noch schlimmer gewesen wäre, auf heimliche Kumpanei. Stattdessen eine pflichtschuldige, routinierte Würdigung des edlen Spendersinns eines Mannes, der so früh, viel zu früh, aus dem Leben gerissen worden war.

Kaum hatte sich des Bürgermeisters Mund geschlossen, da leerte sich das Kirchlein schon. Und der Organist quälte ein letztes Mal sein Instrument. Charles Dupont hatte gehört, was er hören wollte. Es zog ihn zu Chantal.

*

Die zwei blonden Mädchen hatten zum Joggen am Strand ihr schulterlanges Haar zu wippenden Pferdeschwänzen gebunden. Hell und fröhlich schaukelten ihre Schweife im Rhythmus der Schritte. Sie stoppten jäh, als sie den toten, schon aufgedunsenen Körper entdeckten. Die forensische Obduktion ergab zweifelsfrei die Identität der Leiche. Zugleich waren an ihr unzählige Hämatome und Verletzungen zu erkennen, ein zerschossenes Knie, Brandwunden und ein kreisrunder Einschnitt um den Hals, der darauf schließen ließ, dass eine Drahtschlinge diesem Leben ein endgültiges

Ende gesetzt hatte. Dieses Mal würde er nicht wieder auferstehen. Charles Dupont war brutal gefoltert, erwürgt und dann im Meer entsorgt worden wie lästiger Abfall. Er musste doch zu laut geschnarrt haben, irgendwo, an der falschen Stelle. Noch nicht einmal die Strömung war so gnädig, ihn ins Paradies zur Insel seiner Träume zu tragen. Sie hatte ihn gnadenlos an die harte bretonische Küste zurückgeworfen.

Der Polizei blieb nichts übrig, als alle Spuren sorgfältig zu sichern. Und in Paris das Grab Duponts zu öffnen, wo man ihn auf seinen eigenen Wunsch im Friedhof von Montparnasse zur letzten Ruhe gebettet hatte. Dort fanden die Beamten einen Sarg, gefüllt mit Muschelkalksteinen und dem Kadaver eines toten Hundes.

Zweites Kapitel
Zwei Freunde und ein Besäufnis

Es gibt Tage, die vergehen so spurlos wie eine Burg aus Sand, zu nah am Wasser gebaut. Man macht, man schaufelt, man hat auch seine Freude. Aber, kaum ist man weg, kommt die erste Welle, spült Burg und Graben zu Hügeln weich, die nächste ebnet Berg und Tal zu sanften Bodenwellen ein, die letzte wischt sie vollends weg, als wäre nie etwas gewesen. Sie mehren sich, seit er im Ruhestand lebt, solche Tage. Seit Merkwürdiges seltener wird, gehen sie unbemerkt verloren, zerrinnen unmerklich im Bewusstsein, verschwinden still und leise aus dem Gedächtnis, versinken wie Sand im Wasser und Wasser im Sand. Auch heute war so ein Tag und ist schon wieder vorbei.

Fernsehbilder dringen auf ihn ein, heftiger als sonst. Sie kommen von nah, aus Europa, die täglichen Fernsehnachrichten leben vom Maidan, Brandaktuelles schwarz-weiß gezeichnet, in farbigen Pixeln und HD-Qualität, Barrikaden, Rauch und Feuer, gepanzerte Fahrzeuge. Showdown, blutüberströmte Kämpfer, martialisch vermummte Frauen, Zöpfe unter Stahlhelm, tote Helden und fliehende Schurken. Europa sitzt auf dem Sofa und schaut zu, gespannt, wie in der Ukraine Menschen für Europa kämpfen und für sich selbst, für die Chance, dazu zu gehören, dabei zu sein. Das gibt es tatsächlich noch auf dem guten alten Kontinent, Sterben für ein besseres Leben, für eine Sehnsucht, für ein Zukunftsprojekt, für Grundrechte, für Mitbestimmung, für Freiheit. Derweil stehen in der EU freie Wahlen an. Und es interessiert kaum einen. Warum auch, wenn es nur noch um Zahlungen und Zahlen geht. Ein paar hundert Kilometer weiter wird dafür gestorben.

Die Wahrheit stirbt zuerst, Krieg ist ihr Karfreitag, auch wenn sie wieder aufersteht, nicht schon an Ostern, am dritten Tag, aber irgendwann, wenn Hinterbliebene, Journalisten oder Historiker, manchmal auch Polizisten, Querköpfe, Pazifisten oder Juristen keine Ruhe geben und sie wieder ausgraben. Menschen fallen auf dem Maidan und Aktien steigen auf dem Parkett. Im Fernsehbild die Toten. Nicht auf dem Schirm die Strippenzieher und die Oligarchen. Im Bild der fliehende Autokrat. Nicht im Bild die Schreihälse, die Neonazis, die Geheimdienste. Europa ohne Russland, das kann nicht gut gehen. Jedenfalls nicht lange. Kein gemeinsames europäisches Haus ohne ein Fundament, das alle trägt, ohne Räume, in denen sich alle aufgehoben fühlen. Eingriff, Angriff. Und Rückgriff auf alte Muster, Rückfall in vergangen geglaubte Zeiten. Maskierte Militärs, russische Milizen, Warnschüsse gegen Beobachter, Armee marschiert. Aufregung, nicht nur in Europa. Aus tiefen Schichten Geschichte kocht Magma hoch. Annexion. Das bequeme Sofagefühl wird brüchig. Angst kommt auf, kriecht tief in den Westen hinein. Und eine Stimmung, als wäre wieder kalter Krieg. Dünnes Eis.

Jetzt ist Dr. Leonhard Ross erleichtert, dass er nicht mehr Chef sein muss in einer Redaktion, nicht mehr dirigieren und formulieren muss, um im Blatt Linien und Orientierung vorzugeben, dass er auch nicht mehr einordnen und kommentieren muss für die sogenannte öffentliche Meinung, dass er sich nur noch seine eigenen Gedanken machen darf. Und die kann er für sich behalten. Oder heftig mit seinen Freunden diskutieren. Und seiner Freundin.

Er schaltet den Fernseher aus, stemmt sich ein wenig steif aus bequemer Sesseltiefe, holt seinen Black Bush aus dem Schrank, gönnt sich eine Daumenbreite dreifach aus Single Malt destilliertes, im Sherryfass gereiftes Goldgelb, schwenkt das Glas, erschnuppert die milde, aber verheißungsvolle Würze und tritt hinaus auf den Balkon. Es ist dunkel geworden draußen. Vogelstimmen mischen sich in Stadtlärm ein. Sein Blick wird magisch angezogen vom schimmernden Wasser, schweift hinüber zum See, verfängt sich in den Silhouetten der Hecken und Bäume. Deshalb wohnt er hier, weil er wassersüchtig ist, so wie andere nicht leben können ohne Weite oder ohne Berge oder ohne Mozart oder ohne Kneipen im Kiez. Eine Ente schnarrt vom Ufer herüber, findet Antwort. Der See hüpft im Wind. Er bewegt sich immer, aber immer anders, selbst wenn er stillzustehen scheint, bewegt er sich, unter spiegelglatter Oberfläche wie manchmal am frühen Morgen. Jetzt tanzt er silberschwarz unter dem halben Mond und die Trauerweiden baden ihre Zweige.

Am Uferweg streckt sich schräg ein Baum halb zur Erde, halb zum Himmel, sendet seine Äste aus und sein Gezweig, noch kahl, nackt, ins Leere. Tagsüber ist hier Getümmel, vor allem an den Wochenenden, ist alles auf Beinen oder Rad, Kinder hüpfen Trippeltrappel, Radler drängeln, Hunde streunen oder ziehen an der Leine, Väter schieben Kinderwägen, alte Frauen ihre Rollatoren, Jogger ziehen ihre Bahn. Jetzt ist Ruhe eingekehrt, niemand ist mehr unterwegs, das ferne Hochhaus schickt sein Fensterlicht herüber, eins überm andern, als stiege eine Lichterkette ins Dunkel hinauf. Über dem Horizont der Stadt mischt dunstiger Smog schwaches Rot und sattes Orange in den Himmel, aus der Luft malt irgendetwas bewegte Linien aus Licht hinein, darüber sitzen seidensilberne Sterne in durchsichtigem Schwarz.

Leonhard fröstelt ein wenig, nimmt einen Schluck, ergibt sich dem wilden Überfall auf seinen Gaumen, der sich brennend den Hals hinunterzieht, um sich warm und wohlig im Magen zu dehnen. Er träumt vor sich hin, denkt wieder, schon wieder an Karla, seine Freundin, fragt sich, ob er sie jetzt anrufen kann oder kurz zu ihr hinübergehen ins nahe Nachbarhaus, denkt nach, ob es gut war, sich hier niederzulassen im deutschen Nordosten, wo sich Weltkultur und Naturwelt, Ossi und Wessi, Hauptstadt und Residenz, Platte und Palast, Preußen und das neue Deutschland so innig berühren, freut sich, dass es so gekommen ist, dass er gekommen ist, hierher in diese Stadt, an diesen See, wo er seiner Freundin nah sein kann, dem Wasser und sich selbst.

Ein fast euphorisches Glücksgefühl überschwemmt ihn, das er dankbar empfängt und festhält für einen Moment. Und eine kurze Sehnsucht steigt in ihm auf, mit seiner Freundin verheiratet zu sein. Weil er sie so lieben kann wie noch keine Frau zuvor, in einer Leichtigkeit, die er nicht von sich kannte vorher und erst spät in seinem Leben zu entdecken begann. In Momenten wie diesem schmerzt es ihn zu wissen, dass er nicht zu Heirat taugt, dass er ein falscher Fünfziger ist als Ehemann, weil er nicht treu sein kann, sexuell. In solchen Momenten, wenn die Liebe zu seiner Freundin ihn so heftig überkommt, könnte er, sentimental wie er ist, weinen vor Glück und aus Schmerz. Und er wäre gerne monogam in diesem Augenblick. Aber so ist er nicht veranlagt, die meisten Männer sind es nicht. Und verlogen will er nicht sein, das muss nicht mehr sein in seinem Alter.

Er wirkt auf Frauen, immer noch. Mit seiner silbernen Künstlermähne, überhaupt mit seinem ganzen Äußeren, schlank, sportlich, groß, ein stattlicher, trotz seiner 68 Jahre energiegeladener Mann. Schon zu seinen Zeiten als Chefredakteur beeindruckte seine stets gediegene Erscheinung, elegant aber leger sitzende Maßanzüge, aktuelle Krawatten, die einen farbigen Akzent setzten. Boss, das war auch sein Label, Nino Cerruti sein Duft. Wenn er den Raum betrat, war ihm Aufmerksamkeit sicher. Inzwischen fühlt er sich tausendmal wohler in legerem Freizeitlook, freut sich an den Naturfarben seiner bequemen Leinen-Hosen, schlüpft in lockere Polohemden, zieht sich schicke, lässige Lederjacken über. Mit der unvermeidlichen Sonnenbrille, die seine Augen stets verdeckt, könnte er einen alternden Playboy geben. Aber er trägt die dunklen Gläser nicht zur Schau, nicht als modischen Gag, sondern auf Anordnung seines Arztes, zum Schutz seiner stets entzündeten Augen.

Ohnehin wirkt er nie wie ein flotter Lebemann. Davor bewahren ihn das leicht besorgte Mienenspiel, das seinen Gesichtszügen Ernsthaftigkeit verleiht, sein zugewandtes Wesen gegenüber jedem Gegenüber, die intellektuelle Nachdenklichkeit, die ihm auf die Stirn geschrieben ist, auch wenn unzählige kleine Lachfältchen um Augen und Mund eine angeborene Frohnatur offenbaren. Vielleicht hätte sein angenehm ebenmäßiges Gesicht ein wenig langweilig gewirkt, wäre es nicht in interessante Falten gelegt. Von den Spuren seines Lebens. Die Frauen haben ihn immer geliebt. Und er sie.

Irgendwo klingelt es, er will es nicht hören. Nicht jetzt. Er lächelt, weil ihm plötzlich die heftigen Diskussionen einfallen, als sie noch Schüler auf dem Gymnasium waren und darüber stritten, ob das geht, ob das überhaupt erlaubt ist, Sex ohne Liebe. Und er sich immer etwas geschämt hat, weil es ihm schon damals so ging, wenn er ehrlich war. Es gab einfach Mädchen, auf die er scharf war, die sein Glied versteiften, selbst wenn er von ihnen sonst nichts wusste. An sie dachte er, wenn er onanierte, unter der Bettdecke, auf dem Klo oder im Schuppen auf dem Dachboden, gemeinsam mit seinen Freunden aus dem Dorf. Und dann gab es die andere, immer nur die eine, für die er schwärmte und die auf keinen Fall vorkommen durfte in seinen Phantasien, die er verbannte aus seinem Kopfkino, wenn er sich anfasste, um sie auf keinen Fall zu beschmutzen, wie die blonde Katharina aus dem Schulchor, Tochter des Notars, um deren Haus er manchmal radelte mit Herzklopfen.

Wieder katapultiert ihn das Klingeln in die Gegenwart. Vielleicht ist es das Telefon in seiner Wohnung, vielleicht sind es aber auch Friedel oder Rolli. Es vibriert in seiner Hosentasche, aber nicht seiner Gedanken an Karla oder Katharina wegen. Er kramt sein Smartphone heraus.

„Ich bin's, Paul."

„He, caro amico, hast du gerade eben auf dem Festnetz angerufen?" Leonhard hätte seinen Freund jetzt gerne bei sich gehabt und umarmt.

„Nein, ich war das jedenfalls nicht", antwortet Paul belustigt, weil diese Rückfrage fast immer kommt, wenn er bei Leonhard anruft. „Kann es vielleicht sein, dass dich dein Liebespärchen schon wieder foppt?"

Leonhard lacht. „Ja, sie können es einfach nicht lassen."

Elfriede, von ihm zärtlich Friedel gerufen und Rolli, sind eine Hinterlassenschaft seiner Mutter. Sie waren ihre letzten Gefährten und sie hatte sich glänzend mit ihnen unterhalten bis zu ihrem Tode. Die Graupapageien mit ihrem silbern meliertem Gefieder, im Farbton Leonhards Künstlermähne durchaus ähnlich, und dem strahlend roten Schwanz leben seither mit ihm, in einer Wohngemeinschaft der etwas anderen Art, so artgerecht, wie es eben möglich ist bei Tieren in Gefangenschaft. Ihr Zuhause, eine großzügige Voliere, füllt ein ehemaliges Gästezimmer fast zur Hälfte. Aber noch lieber fliegen sie umher in seiner ganzen Wohnung und jetzt ist es Leonhard, zu dessen Unterhaltung sie gerne beitragen, wenn sie nicht gerade untereinander kommunizieren, eine durchaus respektable Gegenleistung für ihren Unterhalt.

Schlau und sprachfertig haben sie sich neben der Fähigkeit, Farben zu erkennen und zu benennen, auf die perfekte Imitation von Klingeltönen spezialisiert. Und so sind sie es, die es des Öfteren klingeln lassen in seiner Wohnung, als rufe ihn die ganze Welt auf einmal an. Leonhard versuchte zunächst, sich durch das tägliche Umstellen auf immer neue Klingeltöne einen gewissen Vorsprung vor ihrer Lernfähigkeit zu verschaffen. Aber er musste erkennen, dass er damit das Repertoire von Elfriede und Rolli nur permanent erweiterte. Irgendwann war er mit den mehr oder weniger erfreulichen Melodien seines Smartphones von Andromeda und Basic Bell bis Ursa minor und Wine bottle ziemlich durch, mit dem Effekt, dass sowohl er wie seine beiden Vögel das ganze Programm auswendig kannten. Inzwischen hat er sein Gerät auf Stumm geschaltet und versucht, seine Anrufe allein an der Vibration zu erkennen. Dafür gönnt er sich die Lautsprecherfunktion, wenn er telefoniert. Dann hört er leichter und das Gerät drückt ihn nicht so am Ohr. Allerdings hören auch Elfriede und Rolli stets zu und geben ihre Kommentare ab.

„Was treibst du gerade?“, fragt er seinen Freund, der seine etwas speziellen Lebensverhältnisse ja kennt.

„Bin gerade erst nach Hause gekommen, koch mir was und bügle nebenher meine Hemden“, sagt Paul. „Aber jetzt ist es leider eingebrannt“.

„Ins Essen oder in die Hemden, oder in beides?“, spöttelt Leonhard. „Willst du dir nicht endlich jemand gönnen, der sich um deine Wäsche kümmert und dir vielleicht sogar beim Putzen hilft?“

„Warum sollte ich. Das Einzige, was ich wirklich brauchen könnte, ist eine Sockensortiermaschine, eine, die sucht und sortiert. Und du, was machst du so?“

„Ich stehe auf meinem Balkon, hab ein Glas Black Bush bei mir und meinen See vor mir, gucke in die Nacht hinaus ... Es geht mir wunderbar.“

„Nicht mehr lange, mein Lieber. Ich hab ein Attentat auf dich vor.“

„Mein lieber Paolo, mir ist gerade überhaupt nicht nach Attentat“, entgegnet Leonhard seinem Freund Paul wahrheitswidrig.

„Attatat-tat-tat“, echoen seine Papagaien im Hintergrund.

*

Ihre Bedürfnisse nach Ruhe oder Aufregung liegen im Augenblick nicht unbedingt auf einer Linie. Berufsbedingt. Paul Wiesensee und Leonhard Ross sind altgediente Journalisten. Aber ihre Lebenssituation ist sehr verschieden.

Paul, stets einfacher Lokalredakteur geblieben und in seiner südwestdeutschen Kurstadt immer noch beruflich gefordert, sehnt seinen letzten Arbeitstag herbei. Leonhard hingegen, der journalistisch eine Blitzkarriere als Blattmacher und Chefredakteur hinlegte, kommt selbst im Ruhestand nicht ohne Arbeit aus. Zumindest nicht ganz.

Beide könnten in ihren äußeren wie in ihren inneren Eigenschaften unterschiedlicher nicht sein und sind einander doch vertraut wie ein altes Ehepaar. Das bleibt mit den Jahren unter Freunden nicht aus, wenn man sich so lange kennt, fast ein ganzes Leben lang, seit der Zeit schon, als Paul in der kleinen süddeutschen Stadtredaktion auftauchte, um Dr. Leonhard Ross, dem neuen dynamischen Lokalchef, seine Talente anzubieten.

Leonhard quälte sich gerade mit dem Beitrag eines Bürgermeisters aus dem Umland ab, der unbedingt noch heute ins Blatt gehoben werden sollte, sich aber faktisch in nichts vom amtlichen Protokoll der letzten Gemeinderatssitzung unterschied und im Wesentlichen die diversen Klassifikationsmerkmale für die Kanalisationsbeiträge im neuen Gewerbegebiet aufzählte. Da kam Paul, schelmisch braune Augen blitzten unter einem roten Wuschelkopf, eine Hand und ein Manuskript streckten sich ihm entgegen: der Beginn einer wunderbaren Freundschaft. Paul Wiesensee war noch Student damals und machte sich rasch unentbehrlich, ein freier Mitarbeiter, der auffiel mit seiner flotten Schreibe, sein Zeilenhonorar mehr als wert war und immer Zeit hatte, wenn Leonhard ihn bat, irgendeinen Termin wahrzunehmen, selbst wenn es ganz schnell gehen musste.

Sie waren in der Redaktion ein kleines Team und machten zusammen ein munteres Blatt, eine echte Crew, immer bereit, die konservative Konkurrenz zu ärgern und die Themen gegen den Strich zu bürsten. Berufliches und Persönliches gingen damals noch nicht so auseinander, wie es heute üblich ist und professionelle Distanz es zu Recht verlangt. Damals war für sie auch die Redaktion ein Zuhause, und zuhause war man nicht weniger beieinander als in der Redaktion.

So wuchs ihre Freundschaft ins Persönliche hinein und hielt, obwohl sich beruflich ihre Wege trennten. Bald waren sie enge Freunde. Beste Freunde. Intime Freunde. Ungewöhnliche Freunde auch, wie ihr Umfeld befand, weil sie in manchen Zeiten alles teilten. Selbst Geheimnisse. Selbst Frauen. Das mit den Frauen änderte sich später, als Paul Wiesensee seine große Liebe fand und mit ihr eine Familie gründete. Es war auch dann noch anders, als Pauls geliebte Frau schon nach wenigen Jahren starb und sie seine Trauer teilten. Aber es gab stets auch reichlich anderes, das sie miteinander teilen konnten.

Am Anfang waren es vielleicht gerade ihre Differenzen, die sie interessant machten füreinander und die sie anzogen gegenseitig. Leonhard, Bildungsbürger schon von Haus aus, zugleich aber kaum aus Süddeutschland herausgekommen und unterschwellig enger in sein familiäres Vermächtnis von Pietismus und Leistungsauftrag verhakt als ihm lieb war, Paul dagegen Arbeiterkind, der sich Bildung gegen Widerstand aus der eigenen Familie erst erkämpfen musste und sich mühsam genug aus seinem Milieu herausarbeitete in die Weite der Welt, in die Freiheit des Lebens, die es zu entdecken und auszukosten galt. Paul war es, der den noch ziemlich provinziellen Leonhard zu gemeinsamen Reisen nach Italien animierte und ihn entführte in mediterranes Licht und Leben. Das Arbeiterkind musste kommen, um dem Bürgerkind das Fliegen beizubringen, dem Nesthocker, der bis dahin vor allem in seinem Kopf auf Reisen war. Paul lehrte Leonhard, seine Arme auszubreiten und auszufliegen, etwas ängstlich zunächst, aber bald voller Lust und Begeisterung, über die Alpen und bald um die ganze Welt.

Seit diesen Reisen nach Italien sind sie italophil, wie fast alle Deutschen ihrer Generation. Seither reden sie sich bei Gelegenheit, also oft, freundschaftlich als Leonardo an und als Paolo, beschließen ihren meist nächtlichen E-Mail-Austausch mit il tuo amico Leonardo und il tuo amico Paolo, itaL und itaP abgekürzt. Ab und zu macht Paul aus seinem Freund Leonhard Ross auch einen Rosso, oder wegen seines ehemals ins Rötliche schimmernden, inzwischen grauweißen Bartes sogar einen Barbarossa. Dann kontert Leonhard mit einem leicht theatralischen, aber liebevollen Paolissimo.

Ihr Verhältnis ist keineswegs einfach, ja es konnte manchmal auch schwierig und kompliziert sein, setzte einmal sogar ganz aus über mehrere Jahre, und es war lange unklar, ob es je wieder einsetzen würde eines Tages. Vielleicht weil sie ihre Unterschiedlichkeiten immer nur genießen, von ihnen immer nur profitieren wollten und so manches ausgespart blieb, was sie sich hätten zumuten sollen. Vielleicht auch, weil in ihre Freundschaft unerfüllbare Erwartungen eingebaut waren, von denen sie selbst nichts wussten. Am Ende aber, mit der Hilfe einer alten Freundin, fanden sie wieder zueinander, wurden sich wieder gut, ja entdeckten sich neu, und verjüngten so ihre Verbundenheit, während sie selbst älter wurden und in die Jahre kamen.

*

„Hör mir doch erstmal zu", sagt Paul. „Ich habe heute einen anonymen Brief bekommen, von einer Öko-Gruppe mit ziemlich vagen Hinweisen und Anschuldigungen, ganz schön wirr und diffus."

„Um was geht´s denn?", fragt Leonhard und fasst gleich journalistisch nach: „Vielleicht ist es ja eine Geschichte."

„Ja, vielleicht. Aber es ist komisch, wer schreibt heute noch Briefe. Und dann lag der bei mir zuhause im Briefkasten, nicht etwa in der Redaktion. Die nennen sich ‚Ökologische Befreiungsaktion', abgekürzt ‚Öbefa', und sie schreiben von irgendwelchen illegalen Lieferungen, Schiebereien, falschen Papieren und so was."

„Klingt wirklich wirr. Vielleicht sind es Spinner, vielleicht auch nicht. Anonyme Briefe sind übrigens heute mühsamer zu identifizieren als IP-Nummern und E-Mails. Der Name, was meinst du, ist der vielleicht Programm? ‚Öbefa' klingt ein wenig wie ‚Antifa', nur ökomäßig. Was hast du jetzt vor?"

Die Gruppe habe ihn um Hilfe gebeten, erzählt Paul. Das verwundere ihn einigermaßen, weil er mit Öko-Themen bislang kaum zu tun gehabt habe. In dem Brief stehe aber, und das sei ihm jetzt eher peinlich, dass die Gruppe ihn als kritischen, unabhängigen und mutigen Lokalredakteur anspreche, der offenbar in den lokalen Filz nicht so verstrickt sei wie die übrige Journaille. Und deshalb fordere man ihn auf, seinen journalistischen Pflichten nachzukommen und ihre Hinweise aufzugreifen und ans Tageslicht zu bringen. Wenn er helfe, das übliche Schweigekartell zu brechen, könne er auf ihren bisherigen Recherchen aufbauen und mit ihrer Unterstützung rechnen. Aus verständlichen Gründen müsse die

Gruppe anonym bleiben. Die Macht dieser Verbrecher und ihrer Kartelle sei groß und ihr Arm sei lang. Aber wenn er bereit sei, den Skandal aufzudecken, werde er weitere Informationen erhalten. Das, sagt Paul, sei im Großen und Ganzen, was in dem Schreiben stehe. Sonst nichts Konkretes, nichts Handfestes.

„Und?“, neckt Leonhard, „gedenkst du deinem Image als wahrer Wahrer der Wahrheit gerecht zu werden?“

Paul lacht. Aber er gesteht auch, dass ihm die Komplimente schon schmeicheln, die in der Aufforderung der Gruppe stecken. Zugleich kommt ihm das Ganze ziemlich spanisch vor.

„Und vor allem“, sagt Paul, „ich weiß gar nicht, woher ich noch Zeit für irgendwelche aufwändige Recherchen nehmen soll, um der Sache nachzugehen. Die wollen doch offensichtlich, dass ich mich nicht in der Redaktion darum kümmere, jedenfalls nicht offiziell, sondern diskret nebenher, also nach Feierabend. Und wie es bei uns inzwischen jeden Tag zugeht, habe ich dir schon oft genug vorgejammert.“

Leonhard nickt. Er hat sich schon mehr als einmal anhören müssen, wie abgespannt sein Freund von einem redaktionellen Alltag ist, der sich seit Jahren immer stressiger und unerfreulicher gestaltet, weil kaum mehr Zeit bleibt, Themen in Ruhe zu recherchieren, sorgfältig zu schreiben und hochwertig zu gestalten, sondern journalistisches Fast Food geliefert werden muss, schnell, schnell, möglichst mehrfach multimedial und crossmedial verwertbar, im Blatt, auf den Online-Kanälen, in den Apps und im lokalen TV. Jetzt wird ihm klar, was es auf sich hat mit dem Attentat.

„Meinst du vielleicht, ich könnte dir bei dieser Geschichte helfen, wir könnten zusammen ... du willst mich gewissermaßen hinzuziehen oder vielmehr hineinziehen in diese Sache?“

„Du hast es erfasst“, sagt Paul.

Äußerlich ziert sich Leonhard noch: „Dazu brauchst du mich doch nicht, das schaffst du doch gut alleine.“

Aber innerlich freut er sich bereits über die Idee seines Freundes und lässt sich gern und schnell überreden, verspricht eine gemeinsame Recherche doch neue Erlebnisse und vor allem die Gelegenheit, sich wieder öfter zu treffen. Ein gefundener Anlass, um sich sofort zu einem gemeinsamen Wochenende zu verabreden, das ohnehin längst überfällig war. Schon am nächsten Samstag kommen sie sich, so ist es Tradition bei ihnen, auf halbem Wege entgegen, im thüringischen Gotha diesmal, das sie gemeinsam schon vor der Wiedervereinigung besucht haben, damals noch als DDR-Touristen.

*

Natürlich kommt Leonhard von Nordosten her in seinem edlen, mattbraunen Jaguar schneller an als Paul, der in seinem betagten und ziemlich angerosteten VW-Käfer aus dem Südwesten anrollt. Deshalb wartet er auf ihn, hat die Formalitäten schon erledigt in dem ruhigen Hotel, das unmittelbar am Schlosspark liegt und zugleich ganz in der Nähe des alten Gothaer Stadtkerns. Sein Zimmer ist komfortabel und freundlich. Er fühlt sich wohl, blickt hinüber zum ehemals herzoglichen Schloss, die dunkle Tönung seiner

Brille färbt es leicht ein, als stünde es im Schatten. Er ist beeindruckt von dessen barocker Wucht und davon, dass hier erleuchtete und erlauchte Häupter wie Goethe und Voltaire, Friedrich der Große und Napoleon verkehrten. Aber das Historische würde ihm Paul bald viel genauer erzählen. Er schaut hinunter auf die Parkallee, als er seinen Freund entdeckt.

Wie immer kommt Paul, eine alte Reisetasche über der Schulter, ein wenig geistesabwesend daher, als müsse er gar nicht auf den Weg achten, als fänden seine Füße von selbst über den Bordstein. Seine leuchtend karottenroten Locken kräuseln chaotisch über dem sommersprossigen und wie immer freundlich offenen Gesicht, kontrastieren das dunkle Blau des altbackenen, aber unvermeidlichen Dufflecoat, ohne den Paul nicht auszukommen scheint und mit dem er sich seit Urzeiten über jede Modewelle und allen Zeitgeist erhebt. Aber gerade das mag Leonhard an seinem Freund, oder besser auch gerade das. Er muss lächeln, als er ihn so ankommen sieht und eilt hinunter in den Empfang, um ihn in den Arm zu nehmen.

Wie immer, wenn sie sich treffen, lassen sie es sich gut gehen rund herum, erkunden die Stadt, schwadronieren, diskutieren über Gott und die Welt. Hier in Gotha pilgern sie am Haus für Versicherungsgeschichte vorbei hinüber zum Tivoli, wo sich 1875 im Kaltwasserschen Saal die Lasalleaner und die Eisenacher zur Sozialistischen Arbeiterpartei Deutschland (SADP) vereinigt haben, der späteren SPD.

„Meinst du, es gibt einen inneren Zusammenhang zwischen der Versicherungsgeschichte und der Geschichte der SPD?“, fragt Leonhard seinen Freund etwas hinterlistig. Er neckt ihn gern auf diese Weise, weil er weiß, für wen Paul trotz aller Unabhängigkeit gewisse Sympathien hegt, Rudimente seiner Lebenserfahrungen als Arbeiterkind.

„Da könntest du dir ausnahmsweise einen Rechthaberpunkt verdient haben“, entgegnet Paul, um sich jetzt nicht auf irgendeine Debatte über die Rolle der Sozialdemokratie in der deutschen Geschichte einlassen zu müssen.

Zurück am historischen Hauptmarkt bewundern sie die üppig verzierten Fassaden der gut erhaltenen Kauf- und Patrizierhäuser und lesen irgendwo von berühmten Männern wie Martin Luther und Lucas Cranach, die hier wohnten.

„Nicht nur wir, die waren also auch schon hier“, kommentiert Leonhard in einem Anfall leichter Selbstironie, die ihm sonst eher abgeht.

Vor allem das alte Rathaus mit seinem prächtigen Portal beeindruckt beide mächtig. Paul stupst Leonhard an, deutet auf eine Kopfskulptur mit beweglichem Unterkiefer und setzt zu einem seiner kleinen historischen Exkursionen an.

„Das hier hat jedenfalls mit Sozialgeschichte zu tun, reicht aber viel länger zurück als zu den Versicherungen der Sozialdemokratie. Das nämlich soll dem Volksglauben nach der Ritter Wilhelm von Grumbach sein, ein Schwager des tapferen Bauernführers Florian Geyer, was ihn aber nicht gehindert hat, kräftig dabei mitzuhelfen, um dem Mann seiner Schwester samt den aufmüpfigen Bauern den Garaus zu machen“, klärt Paul seinen Freund auf.

„Was du wieder alles weißt, Paolo.“

„Hab mich ein bisschen kundig gemacht“, fährt Paul fort. „Der Ritter Grumbach muss ein ziemlicher Schluri und Wendehals gewesen sein. Am Ende war er hier in Gotha als Günstling und Berater des Herzogs zugange, aber das hat ihm am Schluss nicht mehr geholfen. Er hat offenbar zu oft die Seiten gewechselt.“ Paul deutet auf eine Markierung im Pflaster vor dem Rathaus. „Hier soll man zuerst sein ‚falsches‘ Herz aus der Brust gerissen und ihn dann gevierteilt haben, sagt man. So brutal ging man damals um mit Verrätern oder Leuten, die zwischen die Fronten geraten sind. Und das konnte ganz schnell gehen.“

Die Freunde schaudert es. Sie reden darüber, wie schnell man zwischen den Stühlen sitzt, sobald man eigenen Wegen folgt. Vor allem in sogenannten verschworenen Gemeinschaften. Und wie schnell einen die eigenen Leute des Verrats bezichtigen und zum vogelfreien Feind erklären, sobald man irgendwem nicht mehr als lammfromm und linientreu gilt. Ein dunkelgrauer Schatten legt sich über den Platz und seine Kälte überzieht ihre Arme mit Gänsehaut. Die scheinbar selbstverständliche Sicherheit ihrer Gegenwart und das wohltuende Gefühl, in einem Land und in einer Zeit zu leben, in der mittelalterliche Grausamkeiten längst der Vergangenheit angehören, es ist eine löchrige Geborgenheit. Sie ist ihnen geschenkt in diesem Land, ihnen und ihrer ganzen Generation. Für einen Moment beschleicht sie eine Ahnung der dunklen Kräfte der Menschheit, wie sie immer und immer wieder eindringen in Gegenwart, weiter wabern, nah und fern, sichtbar und unsichtbar, subtil oder brutal.

Jetzt freilich, hier auf dem Marktplatz, ist es friedlich und, seit die Geschäfte geschlossen haben, fast still. Am Ende sind sie froh, sich dem herrlichen Rathaus gegenüber zum Speisen niederlassen zu können, hier und jetzt, im Gotha von heute.

Auch damals, als sie in Gotha Station machten, DDR-Touristen auf dem Weg nach Dresden, waren sie ganz friedlich auf der Suche nach Essbarem unterwegs und hatten einen Imbiss gefunden, wo sie sich im Straßenverkauf einen Broiler erstanden. Jetzt, eigentlich ist es immer noch unfassbar, sitzen sie an gleicher Stelle genüsslich beim Italiener und schlürfen Espresso nach dem Essen. So schnell kann Geschichte gehen, so kann sie ausgehen, wenn es gut geht, ob hierzulande oder in der Ukraine.

„So gut ging es uns seinerzeit nicht, als wir hier verhaftet wurden." Paul hängt seinen Erinnerungen nach.

„Ihr habt es überlebt", wirft Leonhard in der sicheren Erwartung ein, Paul werde einmal mehr seine Geschichte aus dem Sommer 1976 zum Besten zu geben, als er mit zwei Kommilitoninnen auf der Transitstrecke vom Grenzübergang Herleshausen nach Berlin entgegen aller realsozialistischen Vorschriften von der Autobahn heruntergefahren war, um über Gotha, Eisenach und Weimar in die geteilte Stadt zu gelangen.

Natürlich tut ihm Paul den Gefallen. „Wir haben halt unterschätzt, dass so ein dunkelroter R4 unter den Trabis schon auffällt, auch der Volkspolizei."

Zwei Stunden, einen gefühlten halben Tag, hatte ihn ein gestrenger Uniformierter auf dem Polizeipräsidium ausgequetscht, während Pauls Mitfahrerinnen draußen auf dem furchteinflößend kahlen Flur Blut und Wasser schwitzten.

Erst zwei Tage vorher hatten DDR-Grenzsoldaten am Übergang Hirschberg den Lkw-Fahrer Benito Corghi erschossen.

Leonhard kennt Pauls Gothaer Heldengeschichte in- und auswendig. Auch den Umstand, dass die DDR-Grenzer mit Benito Corghi ausgerechnet einen Genossen der Kommunistischen Partei Italiens über den Haufen schossen, ein tödliches Missverständnis, das für reichlich Wirbel in den italienischen Parteizeitungen und im römischen Parlament sorgte. Ja, damals sei ein Besuch in der östlichen deutschen Hälfte noch ein Abenteuer gewesen, resümiert Paul, wie es in der heute so gemütlich wiedervereinigten Republik kaum mehr möglich sei.

„Ist das nicht ein bisschen zynisch?“, fragt Leonhard und in seinen Tonfall schleicht sich eine leichte Schärfe. „Heute wäre dir dein gemütliches Zuhause jedenfalls lieber als eine DDR-Zelle. Und für die Leute, die damals wirklich in die Zellen gesperrt wurden, in Bautzen oder sonst wo, war das ganz sicher kein Abenteuer.“

„So habe ich es doch gar nicht gemeint, das weißt du auch. Ich spendiere dir noch einen Rechthaberpunkt“, besänftigt Paul.

„Was kann ich eigentlich machen mit meinen Rechthaberpunkten?“

„Was immer du willst.“

„Toll“, lacht Leonhard.

Sie bestellen sich noch einen Nachtisch, einen zweiten Espresso und genießen die Abendsonne, spüren die sanfte Wärme, wie sie sich mild legt auf ihre Stirn und ihre Wangen.

„Sag mal", erkundigt sich Leonhard und kommt zum ersten Mal auf den eigentlichen Anlass ihres Treffens zu sprechen, „hat sich diese komische Öko-Truppe noch einmal bei dir gemeldet? Oder hat sich das erledigt und wir können uns den wirklich wichtigen Dingen des Lebens zuwenden und zum Beispiel einen Grappa bestellen?"

„Beides", sagt Paul. „Du kannst für uns einen Grappa ordern. Und nochmal gemeldet haben die sich auch. Gestern Abend."

Paul berichtet, dass er spät abends zuhause noch einen Anruf erhalten hat. Ein Mann sei dran gewesen, der von ihm wissen wollte, ob er das Schreiben gelesen habe und ob er einsteige. Paul habe ihm gesagt, er wisse das noch nicht und es seien schon noch konkretere Hinweise nötig, um zu sehen, ob das für ihn interessant sei. Der Mann habe daraufhin erzählt, dass er als Student während der Semesterferien als Lagerarbeiter in einer Internationalen Spedition gejobbt habe, die alle möglichen Lebensmittel quer durch ganz Europa transportiere, Geflügel oft, aber auch Fleisch, Fisch, alles Mögliche eben. Ihm sei aufgefallen, dass es da immer wieder Transporte gegeben habe, die ihm komisch vorgekommen seien, weil manchmal gar nichts ein- und ausgeladen worden sei und er den Eindruck gewonnen habe, dass irgendetwas mit den Papieren nicht stimme. Er sei zugleich in einer Umweltschutzgruppe aktiv, Paul kenne vielleicht Robin Wood, allerdings seien sie, die Öbefa, eben doch noch etwas konsequenter und beschränkten sich nicht nur auf symbolische Aktionen wie solche Ökopaxe und ihre gemeinnützigen Organisationen. In dieser Spedition seien jedenfalls ganz sicher erhebliche Schweinereien im Gange, die ans

Tageslicht müssten. Wenn Paul ihnen helfe, könne er umgekehrt mit weiteren brisanten Insiderinformationen rechnen.

Paul unterbricht sich kurz, rührt nachdenklich imaginären Zucker in seiner leeren Espressotasse um. Und Leonhard nutzt die Pause ausnahmsweise nicht, um ihm ins Wort zu fallen. Er habe den Mann hingehalten, erzählt Paul weiter. Er habe ihm gesagt, er brauche zwei Tage Bedenkzeit. Und, Anonymität hin oder her, ohne einen persönlichen Ansprechpartner werde er in die Geschichte auf keinen Fall einsteigen. Das sei okay, habe der Mann gesagt, man habe das vermutet und bereits eine Mittelsperson ausgeguckt, an die sich Paul wenden könne und die weitere Informationen liefern werde, eine Sympathisantin namens Charlotte, die er vielleicht sogar kenne, weil sie in der Ökoszene der Stadt ja ziemlich engagiert sei und er ihr sicher vertrauen könne.

„Tatsächlich kenne ich diese Charlotte“, sagt Paul und richtet sich auf. „Sie ist bei den Grünen aktiv und mir bei Aktionen und Demos schon ein paar Mal aufgefallen. Ich finde sie eigentlich sogar ziemlich nett. Was meinst du, soll ich mich darauf einlassen?“

Leonhard wiegt den Kopf. „Klingt jetzt immerhin ein wenig handfester, das Ganze.“

Sie kehren zum Hotel zurück und richten sich an der Bar auf einen nächtlichen Umtrunk ein, dessen Verlauf ungefähr so absehbar ist wie der Wechsel von Ebbe und Flut.

„Klar, die Ökos sind schon ein bunter Haufen. Da gibt es nichts, was es nicht gibt“, fasst Leonhard zu fortgeschrittener Stunde, vom Rotwein bereits in einen Zustand klarster Erkenntnisfähigkeit und Hellsicht versetzt, als Fazit ihrer Analyse der Ökoszene zusammen. „Da tummeln sich natürlich etliche notorische Besserwisser und nervige Klugscheißer, auch ziemlich abseitige Typen, moralinsaure Wirrköpfe, abgesackte Aussteiger, fundamentalistische Eiferer, abgedrehte Spinner und durchgeknallte Psychos, die eher sich selber retten müssten als die ganze Welt. Aber die meisten sind wirklich engagierte Naturmenschen oder harmlose Freaks, oder ernsthafte Christen, denen es um Gottes Schöpfung geht, oder kritische Intellektuelle und sensibilisierte Bildungsbürger, die sehen, dass wir unsere eigene Lebensgrundlage auf Dauer kaputt machen, bürgerbewegte Leute, Gutmenschen, wenn du so willst, die nach Alternativen zum Scheitern der Menschheit suchen. Das belächelt man heute gern, weil es nicht so cool zu sein scheint, nicht so angesagt, und weil es nicht einfach mit ein paar locker ironischen oder zynisch witzigen Sprüchen erledigt werden kann. Aber das sind immerhin Leute, die gegen das angeblich unvermeidliche Ende der Zivilisation wenigstens ankämpfen."

Leonhard hat sich heißgeredet.

„Ich dachte auch lange, die übertreiben doch mit ihren ewig depressiven Endzeit-Szenarien, denke immer noch, dass wir die Apokalypse und den Weltuntergang noch locker aussitzen. Aber nimm die NASA. Die NASA ist ja nicht unbedingt verdächtig, ökologische Propaganda zu verbreiten. Aber die haben eben aus dem Weltraum heraus so etwas wie den Außenblick auf die Erde, auf unseren kleinen blauen Planeten. Und die haben gerade prognostiziert, dass die Menschheit untergeht, wenn sie so weitermacht wie bisher. Das sagt jedenfalls eine neue NASA-Studie, verfasst von einem Mathematiker, einer Biologin, wenn ich es noch recht weiß, und einem Politikwissenschaftler. Die haben errechnet, dass es mit uns auf Dauer nicht gut geht bei allem, was man heute weiß über Bevölkerungswachstum, Klimawandel, Wasserversorgung, Landwirtschaft, Energieverbrauch und …"

Leonhard will gerade so richtig einsteigen in eine ausufernde Situationsanalyse der Menschheitsentwicklung, als Paul ihn unterbricht.

„Trinken wir noch einen?"

Leonhard zieht die Augenbrauen hoch. „Was für eine Frage?"

„Meinst du, wir sollten vielleicht noch das Lokal wechseln?"

„Du meinst, weniger global denken, lieber lokal handeln? Ich fürchte, wir finden hier nichts mehr anderes."

„Okay, wir bleiben."

Irgendwann, sie sind vom Rotwein schon längst zum Grappa übergegangen, haben sich alles erzählt, was sie sich unbedingt noch erzählen müssen, was sie dringend noch voneinander wissen müssen, was ihnen noch am Herzen liegt und was sie noch bedrückt, irgendwann spät in der Nacht, als sie die Welt in ihren Gedanken, Worten und Diskussionen mindestens dreimal gerettet, sämtliche Probleme besprochen und gelöst, die Geduld des freundlichen Barkeepers längst überstrapaziert und ihn dann nach einer allerletzten Bestellung großmütig entlassen haben, irgendwann, bevor sie endlich zu ihren Zimmern wanken, versucht Leonardo seinem Freund Paolo zu erklären, dass die prinzipiell ökologischen Grenzen des Kapitalismus mit der Marxschen Warenanalyse und der Dialektik von Gebrauchs- und Tauschwert erklärbar sind. Und dass er darüber noch, irgendwann, ein Buch schreiben werde, auch wenn die Welt darauf nicht warte.

„Du bist immer noch ein unverbesserlicher Marxist", stänkert Paul im Treppenhaus, als sie mühsam die Stufen nehmen, weil sich der Fahrstuhl merkwürdigerweise nicht öffnen lässt, und sie sich dabei gegenseitig stützen.

„Mit seiner sozioökonomischen Warenanalyse liegt der gute alte Karl einfach grundlegend richtig", beharrt Leonhard störrisch. „Er hat das Problem in der Dialektik von abstraktem Tauschwert und konkretem Gebrauchswert begriffen. Und begrifflich auf den Punkt gebracht, verstehst du?"

Leonhard stupst seinen Freund in die Seite, sie geraten fast aus dem Gleichgewicht, fangen sich jedoch mit einem beherzten Griff zum Geländer. Derart gefestigt holt Leonhard mit großer Geste weiter aus. „Es ist doch so, ab einer bestimmten Stufe der gesellschaftlichen Arbeitsteilung machten und hatten die Menschen Sachen über ihren eigenen Bedarf hinaus. Sachen, die sie für sich selbst gar nicht brauchten. Umgekehrt brauchten sie Sachen, die sie selbst nicht hatten. Also fingen sie an, gegenseitig zu tauschen, aus diesen Sachen wurden Waren, es entstand ein Markt. Dabei mussten sie aber von den konkreten Eigenschaften dieser Sachen abstrahieren. Wie könntest du sonst zum Beispiel Fell, Handbeil, Trockenfrucht, Federschmuck, Salz und Bisonhaut auf einen Nenner bringen? Verstehst du? Das heißt, im Austausch von Waren vollzieht sich eine Abstraktionsleistung, die sich löst von der konkreten Sache und auf ihren gemeinsamen Wert abhebt. Tausch macht überhaupt nur Sinn zwischen Verschiedenartigem, aber Gleichwertigem."

Paul will kurz dazwischenfunken: „Schon, nur …“

„Vielleicht liegt darin sogar das eigentliche Problem“, fährt Leonhard unbeirrt fort und deutet mit seinem rechten Zeigefinger zu einem Punkt in imaginärer Höhe, irgendwo zwischen Notbeleuchtung und Treppengeländer. „Abstraktes lässt sich nämlich im Gegensatz zu Konkretem unbegrenzt akkumulieren, und das ist der Anfang der Abkehr der Menschheit von ihren konkreten natürlichen Lebensgrundlagen. Das geht also noch eine Ebene tiefer als der gute alte Marx es sich gedacht hat. Hinein ins Anthropologische. Vielleicht ist also schon mit der Entwicklung der gesellschaftlichen Arbeitsteilung, des damit erforderlichen Austauschs von Warenwerten und der sich so anbahnenden Abstraktionsfähigkeit des Menschen seine Entfernung von der Natur programmiert und man müsste die Marxsche Analyse als theoretische Grundlage der roten Bewegungen ergänzen durch eine noch tiefer ansetzende anthropologische Analyse als Grundlage der grünen …“

Leonhard stockt, denkt angestrengt nach, vielleicht geht das jetzt doch zu weit? Ihm raucht der Kopf und er wendet sich Hilfe suchend seinem Freund zu: „Jedenfalls ist die Loslösung von jedwedem konkreten Gebrauchswert im gesellschaftlichen Austausch der Arbeitsergebnisse, ob lokal auf dem Gemüsemarkt oder global auf den digitalisierten Finanzmärkten, die tiefere Ursache der prinzipiellen Möglichkeit, materiellen Wert auf immaterielle Weise anzuhäufen. Bis ins Unendliche. Das ist ganz sicher so. Verstehst du?“

„Um ehrlich zu sein, ist mir das jetzt viel zu abstrakt“, brummelt Paul vor sich hin, als er endlich für einen Moment zu Wort kommt.

Aber nun steigert sich Leonhard in eine Art rauschhafte Wiederholungsschleife hinein. „Paolo, das ist doch klar. Von Geldwert kann man nie genug bekommen. Da gibt es nicht einmal mehr mathematische Grenzen." Leonhard dreht Paul auf einer Treppenstufe zu sich, um sicher zu sein, dass er ihm noch zuhört, und setzt seinen Vortrag fort. „Im Gegensatz dazu ist eine unendliche Anhäufung von Materie unmöglich. Das geht nicht mit konkreten Sachen, nicht einmal wenn du Gold oder Seltene Erden stapelst. Es geht aber mit der reinen Wertabstraktion. Die kannst du unendlich steigern, ins Unermessliche."

Leonhard hält inne, um diesen gedanklichen Höhenflug trotz seines wolkigen Zustands zu stabilisieren. „Die prinzipiell unendliche Akkumulation von Kapital steht also im prinzipiellen Widerspruch zur Endlichkeit der Natur, jedenfalls auf unserer Erde. Und das führt letztlich zur Ablösung des abstrakten Finanzkapitals von der konkreten Realwirtschaft, die wir gerade mit der Weltfinanzkrise erlebt haben", doziert Leonhard in seinem alkoholisch stimulierten Anfall von Klarsicht und Einfalt. „Es ist eigentlich ganz einfach. Die Natur und das, was der Mensch mit seiner Arbeit daraus macht, gleich Gebrauchswert, gleich konkret. Und das Finanzkapital, gleich Tauschwert, gleich abstrakt. Verstehst du mich? Wenn man das erkennt, muss man nicht gleich ein ideologisch bornierter Marxist sein."

Endlich wieder etwas zu Kräften gekommen, gelingt es Paul, Leonhards Monolog zu stoppen. „Das ist mir jetzt zu abgedreht. Da halte ich es lieber mit Büchner. Die Welt ist das Chaos. Nichts ist berechenbar. Oder hättest du dir vor einem Jahr ausdenken können, dass die Krim über Nacht wieder russisch wird?"

„Nein. Aber es wundert mich auch nicht."

„Mich auch nicht. Da hat sich seit Langem etwas zusammengebraut, ohne dass wir es gemerkt haben. Und Putin vollstreckt anscheinend Volkes Wille. Vielleicht aber auch völkischen Willen. Uns Westlern wird nicht viel anderes übrig bleiben, als zuzuschauen und zu protestieren", sagt Paul und wirkt plötzlich so klar im Kopf wie morgens beim Zeitung lesen. „Oder willst du deshalb einen Krieg?"

In Leonhards Kopf beamt sich der Intellekt von den abstrakten Sphären der Marxschen Warenanalyse durch Myriaden alkoholischer Nebelschwaden hinunter in die Ebenen des politischen Zeitgeschehens. „Das ist doch eine rhetorische Frage. Nüchtern betrachtet ..."

Er bricht ab, prustet, schüttelt sich und setzt ein zweites Mal an. „Also nüchtern geht gerade gar nicht. Immerhin weiß ich noch so viel: Wir Europäer machen leider chronisch viel falsch im Umgang mit Russland. Aber Putin hat ein Nachkriegs-Tabu gebrochen, er will das europäische Haus mit Gewalt umbauen. Das ist ein böser Rückfall ins letzte Jahrhundert. Wenn wir damit wieder anfangen, endet es schlimm, mit Mord und Totschlag. Und genau das erleben wir jetzt."

„Hunnert pro", stimmt Paul seinem Freund in dem von den Südhessen adaptierten Idiom zu. Endlich haben sie es bis zu ihrer Etage geschafft und zugleich die höchste Stufe ihrer vereinten Erkenntnisfähigkeit erklommen. Eine Leistung in ihrem Zustand. Solche Diskussionen hingegen führen die beiden Freunde selbst nach einer oder zwei Flaschen Grappa noch mühelos.

Nicht immer geht ihr Meinungsaustausch so sanftmütig und friedfertig über die Bühne wie an diesem Abend. Vor allem in früheren Jahren konnten sie, obwohl in der Sache kaum einen Millimeter voneinander entfernt, ganz heftig aneinandergeraten. „Wortfuchser“ warfen sie sich dann gegenseitig an den Kopf. So schalt Leonhard Paul, wenn der sich in interpretatorischen Winkelzügen oder etymologischen Bedeutungserklärungen verfing, um seine Position zu untermauern und selbst vor Zitaten von Konfuzius nicht zurückscheute, um die Unwiderlegbarkeit seiner Meinung zu beweisen. Umgekehrt musste es sich Leonhard oft gefallen lassen, als kalter Rationalist und grauer Theoretiker beschimpft zu werden, der am wirklichen Leben völlig vorbei argumentiere. Schlimm uferte es aus, wenn sie darüber stritten, wer von beiden der größere Schwätzer und Wortfuchser sei. Dann konnten sich ihre rhetorischen Florette in schwere Säbel verwandeln und verbale Raufereien in unnötige Verletzungen ausarten.

Aber sie hatte sich gelegt in den letzten Jahren, diese Art von Schattenboxen und Scheingefecht, auch weil sie sich irgendwann die Sache mit den Rechthaberpunkten einfielen ließen. Und strittige Entscheidungen führen sie inzwischen in beginnender Alterskindlichkeitsweisheit herbei, indem sie einfach Schnick-Schnack-Schnuck walten lassen, Papier hüllt Stein, Schere schneidet Papier, Stein schleift Schere. Meistens gewinnt Paul, weil Leonhard dabei zu viel denkt.

„Buona notte, Paolo.“

„Buona notte, Leonardo. A domani.”

Schon im Bett, aber immer noch leicht aufgekratzt, ruft Leonhard seine Karla an. Das muss noch sein. Es klingelt lang. Irgendwann hört er ein leises, müdes „Ja."

„Hast du schon geschlafen, Liebste, wollte dich nur noch schnell küssen."

„Ich schlafe schon und immer noch. Und du erscheinst mir gerade im Traum. Gute Nacht, schlaf du auch schön." Sie legt auf.

„Gut's Nächtle", sagt Leonhard noch. Aber Karla hört ihn nicht mehr.

Am nächsten Morgen, genauer am späteren Vormittag, erwartet sie ein ausgiebiges Frühstück, mit reichlich Kaffee, klarem Mineralwasser und frisch gepresstem Orangensaft. Paul erzählt von seiner unruhigen Nacht. Ein paar Mal sei er aufgewacht mit einem seltsam unheilschwangeren Gefühl. Irgendwie habe ihn der Ritter Grumbach im Schlaf aufgesucht und ihn gezwungen, mitzumachen bei seinen Machenschaften. Und dann habe man sie beide als Verräter verfolgt, um sie zu aufzuhängen. Es sei ein richtiger Albtraum gewesen.

„Es fühlte sich an wie ein Menetekel, wie eine Prophezeiung." Paul schüttelt sich, als könne er seine nächtlichen Ahnungen einfach wegschleudern.

„Das kommt davon, wenn man mehr in der Vergangenheit lebt als in der Gegenwart", befindet Leonhard scheinbar ohne jedes Mitleid und beträufelt seinen Lachs mit frischer Zitrone. Aber dann tröstet er seinen Freund: „Mach dir keine Gedanken. Das war doch bloß ein Tagesrest von unserem Stadtrundgang gestern."

Wieder in leidlich nüchternem Zustand verabreden beide, die Hinweise der Ökogruppe erst einmal ernst zu nehmen und ihnen gemeinsam, aber arbeitsteilig nachzugehen: Leonhard mit Recherchen im Internet und über seine alten beruflichen Verbindungen, Paul im Kontakt zu der selbst ernannten Ökologischen Befreiungsaktion und vor allem zu der ihm bekannten, offenbar hübschen und sympathischen grünen Aktivistin.

*

Bereits am nächsten Abend, Leonhard ist wieder zuhause und putzt die Voliere seiner Mitbewohner, meldet sich ein ziemlich aufgeregter Paul. Er hat sich schon mit ihr getroffen, mit dieser Charlotte. Das sei wirklich eine eindrucksvolle Frau. Es werde nicht sehr schwer für ihn sein herauszufinden, was mit den anonymen Hinweisgebern los sei. Und es werde ihm auch keineswegs schwerfallen, diesen Kontakt zu pflegen.

„Das lässt sich ja gut an“, belobigt Leonhard diesen unerwarteten Feuereifer, dessen Grund so offensichtlich Charlotte heißt. Es überrascht ihn, vor allem aber freut es ihn, dass Paul nach so vielen Jahren, nach all seiner Trauer und Abstinenz, wieder offen ist, offen für die Begegnung mit einer Frau.

Drittes Kapitel
Vom Stoffwechsel einer Qualle

„Glückwunsch." Leonhard Ross gratuliert Rolli und Elfriede, seinen beiden Mitbewohnern. Manchmal redet er so vertraut mit seinen Vögeln wie es Menschen tun, die viel allein sind mit ihren Tieren. „Ihr zwei, ihr habt bestimmt superlange Telomere", sagt Leonhard.

„Grün, grün", krächzt Rolli zurück und ordnet damit Leonhards grünseiden schimmernden Schlafanzug klarsichtig und sprachlich korrekt in sein papageienspezifisches Farbenspektrum ein. Friedel sitzt schläfrig und fast reglos neben ihm auf dem Fenstersims und scheint noch zu dösen, ein Auge zugeklappt, das andere offen. Aber nur einen Moment später ist sie hellwach, und, als wolle sie Rolli nicht nachstehen, pfeift sie hintereinander gleich drei oder vier Strophen aus dem Repertoire aller Klingeltöne, die sie so perfekt von Leonhards Handy gelernt hat und die alle drei Mitglieder der Wohnungsgemeinschaft mittlerweile auswendig kennen.

Das mit den Telomeren bei Graupapageien entdeckt Leonhard bei seiner wie immer ausgiebigen morgendlichen Zeitungslektüre. Er liebt es mittlerweile, den Tag gemütlich anzugehen, Privilegien freien Rentnerlebens. Also sitzt er noch am Frühstückstisch und legt sich genüsslich eine Laugenbrezel auf den Teller. Es ist nicht leicht, wirklich gute Brezeln zu ergattern unter all dem pappigen Ramsch, der inzwischen an jeder Ecke aus Backautomaten quillt. Er hat sie von seinem Lieblingsbäcker geholt, der wenigstens ansatzweise eine schwäbische Brezel zu backen versteht, also eine mit dünn verschränkten Ärmchen und dickem, aufgeschnittenem Ausbund am Bauch, aus dem weiß die Krume leuchtet, außen und an den dünnen Stellen knusprig, aber innen zart und fluffig.

Er bricht sich ein Knusperteil heraus, bestreicht es satt mit guter Butter und genießt mit jedem Biss diese spezielle Verschmelzung von Aromen, die sich auf seiner Zunge einstellt, in seiner Mundhöhle ausbreitet und schließlich den Gaumen erreicht, wenn sich Brezellauge, sanfte Butterweiche und knackig krosse Kruste zu einem Geschmackserlebnis vereinen, das süchtig macht, weil es nach sofortiger Wiederholung verlangt. Aber als Genießer und seinen guten Vorsätze in Sachen Gewichtserhaltung zuliebe legt Leonhard erst mal eine Pause ein, eine Lesepause, weil sich sein Interesse bei dem Stichwort Graupapageien in einen Zeitungsartikel auf der Wissenschaftsseite verhakt.

Forscher einer Veterinärmedizinischen Universität haben herausgefunden, dass einzeln gehaltene Graupapageien kürzere Telomere haben als Artgenossen, die mit einem Partner zusammenleben. Telomere, die Enden der Chromosomen, verkürzen sich bei jeder Zellteilung. Sobald eine kritische Länge, oder besser gesagt, Kürze der Telomere erreicht ist, kann sich die Zelle nicht mehr weiter teilen, altert und stirbt. Stress beschleunigt diesen natürlichen Prozess. Und soziale Isolierung auch, wie die Wissenschaftler jetzt an Hand vergleichender DNA-Analysen einzeln oder paarweise lebender Graupapageien nachweisen konnten. Das Ganze läuft darauf hinaus, dass Einsamkeit nicht nur auf das Gemüt schlägt und auf das Leben insgesamt. Sondern es schädigt auch das Erbmaterial, über kurz oder lang, ob Tier oder Mensch. Und, wie praktisch, dass sich künftig die Länge der Telomere als Marker bei der Messung von Stress verwenden lässt. Und vielleicht auch von Einsamkeit.

Leonhard wendet sich wieder Rolli und Elfriede zu: „Seht ihr, jetzt ist auch wissenschaftlich bewiesen, was wir drei schon lange wissen, dass ihr nämlich ganz und gar soziale Lebewesen seid. Und dass es euch an die Substanz geht, wenn ihr allein leben müsst." Vielleicht, denkt er sich, müsste ich auch mal meine Telomere messen lassen, so wie ich lebe. Aber er ist sich ziemlich sicher, dass sie derzeit nicht nur bei Rolli und Elfriede, sondern auch bei ihm ziemlich lang sein müssen, so erfüllt, wie sich seine Liebe zu Karla anfühlt, und so entspannt, wie er jetzt leben kann.

Sein Blick wandert über die Zeitungsseiten und bleibt bei einer Schlagzeile hängen: „Neuer Pferdefleischskandal: Niederlande rufen 50 000 Tonnen Fleisch zurück". Es bestehe der Verdacht, dass es Pferd statt Rind enthalte, nicht deklariert selbstverständlich, wie die Kontrollbehörde für Nahrungsmittel in Utrecht erklärte. Nach ersten Informationen sei die Ware über 130 niederländische Zwischenhändler bereits in 370 weiterverarbeitende Betriebe in ganz Europa geliefert worden, darunter Deutschland, Frankreich und Spanien. Möglicherweise sei ein Teil bereits beim Endverbraucher angekommen und verzehrt. Plötzlich muss Leonhard lauthals lachen. Direkt unter diesem Zeitungsartikel, als sei für eine solche Platzierung sehr viel Geld bezahlt worden, findet er die Anzeige für ein neues Opel-Modell, dem neuen Image der einstigen Langweilermarke entsprechend mit einem fetten, realsatirischen Slogan garniert: „0 Prozent Pferdefleisch. 280 Pferdestärken."

Leonhard lehnt sich zurück. Wenn dieser Bericht stimmt, und daran zweifelt er nicht, wenn also wirklich 50 000 Tonnen Pferdefleisch binnen kürzester Zeit geschlachtet, verarbeitet, verpackt, mit falschen Papieren und Etiketten umdeklariert und in ganz Europa vertickt werden konnten, dann muss dahinter mehr stecken als ein betrügerischer Metzger, oder auch eine einzelne Schlachterei, dann muss hier eine mächtige, europaweit, wenn nicht international agierende Organisation operieren, die solche Projekte hocheffizient und hochprofitabel durchziehen kann, also eine Art Lebensmittel-Mafia, weit verzweigt, gut getarnt und bestens organisiert, mit Verbindungen in alle erforderlichen Geschäftszweige hinein von der Planung bis hin zum Zahlungsverkehr und zur Logistik. Das erinnert Leonhard an sein Versprechen, Paul in seinen außerredaktionellen Recherchen zu helfen.

Es ist ein brutaler Absturz, den er an seinem Notebook erlebt, von den genüsslichen Höhenflügen seiner Frühstücksbutterbrezel tief hinunter in unappetitliche Abgründe, die sein Bildschirm offenbart: Antibiotika in Garnelen, die in den kotgeschwängerten Gewässern ihrer Zuchtanlagen sonst gar nicht überleben könnten, Listerien, üble Krankheitserreger, in zertifiziertem Biokäse, gefährliche, resistente Keime in Hähnchenkeulen, Schimmelpilzgifte im Tierfutter, mit Frischware vermischtes Gammelfleisch, und jetzt auch noch chinesisches Ekelfleisch aus Shanghai, geliefert an McDonalds, Burger King, Pizza Hut und andere Fast-Food-Ketten.

Er schließt die Augen, steht auf, geht ein paar Schritte. Aber die Bilder verselbstständigen sich in seinem Kopf und wabern weiter. Grauer Schleim verklebt seinen Gaumen, Maden nisten in seinen Nasennebenhöhlen, giftgrüne Bazillen kriechen seine Magenwände hoch, bleiche Spülwürmer, die sich im Dunkel seiner Darmfalten räkeln, biochemisch zersetzte Giftspeicher, abgelagert in seiner Leber, und in seinem Kot ein Nest von Larven, aus denen Spinnenwesen krabbeln. Wirklich zum Kotzen, denkt Leonhard, als er sich schließlich zwingt, durch die einschlägigen Websites weiterzuklicken und ihm all die Widerlichkeiten aufstoßen, aufgeschlitzte Folienverpackungen, aus denen fette weiße Würmer kriechen, rohe Esswaren, die an Erbrochenes erinnern, schillernde Schimmelpilzkulturen auf halbfertigen Materialien für Fertiggerichte.

Wenn es doch inzwischen keine vernünftigen Zweifel mehr daran gibt, dass uns die alte abendländische Zweiteilung von Körper und Geist gar nicht richtig beschreibt, weil Körper und Geist eins sind in Wirklichkeit, Materie und Energie, Leib und Seele nur zwei Seiten ein und derselben Medaille: Sind wir dann, was wir essen? Sind wir so, wie wir essen? Haben wir keine Macht mehr darüber, was eindringt in uns, in unseren eigenen Körper, in unseren Geist, unseren inneren Stoffwechsel, unser eigen Fleisch und Blut? Bleibt uns nur noch, was im eigenen Garten wächst? Oder wir sonstwie unter eigener Kontrolle wissen oder wähnen? Leonhards Sympathien mit Projekten wie den Guerilla-Gärtnern in großstädtischen Parks und den „Grünen Boten“ aus Gärtnereien vom Lande steigen beträchtlich. Aber ob sie die Probleme der Welternährung lösen?

Erinnerungen steigen auf aus seiner Kindheit, an besondere Läden, in denen es „Kolonialwaren“ zu kaufen gab, aus Säcken, Holzkisten und bunt bedruckten Behältern aus Blech. Kakao, Reis, Bananen, Baumwolle, Kaffeebohnen. Geschäfte, in denen Düfte schwebten von fremdem Gewürz, von Pfefferkörnern und Zimtstangen, von Tabak, Reis und Tee, Dinge, fremde Dinge, die anders rochen, wie eine Brise aus fernen Tropenwäldern. Nostalgische Erinnerungen, verklärt, verloren. Dabei sind sie doch blutsverwandt, denkt Leonhard, Kolonialisierung und Globalisierung, wie Urgroßvater und Urenkel. Längst werden Lebensmittel produziert und Esswaren gehandelt wie T-Shirts, Abfüllmaschinen, Flugzeugturbinen oder Einwegspritzen, ebenso industrialisiert und ebenso globalisiert, eine Branche einfach, die allen möglichen Geschäftemachern den Nährboden bietet, um eine ordentliche Ernte von Profiten einzufahren.

Einmal auf dieser Spur angekommen, fällt Leonhard auf, dass ihm aus dem Netz zwei völlig unterschiedliche Arten von Skandalen aufstoßen, wenn auch beide getrieben von der Gier, Extraprofite einzustreichen: einmal all diese ekligen Fälle, bei denen irgendwer ohne große Skrupel kaputte Wegwerf- und Abfallware in scheinbar werthaltige Lebensmittel verwandelt und damit letztlich Russisch Roulette mit der Gesundheit der Verbraucher spielt. Und dann diese ganz andere Kategorie, irgendwie sauberer, ökonomischer, effizienter anmutend, Kriminalität in Krawatte und weißem Hemd: Das Schwein in Elch-Lasagne, das Pferd in Rindswurst, verwässerter Fisch, falsche Bio-Eier, alles aktuelle Betrügereien aus jüngster Zeit, bei denen jedoch kein Mensch zu gesundheitlichem Schaden kommen muss. Wer stirbt schon an Pferdefleisch, wenn es nicht verseucht ist? Möglicherweise ist es gesünder als Schwein und Rind. Wem schadet gefrorenes Wasser? Wer leidet schon darunter, wenn Hühner nicht mit Getreide aus biologischem Anbau gefüttert wurden? Ein paar Tricksereien, ein wenig Druckerschwärze auf falscher Etikette, ein paar Stempel auf undurchsichtigen Herkunftspfaden, und schon wird aus Billigem etwas Teures, leicht verdientes Geld.

*

Nach all den Angriffen auf seine kulinarische Empfindsamkeit ist Leonhard so weit, dass er sich Gutes gönnen muss. Denn auch sein Nachmittagsprogramm verheißt nicht unbedingt Genuss. Auf ihn warten ein Termin beim Physiotherapeuten, der ihn mit harten Massagen und anstrengenden Übungen traktieren wird, um seine von Kalkablagerungen geschädigten Schultergelenke wieder gängig zu bekommen. Und eine Sitzung bei der ihm so freundlich zugetanen Assistentin seiner Zahnärztin, die ihn zur routinemäßigen Grundreinigung seiner Zähne samt Entfernung seines Zahnsteins einbestellt hat. Er sieht sich schon ergeben auf ihrem Stuhl, das gleißende Licht über sich und ihre mächtigen Brüste an sich, feilende, kratzende, kreisende, stochernde, schrubbende Instrumente in sich, in seinem aufgespannten Mund, zwischen seinen Zähnen, unter seinem Zahnfleisch, die Zunge eisern heruntergedrückt, spürt den Speichelabsauger in den Backen, der den Schluckreflex nicht aufhalten kann, hat sein gurgelndes Schlürfen im Ohr. Und ihr fröhliches Geplapper, über ihren Freund, die steigenden Mieten, den Urlaub, die Autoreparatur, vor allem ihren Jubel, „Supi, supi", wenn sie in den Spalten seines Mundwerks, oben und unten, auf Vorder- und Rückseiten, in verborgenen Taschen und abseitigen Zwischenräumen Rückständiges entdeckt, rigoros entfernt und am Ende das Ganze wie ihr kostbarstes Porzellan auf Hochglanz poliert:

„Supi, jetzt sind sie wieder zum Reinbeißen, Herr Doktor Ross." Eindeutig ist es nicht, ob sie seine Zähne meint.

Alsdann lädt Leonhard seine Karla zum Abendessen ein, bevor ihre Nachtschicht in der Kinderklinik beginnt. Er entführt sie in einen Landgasthof ganz in der Nähe, am Ende einer langen schnurgeraden Lindenallee friedlich gelegen an verlorenem Wasser, ein wenig abseits der Havel, die den See speist mit einem ihrer Nebenarme. Da kennt er den Koch, weiß, dass bei ihm nur Frisches aus der Region in Töpfen und Pfannen landet und am Ende köstlich mundet. Er nimmt ein Welsfilet in Orangensauce, Karla entscheidet sich für den Altdeutschen Rehrücken mit gefüllten Äpfeln.

„Karla“, sagt Leonhard und wischt sich mit der Serviette über den Mund, „das hat mir jetzt den Glauben an gutes Essen wiedergegeben. Und du, Liebste, schenkst mir zum guten Leben das Glück.“

„Gern“, antwortet Karla.

*

Abends, schon im Bett mit seinem aktuellen Lesebuch und einem Glas Rotwein auf dem praktischen Kissentablett, ruft er seinen Freund an: „Paolo, mio caro amico, das kann alles wirklich wahr sein, was diese Informanten von der Öbefa behaupten. Die eigenartigen Transporte, der verdächtige Papierkram, die geheimnisvollen Umwege. Da ist offenbar sehr viel Geld, kriminelle Professionalität und weit verzweigte Organisationsmacht im Spiel.“

Er rennt offene Türen ein bei Paul. Denn offenbar schwant auch Paul nichts Geheures, allerdings weniger, was Leonhards Erkenntnisse über die Lebensmittel-Mafia betrifft. Vielmehr sind es die Umtriebe dieser Öbefa, die inzwischen wohl immer extremere Formen annehmen. Er fühle sich langsam unwohl, sagt Paul, mit seinem Kontakt in diese spezielle Szene hinein. Vor allem macht sich Paul inzwischen heftige Sorgen um seine Informantin und Mittelsperson, die ihm immer abstrusere Vorhaben zuträgt, aber zugleich mehr und mehr Abstand davon zu nehmen scheint. Das klingt nach einer ziemlich üblen Zwickmühle. Und Pauls Sorgen, das ist unverkennbar, gehen über das berufliche Interesse an seiner Kontaktperson schon weit hinaus.

„Ich bin verliebt", gesteht ihm Paul, „verliebt bis über die Ohren."

Mit dem Versprechen seines Freundes, vorsichtig zu sein, versinkt Leonhard in seine Bettlektüre. Und bald in dämmrigen Schlaf. Dass er auch selbst auf der Hut sein muss, wenn er sich weiter vertieft in diese Materie, ist ihm noch nicht klar in diesem Moment. Er träumt davon, dass er wieder in die Schule muss und die Abiturprüfung ansteht. Ihm ist unwohl, weil er in Mathe keine Ahnung hat. Und kein einziges Wort weiß in Latein. Es fühlt sich an, als stehe er auf einem Laufband, ohne die Chance abzuspringen und zu entkommen. Im Prüfungsraum für Biologie stehen fröhlichgelbe Narzissen, Osterglocken. Ein Prüfer fragt, wie diese Blumen heißen.

„Das sind Gladiolen. Die brauchen Wasser", sagt Leonhard und wacht auf, weil er pinkeln muss.

*

Am nächsten Morgen steckt er voller Energie und ist heiß, heiß auf mehr, auf Genaueres, auf Unbekanntes, das es aufzudecken gilt, heiß auf diesen Lustgewinn, den Journalisten bei einer Recherche spüren, wenn sie investigativ arbeiten dürfen, wenn sie das erregende Gefühl spüren, auf die Jagd zu gehen. Leonhard Ross erkennt es an diesem Morgen wieder, dieses Gefühl. Es belebt ihn. Noch einmal wühlt er sich durch das Netz, lässt sich treiben von einer unappetitlichen Machenschaft zur nächsten, Material ohne Ende, das geduldig gesichtet sein will, überquellende Information, hinter der sich irgendwo vielleicht die Wahrheit versteckt. „Man muss viel Schwarzbrot essen, bevor man zum Kuchen kommt. Journalistische Recherche ist kein Rosinenpicken“, sagte Leonhard früher zu seinen Leuten. Einer seiner Standardsprüche, die er gerne von sich gab. „Fakten, Fakten, Fakten. Wenn du einen Thriller schreiben willst, musst du Schriftsteller werden, nicht Journalist.“

Manchmal, selten genug, stößt er auf Nachdenkliches, auf Versuche, tiefer zu schürfen als nur an der Oberfläche herumzukratzen. Im Forschungsverbund einer jungen hessischen Universität untersuchen Historiker, Agrarwissenschaftler, Germanisten, Kunsthistoriker, Philosophen und Theologen das Zusammenleben von Mensch und Tier, wie es sich entwickelt hat in Geschichte und Gesellschaft: Tiere, Nutztiere, Heim- und Haustiere, Labortiere, Wildtiere. Und Menschen. Züchter, die Tiere selektieren oder ihre Gene manipulieren, die Pferde und Bienen, Landwirte oder Zoodirektoren, die sie halten oder produzieren, die Hunde, Elefanten, Kühe und Bären, Papageien und Katzen, Wärter und Liebhaber, die sie pflegen oder gefangen nehmen, Schlangen, Fische, Schmetterlinge, Künstler, die sie aus Stein hauen, besingen, malen oder beschreiben, ein Nashorn zum Beispiel und einen angeketteten Distelfinken, Forscher, die sie sorgsam untersuchen oder als Versuchskaninchen für ihre Experimente benutzen, Metzger, die sie schlachten, vierteilen, entbeinen und in handliche Stücke schneiden, Omas und Kinder, die mit ihnen reden und sie streicheln, wir, die sie essen und uns schmecken lassen, wir, Allesfresser wie die Schweine, die wir selbst Tiere sind, auch Tiere.

Gerade hat diese Universität eine Professur für Human-Animal Studies eingerichtet, die erste in Deutschland. Nicht der Mensch allein präge die Geschichte, sagt die junge Wissenschaftlerin in ihrer Antrittsvorlesung. Tier und Mensch hätten sich in einer „kulturellen Koevolution" entwickelt, spätestens als der Mensch im Neolithikum das Nomadenleben aufgab, sesshaft wurde und sich seine ganze Existenz zunehmend auf Haustiere stützte. Die heutige Massentierhaltung, so eine ihrer Thesen, sei von den Nazis angelegt worden, als sie den Zweiten Weltkrieg planten und dafür die Agrarwirtschaft umstrukturierten. Neben Menschen wurden dann auch Hunde für den Krieg „gemustert" und an die Front „eingezogen". Und was war mit Hannibals Elefanten?

Leonhard lässt alte Beziehungen spielen aus seiner Zeit als Chefredakteur eines wöchentlich erscheinenden Politmagazins, das damals so manchen Skandal aufdeckte, seinen Lesern etwas zumutete, anstatt ihnen Lifestyle-Senf um den Mund zu schmieren und mit butterweichen Human-Touch-Geschichten um ihre Gunst zu buhlen. Er ruft ehemalige Kollegen an und altvertraute Informanten, vielfach bewährte Quellen, auf die er sich verlassen kann. Ein noch aktiver Reporter, der schon jahrelang in der Szene der Lebensmittelkriminalität recherchiert, bestätigt ihm, was er eigentlich schon weiß. Bei all diesen obskuren Geschäften und Schiebereien geht es um höchste Renditen und gewaltige Summen. Die ganze Chose, so formuliert er, gleicht einer gallertigen

Qualle, auf der Oberfläche gar nicht und unter der Oberfläche kaum sichtbar, kaum fassbar, ohne erkennbare Strukturen, aber mit erheblichem Stoffwechsel, dessen Endergebnis zuletzt immer die handfeste Form von Dollars oder Euro annimmt.

„Und wir sehen natürlich nur die Spitze des Eisbergs“, sagt ihm der Kollege. „Nimm den vorletzten Pferdefleischskandal. Alle haben darüber geschrieben, von der BamS bis zum Spiegel. Warte, ich schau mal nach ... Da wurden aus einem einzigen Betrieb in Luxemburg 144 Tonnen Lebensmittel nach Deutschland geschickt, 359 722 Packungen tiefgekühlte Lasagne und Cannelloni, aus französischen Rohwaren gefertigt. Dazu Tortellini, Ravioli und Rindergulasch in unbekannten Mengen. Als wir versucht haben herauszufinden, wie das passieren konnte, tauchten immer mehr Firmennamen und Geschäftsbeziehungen auf. Das sind wirklich mafiöse Strukturen, die ohne verdeckte Ermittlungen kaum aufzuklären sind. Da hätten wir schon einen wie Günter Wallraff einschleusen müssen. Und der hätte gelernter Logistiker und Handelsexperte sein müssen, um zu verstehen, was da abgeht.“

„Ja, hab davon gelesen“, unterbricht ihn Leonhard ein wenig ungeduldig. Das tut er zu gerne, eine Unart, die er einfach nicht loswird, obwohl er sich darum bemüht. Als Schnelldenker weiß er einfach meistens schon, was sein Gesprächspartner nun noch sagen wird. Und dann kann er nicht an sich halten und funkt dazwischen. „Hat man nicht doch aufgedeckt, dass halb Europa in die Affäre verwickelt ist?“

„Stimmt“, bestätigt sein Kollege. „Die EU-Behörden haben in diesem Fall sogar ziemlich viel herausgefunden. Danach hat ein französisches Unternehmen über einen Händler in Zypern Rindfleisch bei einem Schlachthof in Rumänien geordert. Operativ abgewickelt wurde das Geschäft über einen niederländischen Händler. Die französische Firma verkaufte das gelieferte Fleisch in Frankreich an einen Geschäftspartner. Der wiederum reichte es einem luxemburgischen Tochterunternehmen weiter, wo es zu fertiger Essware verarbeitet wurde. Diese Luxemburger Fabrik, sie heißt sinnigerweise Tavola, lieferte die Fertiggerichte an Tiefkühlkostfirmen aus, die sie wiederum unter anderem an Supermarktketten verkauften, Endstation Endverbraucher. Es soll allein in diesem Fall um 4,5 Millionen Fertiggerichte gegangen sein, die an mindestens 28 Unternehmen in 13 europäischen Ländern geliefert wurden. Also tauchten bald in England, Schweden, in der Schweiz und auch hier in Deutschland leckere Rindfleischgerichte auf, die nur einen einzigen Schönheitsfehler hatten, nämlich einen Pferdefleischanteil von bis zu 100 Prozent. Da wurde richtig viel Geld verdient. Aber es blieb letztlich unklar, an welcher Stelle die wunderbare Verwandlung von billigem Pferd in teures Rind vonstatten gegangen ist."

„Muss die Herkunft von Fleisch nicht immer nachgewiesen werden?", wundert sich Leonhard.

„Ja, schon, aber nur bei unverarbeitetem Rind oder bei Rinderhack. Das ist seit der BSE-Krise so. Sobald Fleisch erst einmal verwurstet ist und in Fertiggerichten gelandet, kennt es keine Herkunft mehr. Und daran wird wohl auch die neue EU-Lebensmittel-Informationsverordnung wenig ändern. Es gibt in der Lebensmittelbranche längst eine starke, um nicht zu sagen übermächtige Industrielobby. Die sorgt dafür, dass sich auch künftig im Dunkeln gut munkeln lässt."

Dass die EU sich immer wieder in solchem Lobbyismus, aber auch in selbst gemachter Bürokratie verheddert, ärgert Leonhard heftig, ein Umstand, der ihm seine fast euphorische Liebe zu Europa oft vergällt. Geeichte Gurken, normierte Bananen, verbotene Glühbirnen, regulierte Kondome, gemaßregelte Duschköpfe. Erst kürzlich hatte ihm ein Brandenburger Spargelbauer erzählt, dass seine Spargelstangen laut EU-Vorschriften nur noch so und so lang sein dürfen. „So ein Blödsinn", schimpfte er, „jetzt müssen wir unseren Spargel auf EU-Norm kürzen. Zugleich haben sie uns verboten, die Abschnitte zu verkaufen. Nun haben wir halt neben dem Spargelstand einen extra Eimer. Steht Tiernahrung drauf. Wird gern genommen."

Als Leonhard seinem früheren Kollegen diese Geschichte erzählt, sind sie sich einig: Zuweilen treibt die EU-Bürokratie schon seltsame Blüten und der kreative Umgang mit solchen Vorschriften wird geradezu provoziert. Aber einig sind sie sich auch, dass das mit organisierter Lebensmittelkriminalität nichts zu tun hat und nichts mit der Mafia, die hier zugange ist.

Leonhard bedankt sich fürs Erste und googelt schnell die wichtigsten internationalen Lebensmittelkonzerne, auch wenn die Zahlen, die er findet, vermutlich manipuliert sind oder schon wieder überholt: Nestlé in der Schweiz zum Beispiel, 281 000 Mitarbeiter, 64 Milliarden Euro Umsatz, elf Milliarden Gewinn, hat bei fast allen Lebensmitteln die Finger im Spiel, ob Alete-Kost, Herta-Wurst, Mövenpick-Eis, Maggi oder Trinkwasser. Oder Tyson, USA, dealt hauptsächlich Fleisch und Tiefkühlkost, 107 000 Mitarbeiter, knapp 27 Milliarden Umsatz. Oder Associated British Food. Oder Unilever. Die zehn größten Lebensmittelkonzerne nehmen zusammen etwa 1,1 Milliarden Dollar ein. Jeden Tag.

*

„Wir müssen konkreter herausfinden, wie das mit diesen Lebensmittelbetrügereien funktioniert“, sagt er abends zu Paul, als er ihm von der Qualle erzählt, die sich breitmacht in dieser Branche. „Vor allem würde mich interessieren, wer da ganz oben mitmischt. Das müssen zwar Kriminelle sein, aber zugleich wirklich herausragende Unternehmer, erschreckend und zugleich irgendwie imponierend.“

Paul ist skeptisch. „Da kommen wir doch nicht einmal in die Nähe.“

„Der Fisch stinkt immer vom Kopf“, beharrt Leonhard am Telefon, „die Frage ist nur, wer oder wo ist der Kopf?“

Den seinigen schüttelt Paul, sein Freund, am anderen Ende der Leitung: „Schwer zu sagen, wenn es um eine Qualle geht. Aber sind Quallen wirklich Fische?“

*

Leonhard ist überzeugter, ja leidenschaftlicher Europäer, soweit er, vernunftbegabt und altersgedämpft, zu Leidenschaft fähig ist. Europäisch durchdrungen ist er nicht nur als Journalist, sondern auch ganz persönlich. Seine Begeisterung für den alten Kontinent ist ein Produkt seiner Jugendzeit, untrennbar mit ihm verwoben, ein essentieller Bestandteil seiner politischen Sozialisation in den Aufbruchszeiten nach dem Weltkrieg, als sich Adenauer und de Gaulle versöhnten und im offenen Auto durch die Straßen Ludwigsburgs fuhren, begleitet von Enthusiasmus und Beifallsstürmen, als Leonhard und seine Fußballkumpel zum Jugendaustausch nach England reisten und nach Frankreich, als sie voller

Lebensfreude mit diesen wunderbaren Jungs aus Solihull und diesen funkelnden Mädchen aus Mulhouse alberten, lärmten, tanzten, soffen, spielten, palaverten, um die Dörfer zogen und durch die Städte, als man sich küsste und umarmte, als es nach vielen, vielen Jahrhunderten endlich undenkbar, unvorstellbar wurde, jemals wieder aufeinander zu schießen, als es undenkbar wurde, sich anders zu begegnen denn als Freund, der neue Horizonte öffnet, als Freundin, die so aufregend ist wie der ganze Kontinent. Erste Entdeckungen, die das Herz weit öffneten für diesen unermesslichen, unerschöpflichen Reichtum an Land und Leuten, Kulturen, Sprachen, Menschen, einen Reichtum, über Jahrtausende gewachsen und nach Europa gespült aus allen Windrichtungen, allen Himmeln, allen Ländern und allen Wassern.

Diese proeuropäische Haltung, dieses Zugehörigkeitsgefühl, das seine süddeutsche Heimat sowohl einschloss wie überquerte, dieses Friedens- und Zukunftsprojekt, war ihm eine Herzensangelegenheit geworden. Und auch später, als er Dr. Leonhard Ross geworden war und Chefredakteur, formulierte er diese Haltung immer klar und eindeutig, als eine Linie im Blatt, an die sich alle halten konnten. Jetzt engagiert er sich noch halbherzig als Mitglied eines Clubs in die Jahre gekommener Europa-Fans, der Europa-Union, geht brav zu den Mitgliederversammlungen und Jahresempfängen, obwohl ihm klar ist, dass dieser Verein, überaltert und vom politischen Establishment instrumentalisiert, sich kaum mehr eignet, europäische Zukunft zu repräsentieren. Aber er hängt an der Idee. Und sie, die Europa-Union, funktioniert immer noch als Netzwerk von politisch engagierten Leuten, die Europa lieben und sich unter seiner Zukunft mehr vorstellen als eine möglichst reibungslos funktionierende Geldmaschine, mehr als eine ökonomische und finanzielle Zweckgemeinschaft, Leute, die an einer Vision hängen: den Vereinigten Staaten von Europa, einer föderalen Friedensgemeinschaft, die aus der Geschichte gelernt hat, den Menschenrechten verpflichtet, einer lebendigen Demokratie, reich nicht nur in ihrem Wohlstand, sondern mindestens ebenso in ihrer kulturellen Vielfalt, ihren nationalen Eigenheiten, geschichtlichen Traditionen, ethnischen Wurzeln.

Und was er aus seinen diversen Quellen in Brüssel hört, bestätigt alle Befürchtungen. Leonhard hat seine Methode in solchen Gesprächen. Oft stellt er Informanten Fragen, obwohl er den Sachverhalt schon kennt, lässt sich also erzählen, was er eigentlich schon weiß. Auf diese Weise kann er verifizieren, ob ihm jemand Unsinn erzählt, einen Bären aufbindet, ihn glatt belügt, oder ob der Sachverhalt sich bestätigt, vielleicht aber in neuem Licht erscheint, wahrgenommen aus anderer Sicht. So filtert er nach und nach Spuren verschiedener Wahrheiten und Lügen aus seinen Recherchen heraus und nähert sich einem klaren Bild.

In diesem Fall bleiben ihm keine Zweifel. Die kriminellen Quallen vermehren sich offenbar in rasantem Tempo. Und das nicht nur in ihren klassischen Geschäften wie dem Trafficking von Flüchtlingen, der Zwangsprostitution oder im Drogenhandel. Kaum ein Wirtschaftszweig, der nicht schon infiziert ist. Im Schatten globalisierter Produktions-, Geschäfts- und Handelswege, so hört Leonhard von seinen Informanten, seien mit dem Verschieben von Tieren oder halbfertigen Fleischprodukten, von Fisch und Fischmehl schnelle Millionen, wenn nicht sogar Milliarden verdient und zugleich fein sauber gewaschen. Es gebe viele Anzeichen dafür, dass sich solch mafiöse Verbindungen Zugang zu praktisch allen

Branchen verschaffen, konkurrierende Mächte, russische und osteuropäische Banden, alte und neue italienische Mafia, aber auch mittel- und südamerikanische Drogenkartelle und ominöse asiatische Organisationen, die auf der Suche nach profitablen und sicheren Kapitalanlagen nach Europa drängen. Inzwischen sei auch deren Konkurrenz untereinander so heftig, dass es zu gnadenlosen Vernichtungskriegen komme. Dafür sprächen mehrere mysteriöse Todesfälle, Entführungen und Fälle von Folterungen, die man diesem Milieu zurechnen müsse.

Was hat Europa, was haben die Mitgliedsstaaten der EU dem entgegenzusetzen? Als Leonhard nach all seinen Telefonaten eine Zwischenbilanz zieht, fällt sie ernüchternd aus. Die europäischen Kompetenzen sind mehr als bescheiden und obendrein zwischen der EU, ihren Mitgliedstaaten und in deren Innenleben reichlich verquer verteilt. Das fängt in Brüssel selbst an mit der EU-Direktion Gesundheit und Verbraucherschutz, ihrem OLAF, das ist das Europäische Amt für Betrugsbekämpfung, der EFSA, das ist die Europäische Behörde für Lebensmittelsicherheit, und dem FVO, dem Europäischen Lebensmittel- und Veterinäramt. Immerhin müht man sich. Die OLAF-Betrugsschützer pochen darauf, in 3500 Ermittlungen über 1,1 Milliarden Euro für den EU-Haushalt gerettet und damit verhindert zu haben, dass sie in dunklen Kanälen versickerten. Ein Häuflein von gerade mal 167 FVO-Lebensmittel- und Veterinärinspekteuren versucht wacker, vom irischen Grange aus nicht weniger als den ganzen Kontinent unter seine Kontrolle zu bringen. Und die EFSA im italienischen Parma wirft ihre wissenschaftliche Kompetenz in jede Waagschale, gefragt oder ungefragt, selten jedenfalls auf Bestellung. Dafür sorgte der EU-Ombudsmann schon vor ein paar Jahren, nachdem eine EFSA-Abteilungsleiterin allzu direkt die Seiten wechselte und in eine Biotechnikfirma überlief.

Das ist es schon, das Waffenarsenal der großen und mächtigen Europäischen Union im Kampf gegen sämtliche Missstände der Lebensmittelbranche. Am meisten beeindruckt Leonhard das Europäische Schnellwarnsysten RASFF, das seine Wirksamkeit schon oft bewiesen hat, nicht nur in der Aufdeckung des jüngsten Pferdefleischskandals. Es war Riccardo Conte, ein hochrangiger Beamter in der EU-Kommission, von Haus aus Biologe, der daran maßgeblich beteiligt war.

„Sehen Sie mal tagesaktuell rein in die RASFF-Warnungen. Die stehen ja alle im Internet", schlug ihm Conte vor, in seinem Italo-Englisch, das zu verstehen Leonhard höchste Konzentration abverlangte. „Allein in diesem Monat bei den Lebensmitteln über 1000 Warnungen. Das geht von Metallfragmenten in portugiesischen Sardinen über Arsen und Blei in Pflanzenkohle aus Italien bis zum Norovirus in gefrorenen Venusmuscheln aus Vietnam. Und über 100 Warnungen nur bei den Futtermitteln, von Dioxinen in getrocknetem Apfeltrester aus Polen über Krankheitserreger in Fischmehl aus Deutschland bis zu Salmonellen in Maiskleber aus China. Das heißt also, das europäische Warnsystem funktioniert. Aber die Warenströme sind einfach zu groß, sie sind letztlich unkontrollierbar. Das ist alles viel zu viel, um Schweinereien wirklich auf den Grund zu gehen. Diese Warnungen sind ja nicht einmal die Spitze eines Eisbergs. Sie sind die Spitze eines ganzen unterirdischen Kontinents."

Gewarnt werde ja nur bei Erkenntnissen, klärte Conte ihn auf, und bei Kontrollen. Aber die allermeisten Warenströme blieben unkontrolliert. „Was denken Sie? Wie oft wird kontrolliert?“

„Keine Ahnung, vielleicht in Stichproben, sagen wir bei zehn Prozent?“

Da lachte Conte ihn aus. „Ich sage Ihnen mal, wie das bei Ihnen in Deutschland funktioniert. Ihre Lebensmittel- und Veterinärüberwachung kontrolliert jährlich etwa 400 000 Betriebe. Das machen in Deutschland die Ämter für Lebensmittel- und Veterinärüberwachung in den Landkreisen und kreisfreien Städten. Die nehmen vor Ort Proben und kontrollieren alle Stufen der Lebensmittelherstellung: Erzeugung, Weiterverarbeitung, Lagerung, Beförderung, Verkauf und die Gastronomie. Betriebe werden ohne Vorankündigung kontrolliert. Aber jede zehnte Einheit? Weit gefehlt. Es ist gerade mal jedes zweihundertfünfzigste geschlachtete Rind und nur jedes zweitausendste Schwein oder Schaf. Bei Fisch wird eine einzige Probe je 100 Tonnen Jahresproduktion genommen, bei Geflügel eine je 200 Tonnen, bei Eiern eine je 1000 Tonnen und bei Milch eine je 15 000 Tonnen Jahresproduktion. Umgekehrt heißt das, dass 14 999,99 Tonnen Milch völlig unkontrolliert bleiben, das sind mindestens 5000 Lastwagen voller Milch. Verstehen Sie jetzt, was ich meine mit dem ganzen Kontinent, den man nie zu sehen bekommt?“

Leonhard kann nur nicken.

„Und dabei kann man noch davon ausgehen, dass in Ihrem Land halbwegs korrekt und gründlich geprüft wird. Jedenfalls genießt es diesen Ruf. Es gibt aber, um das vorsichtig auszudrücken, innerhalb der EU gewisse Unterschiede. Und natürlich sind tendenziell die neuen Mitgliedsländer und die Südländer nicht ganz so streng."

Die EU kann in diesem Spiel kaum punkten, das machte Conte ihm unmissverständlich klar. Wirklich durchgreifen könnten allenfalls die Staaten selbst. Selbst das OLAF dürfe ja nur dann ermitteln, wenn es unmittelbar um den Missbrauch von EU-Geldern gehe. Eine eigene Eingreiftruppe habe das OLAF nicht. In allen anderen Fällen könne sich das OLAF nur Hilfe suchend an jedes einzelne Mitgliedsland wenden. Und stoße dort wiederum auf 28 völlig unterschiedliche Binnenstrukturen und Zuständigkeitsregelungen. Ohnehin müsse das OLAF seine Informationen nach sechs Monaten wieder löschen. Kein Wunder, so ereiferte sich Conte, dass vieles einfach untergehe in dem ganzen Kompetenzwirrwarr. Realität sei jedenfalls, dass selbst Hinweisen auf einschlägig bekannte Händler einfach nicht mehr nachgegangen werde.

„Vielleicht", seufzte Conte, „weil Staatsanwaltschaften und Polizei ebenso in Arbeit ertrinken wie wir. Nehmen wir Ihren Zoll. Er dürfte ja Lebensmitteltransporte anhalten und überprüfen, wenn sie die deutsche Grenze passieren. Für Erzeugnisse tierischen Ursprungs aus Nicht-EU-Staaten gibt es sogar einen gesonderten Überwachungsplan. Das ist der EÜP. Danach sollen mindestens vier Prozent all dieser Importe auf verbotene Rückstände untersucht werden. Aber in Wahrheit kann jede Grenzkontrollstelle diese Frequenz kraft eigener Kompetenz auf zwei Prozent oder noch weniger reduzieren. Und macht das natürlich auch, weil sie sonst gar nicht klarkommt. Die haben ja schließlich noch anderes zu tun."

Der tapfere Conte klang ziemlich frustriert. Leonhard sah ihn förmlich vor sich sitzen zwischen Bergen von Problemen, Unzulänglichkeiten, Widerständen. Offenbar hörte er ihm verständnisvoller zu als andere. Denn er redete immer weiter: „Obendrein wird die Überwachung technologisch immer aufwändiger. Man braucht hoch spezialisierte Labors, die eigens für bestimmte Tests ausgerüstet sind. Andererseits: Wäre es nicht sinnvoller, ein Polizist oder der Mitarbeiter einer Überwachungsstelle würde selbst noch erkennen, was der Unterschied ist zwischen einer Goldbrasse und einem Hering? Das müsste nicht unbedingt erst durch einen Gentest in einem Labor herausgefunden werden. Insofern ähnelt die Überwachung der Übeltäter dem Wettlauf zwischen Hase und Igel. Die Schlaumeier sind immer schon vorher da. Und die Überwachungsleute sind noch nicht einmal Hasen, allenfalls Schildkröten."

Leonhard brummte zustimmend ins Telefon und Conte nahm es als Zeichen von Empathie, eine Zuwendung, die seinen Zorn allerdings nicht zu beschwichtigen vermochte, sondern weiter steigerte. Nun schimpfte er über die Ausbildungsmängel der Kontrolleure. Biologen wie er seien lange Zeit ja nur noch im Labor ausgebildet worden und nicht mehr draußen im wirklichen Leben, draußen in der Natur:

„Denen konntest du einen Hering als Hai verkaufen. Absurd, immer gleich mit hochwissenschaftlichen Untersuchungen anzufangen, wenn ein Fischkenner schon durch bloßen Augenschein sehen könnte, was los ist."

*

Nach all seinen Erkundungen, all den Hinweisen und Querverbindungen, mit denen er sich im Netz abgequält hat, all den langen Telefonaten und mühsamen Gesprächen mit offiziellen und inoffiziellen Informanten versucht Leonhard auf den Punkt zu bringen, was er erfahren hat. Aber es will ihm nicht gelingen. Im ganzen Sammelsurium seiner Recherchen verliert er langsam den Überblick. In all den Wirrungen und Irrungen der Pfade, die er sich mühsam gebahnt hat, droht ihm die Orientierung zu entgleiten. Nach und nach überkommt ihn das Gefühl, als verlaufe er sich, als sei er selbst ein Teil dieses ganzen Wirrwars, als irre er durch ein endloses Labyrinth, das immer neue Gänge öffnet, ohne je zum Ausgang zu führen. Ich muss raus hier, sagt er sich, muss mich konzentrieren auf etwas Handfestes, Konkretes, Exemplarisches, muss mich aus diesem ganzen abstrakten Durcheinander von Überwachungsbehörden, Iso-Normen, EU-Verordnungen, Produktketten und IT-Systemen, Zuständigkeitsebenen und Organisationsstrukturen wieder befreien.

Als er in sich hineinhört, hört er nichts. Aber er schmeckt etwas. Es ist der wunderbare Nachgeschmack des Welsfilets, das ihm kürzlich beim Abendessen mit seiner Karla auf der Zunge zerging und das ihn nun inspiriert, ein Impuls, der vom Gaumen direkt in sein Gehirn funkt. Er wird seine weitere Recherche auf Fisch fokussieren. „Ja, das ist es“, sagt er sich. Das ist etwas, das ist konkret. Was ist eigentlich los mit Fisch? So lief ja auch die Verdrängungsfolge dessen ab, was man nach all den Lebensmittelskandalen noch guten Gewissens und mit Genuss zu sich nehmen konnte: Nach der Schweinepest ging es zum Rind, nach dem Rinderwahnsinn zum Geflügel, nach den Antibiotika- und Chlorhühnchen zum Fisch. Fisch, ja das ist es.

*

Leonhard kennt auch in diesem Metier Leute. Gut vernetzt, das war er immer schon und ist es noch, obwohl sie langsam ausdünnen, seine Kontakte, je länger er raus ist aus dem aktiven Berufsleben. Er ruft einen ehemaligen Kollegen an, der sich mit seinem Special-Interest-Magazin „Fischers Fritz“ auf alles konzentriert, was schwimmt und lebt, einfach auf alles, was irgendwie mit Fisch zu tun hat, ob im Wasser, an der Angel, oder auf dem Tisch. Ja, sagt der ihm, das stimmt. Nach dem Pferdefleischskandal sind viele Leute auf Fisch umgestiegen. Die Nachfrage habe drastisch zugenommen, besonders in Großbritannien, aber auch in vielen anderen Ländern. Und wie das so sei, wenn die Nachfrage größer werde als das Angebot, es werde gepfuscht. Billiger Importfisch aus Asien ersetze zunehmend Kabeljau und Schellfisch. Wie die Importkontrollen in der Praxis aussehen, wisse Leonhard ja. Größter europäischer Umschlagplatz für gefrorenen Fisch sei übrigens Frankfurt am Main. Aber wirkliches Insiderwissen gebe es natürlich nur beim Fischhandel selbst.

Leonhard könne sich gerne an einen alten Bekannten wenden, Siegfried Wegener, Fischhändler von Berufs wegen, ausgewiesener Experte und Vorsitzender seines Berufsverbands. Tatsächlich erhält er von Wegener, als er sich auf dessen alten Kumpel beruft, sofort einen ausführlichen Einführungsvortrag in die Fischwirtschaft. Nicht mehr der klassische Fischfang, sondern die Aquakultur, so bekommt er zu hören, gelte als die Zukunft der globalen Fischversorgung. Fische, Muscheln, Krebse, Algen, einfach alles Essbare aus dem Wasser würde dabei groß gezogen wie in anderen Farmen eben das Vieh. Aquakultur habe sich verdoppelt seit

Beginn des neuen Jahrtausends, sei der am schnellsten wachsende Bereich der Lebensmittelproduktion. Wildfang hingegen stagniere bei um die 100 Millionen Tonnen weltweit. Und die Grenze des Möglichen sei bei vielen wirtschaftlich genutzten Beständen erreicht, wenn nicht überschritten.

Über solche weltweiten Trends spricht Siegfried Wegener gern, lieber als über die Kriminalität in seiner Branche. „Nichts für ungut, aber schwarze Schafe, die gibt es überall", wehrt er ab, als Leonhard ihn darauf anspricht. Aber nach und nach taut Leonhard ihn auf, vor allem als Leonhard sich selbst als echten Fischfreund zu erkennen gibt, der seinen Fisch am liebsten frisch vom Markt holt, von seinem Fischstand, und sich von den Marktfrauen einen Rollmops auf die Hand geben lässt. Das gefällt Wegener: „Nichts für ungut, da sind Sie aber leider die Ausnahme. Frischer Fisch kommt in ganz Deutschland gerade mal auf einen Anteil von neun Prozent, und nur ein einziges Prozent wird im Fischfachgeschäft verkauft. Aber 91 Prozent aller Fische kommen tiefgefroren auf den Markt oder schon zubereitet als Fertiggericht."

Das habe er nicht gewusst, räumt Leonhard ein, und erfährt dann doch viel mehr von seinem neuen Fisch-Experten, der seine Sätze so gerne mit den Worten „Nichts für ungut ..." beginnt. Aber alles Gute folgt ihr nicht immer, dieser doppelten Verneinung.

„Nichts für ungut", sagt Wegener, „natürlich sprechen sich Betrügereien herum. Nehmen Sie zum Beispiel europäische Seezunge, selten, aber bei Feinschmeckern sehr gefragt. Die wird dann gerne mal gegen ihre afrikanische Schwester getauscht, hat zwar weniger Fleisch und schmeckt nicht so gut, ist aber deutlich billiger im Einkauf. Und wer merkt schon den Unterschied in tiefgefrorenem Zustand. Oder Lachs. Ist nicht selten bloß eine Lachsforelle. Das kann ein Laie kaum unterscheiden. Oder Jakobsmuschel, eine teure Delikatesse. Man hat bei schalenloser Gefrierware festgestellt, dass jede dritte gar keine war, sondern eine billige Kammmuschel.

Also nichts für ungut, aber das ist schon roh nur schwer zu unterscheiden. Tiefgefroren geht das kaum noch und filetiert so gut wie gar nicht mehr, zumal auf dem Teller, paniert und gebraten. Da wird eine teure Seezunge in die Tellermitte gelegt, schön fürs Auge, und daneben Billigfisch, der nicht einmal die Hälfte kostet. Können Sie im Restaurant das Muskeleiweiß analysieren, das Ihnen aufgetischt wird?

Bei Seezungen haben Wissenschaftler in Deutschland fast in jeder zweiten Probe eine völlig andere Fischart gefunden. In den USA war es noch schlimmer. Da war ganz selten drin, was draufstand: Schlangenmakrele zum Beispiel statt weißem Thun, insgesamt 13 verschiedene Sorten falscher Fisch, darunter eine Barsch-Art voller Quecksilber, die als „Red Snapper" verkauft wurde. Immerhin, in den Lebensmittelgeschäften war nur ein Fünftel der Proben gefälscht, bei den Restaurants aber fast 40 Prozent und in den Sushibars war es mit drei Viertel am allerschlimmsten. Am brutalsten wurden die Verbraucher offenbar in New York verschaukelt. 94 Prozent, also so gut wie alles, war Etikettenschwindel. Das sind Fakten aus unserem Fachinformationsdienst. Reicht Ihnen das? Mir schon, denn diese Leute ruinieren den Ruf der ganzen Branche. Die machen unser Geschäft kaputt."

Leonhard gibt sich nicht zufrieden. „Dass gefälscht wird, weiß ich ja schon, im Prinzip jedenfalls. Und die Leute wissen es auch. Die lesen ja fast täglich irgendeine Skandalmeldung in ihrer Zeitung. Was mich viel mehr interessiert, wie wird das gemacht und wer macht es?"

„Also nichts für ungut, wir sind das natürlich nicht", wehrt Wegener ab. „Der redliche Fischhandel leidet ja darunter. Natürlich halten wir uns an alle Bestimmungen, auch an das Fisch-Etikettierungsgesetz. Wenn Sie darüber mehr wissen wollen, kann ich Ihnen gern das aktualisierte und erweiterte Sonderheft dazu zukommen lassen, auch das aktuelle Verzeichnis der verbindlichen deutschen Handelsnamen." Die Kontrollen in Deutschland nach deutschem Recht seien wirklich streng: „Bei uns tauchen viermal jährlich Kontrolleure auf. Unangemeldet. Im Einzelhandel passiert das immerhin alle zwei Jahre. Noch strenger geht es zu, wenn ein Betrieb eine EU-Zulassungsnummer hat. Dann werden Proben am laufenden Band genommen, in meinem Betrieb jeden Monat".

„Okay, okay, Sie sind es also nicht. Sie sind die Guten. Das ist mir schon klar. Deshalb kaufe ich ja auch bei Ihnen. Aber wer ist es dann, der im Trüben fischt? Irgendwo müssen die ganzen Betrügereien doch herkommen."

Und dann plaudert Wegener doch ein wenig aus seinem Nähkästchen. „Nichts für ungut, Herr Dr. Ross, da springen Sie zu kurz. Der Klassiker in dieser Art von Geschäften, das ist nicht diese plumpe Fälscherei. Das ist doch Kriminalität von der primitiven Sorte. Viel eleganter und genau so einträglich ist das Panschen, das Poltern, wie die Fachleute sagen. Da kommt der Fisch in große Wannen mit Nadeln, die ihm ein wasserhaltiges Gel einspritzen. Das bläst ihn auf und sein Gewicht. Wenn das Gel rein ist, ist danach auch der Fisch rein, selbst in DNA-Analysen. Es ist auch gar nicht ungesetzlich, einem Produkt reines Wasser zuzusetzen, sofern man es nicht verheimlicht. Bei einem dünnen Fischfilet kann eine Wasserschutzglasur sogar sinnvoll sein, damit es nicht austrocknet oder unter Gefrierbrand leidet. Aber es spreizt die Gewinnspanne enorm, ob Wasser zehn, 20 oder 50 Prozent des Gewichts ausmacht. Achten Sie einfach mal auf die Angaben zum Abtropfgewicht. Strafbar machen Sie sich erst, wenn Sie mit zusätzlichen Substanzen das Wasser fest in den Fisch einbinden. Und es dann gar nicht mehr abtropfen kann. Zum Beispiel Zitronensäure in tief gefrorenen Garnelen. Das ist gar nicht leicht nachzuweisen. Und es gibt natürlich noch Gels, die ganz andere Stoffe enthalten."

„Aber wie passieren all die anderen Betrügereien, die von der primitiven Sorte, wie Sie sagen?" hakt Leonhard nach.

„Das ist ganz unterschiedlich. Oft wird sofort in der Produktion gepfuscht, also praktisch an der Quelle. Billiger Rohfisch, oder auch Originalfisch, der schon fast hinüber ist oder haarscharf an der Grenze, er kommt im Herstellungsland in die Fabrik. Wenn er auf den Schiffen schon eingefroren war, wird er noch einmal aufgetaut. Er wird gereinigt und verpanscht, solange, bis der Geruch weg ist, aufgearbeitet, verpackt, wie vom Besteller gewünscht etikettiert, wieder tiefgefroren und exportiert. Die haben jedes Zertifikat, das sie brauchen, Bio-Zertifizierung, BCS Öko-Garantie, HACC P, IFS, DIN EN ISO 9001, einfach alles. Man bekommt so vom Hörensagen mit, dass man bei manchen Lieferanten in Asien die gewünschte Ware direkt zum gewünschten Preis und mit den gewünschten Etiketten bestellen kann. Das sind Gewinnspannen, von denen unsereins nur träumen kann. Die machen eben aus Müll noch Geld."

Viele Möglichkeiten, dagegen vorzugehen, sieht auch Wegener nicht. Sicher, bei Missständen werde das Schnellwarnsystem ausgelöst und nach EU-Recht rückverfolgt, woher die Ware kommt und wer sie wann an wen geliefert hat. Solange die Papiere stimmen, sei das sehr gut kontrollierbar.

„Aber das ist eben ganz anders, wenn es so etwas wie kreative doppelte Buchführung gibt. Wenn Fisch umetikettiert und umdeklariert wird, ist die ganze Rückverfolgbarkeit ausgehebelt. Und das ist bei 90 Prozent Gefrierfrisch leicht machbar und passiert vermutlich sogar im Schatten ganz legaler Betriebe. Wenn Sie mich fragen, dann ist es diese ganze Tiefkühltechnologie, die den Betrügern Tür und Tore geöffnet hat. Das müsste man einfach verbieten. Dann wäre dem ganzen Unrat der Boden entzogen. Denn Fischers Fritze fängt bekanntlich nur frische Fische."

Vor allem der letzte Satz kommt Wegener wie frischer Sprudel über die Lippen.

*

Abends am Telefon fasst Leonhard für seinen Freund zusammen: „Paolo, das funktioniert im Prinzip immer gleich. Jemand betreibt eine ganz normale Handelsgesellschaft und verbindet sie wiederum mit anderen Unternehmen, die ganz legal im Rahmen der Prozesskette von der Lebensmittelproduktion bis zum Vertrieb arbeiten und alle beliefern, exquisite Feinkostfilialen genauso wie hochwertige Bio-Läden oder Supermarktketten für Massenware wie Real, Aldi und Lidl. Die Schattenwirtschaft funktioniert immer so, dass niedrigpreisige Massenware umdeklariert wird zu hochpreisiger Edelware. Das ist das Grundprinzip, ganz egal ob es darum geht, Pferdefleisch in Rindfleischprodukte zu mixen, oder eben Wasser in Fisch. Entweder wird die Menge aufgeblasen oder die Wertigkeit höher gepfuscht. Das verschafft natürlich immense Extraprofite. Und ist billig zu machen. Ein gewisser Aufwand für die Transporte, für die Vertuschung der Wege, für eine gut funktionierende Etikettier- und Druckereimaschine, für ein paar Bestechungen und Gefälligkeiten, das tut da nicht wirklich weh."

Im Gespräch mit seinem Freund erinnert sich Leonhard daran, wie ihm sein alter Kollege von der Qualle erzählte und sagte, ohne jemand wie Wallraff einzuschleusen, käme er nicht wirklich weiter.

„Paolo, wäre es nicht sinnvoll, wenn wir selbst eine verdeckte Aktion starten, um wirklich etwas Neues zu erfahren? So richtig erhellend ist das doch bislang alles noch nicht."

Paul schweigt, woraufhin Leonhard seine Idee weiterspinnt. „Am einfachsten wäre es natürlich, wenn man das Produkt gar nicht vertauschen oder verändern müsste, sondern einfach so belässt wie es ist, so wie beim Wasserpanschen", denkt er laut vor sich hin. „Also mit dem Wasserpanschen, das ist schon ziemlich clever. Aber man könnte es ja noch raffinierter machen als die Wasserpanscher. Nicht einmal Wasser zusetzen, einfach gar nichts verändern. Nur das Etikett. Du könntest zum Beispiel aus Billigfisch, tonnenweise importiert, einfach frisch gefangenen Edelfisch machen und ihn über den Fischhandel teuer an Restaurants verkaufen. Dagegen hilft keine DNA-Analyse und nicht einmal ein Abtropfgewicht. Was meinst du? Wir könnten doch mal einen Heißluftballon hochsteigen lassen in dieser Dunkelwelt und sehen, was passiert."

„Ich könnte das garantiert nicht", meint Paul in treffender Selbsteinschätzung. Und schiebt weitere Bedenken nach. „Ist das nicht ein wenig übertrieben, um nicht zu sagen jugendlicher Leichtsinn, sich nun gleich in eine Art Undercover-Mission zu stürzen? So wollte ich dich keineswegs in die Sache verwickeln. Eigentlich hast du doch schon viel herausgefunden. Als Hintergrund für meine lokale Geschichte hier reicht das allemal."

„Als Hintergrund für deine Geschichte vielleicht schon. Aber jetzt will ich es wissen. Also, welchen Fisch nehmen wir?"

Doch Paul hat ganz andere Sorgen. Sie betreffen seine extreme Ökoszene vor Ort. Und seine neue Liebe. Die Öbefa, berichtet er, werde mittlerweile völlig von Fanatikern kontrolliert, drifte immer weiter ab. Selbst von terroristischen Attacken auf all die schlimmen Weltzerstörer sei inzwischen die Rede. Und seine Charlotte wisse offenbar nicht mehr ein und aus, gerate hoffnungslos zwischen die Fronten. Manchmal, gesteht er, fürchte er schon, sie zu verlieren.

„Leonardo, meinst du nicht, wir haben schon genug am Hals? Mir wächst die ganze Sache über den Kopf. Mir ist viel dringlicher danach, irgendwie wieder aus dieser Nummer herauszukommen als mit einer überstürzten Aktion noch tiefer in den Sumpf hinein."

„Ja, sicher, Paolo. Sicher. Du hast ja Recht. Ganz sicher hast du Recht. Speziell was diese Öbefa angeht. Mir ist da auch nicht mehr wohl, längst nicht mehr." Leonhard unterbricht sich kurz. „Aber eigentlich hat das alles hat mit meinem Ende der Geschichte doch gar nichts zu tun, jedenfalls nicht direkt. Das ist ja gewissermaßen das ganz andere Ende des Fadens. Und zwischen diesen Enden liegen ganze Haufen von Knäueln. Wie Gordische Knoten. Da kommen wir nur weiter, wenn wir mal reinhauen."

Nach und nach gibt Paul seinen Widerstand auf. „Also wenn schon, denn schon", sagt er schließlich. „Dann muss es Dorade sein."

So sind sie, die beiden Freunde. Wenn schon, denn schon. „Okay", sagt Leonhard. „Dann machen wir es so. Ich bestelle morgen tiefgefrorene Dorade und schaue, ob ich sie Edel-Restaurants als Delikatesse andrehen kann, als fangfrischen Wildfisch aus den türkisblauen Tiefen des Mittelmeers. Mal sehen, wie weit ich komme."

*

Dass er jetzt selbst in den Fischhandel einsteigt, wenn auch nur für seine Recherche, erzählt er Karla lieber nicht, als er sie tags darauf zum Mittagessen in seine große Küche lädt. So vermeidet er eine unerquickliche Diskussion, bei der Karla ihm diesen Unsinn vernünftigerweise hätte ausreden wollen. Du kannst wohl nie loslassen und dein schönes Rentnerleben genießen, hätte sie ihm vorgeworfen. Und er hätte ja stur bleiben müssen und bockig. Das muss er ihr und sich nicht antun. Aber aus gegebenem Anlass serviert er ihr und sich je eine Dorade, natürlich frisch vom Markt, mit der er sich besonders viel Mühe gegeben hat: eine Dorade en papillote, mit Zitronen, Kapern und Kräutern im Pergamentpäckchen gegart.

„Ein Gedicht voller Geschmackserlebnisse, raffiniert komponiert, begleitet von der substanziellen Kraft herzhaften Bohnenpürees und der aromatischen Frische geschmolzener Tomaten“, zitiert er aus dem Genießer-Journal, dem er das Rezept entnommen hat. Und beiläufig protzt er ein wenig mit seinen neuesten Fischkompetenzen: „Weißt du eigentlich, wie man eine frische Dorade im Restaurant erkennt?“

Karla schüttelt den Kopf, schaut ihn an und schenkt ihm das Gefühl, ganz dringlich aus dem unerträglichen Zustand solcher Unwissenheit befreit werden zu wollen.

„Das kann man gar nicht“, trumpft Leonhard auf, „weil man ihr nicht mehr in die Augen sehen kann. Nur wenn du sie selber kaufst, noch nicht filetiert, hast du überhaupt eine minimale Chance zu unterscheiden, ob sie nur frisch aufgetaut ist oder wirklich frisch. Du musst nämlich darauf achten, ob sie ordentlich ausgenommen ist, ob ihre Augen klar sind und ein wenig hervortreten, ob ihre Schuppen glänzen und ob sie frisch, auf keinen Fall muffig riecht.“

„Nicht nur deine Augen stechen gerade etwas hervor. Und muffig riechst du auch nicht“, sagt Karla, als sie nach dem Essen zusammenliegen.

*

Leonhard hatte am frühen Morgen noch einmal mit seinem Fischhändler telefoniert und Siegfried Wegener angedeutet, dass er nun verdeckt weiter recherchieren wolle, um genauere Hintergründe zu erfahren und einen lebendigeren Eindruck zu bekommen. Und Wegener, besorgt um den Ruf seiner Branche, die Verrohung der guten Sitten im ehrbaren Kaufmannsberuf und ständig gequält, ja nahezu erdrückt von der übermächtigen Tiefkühl-Konkurrenz, hatte keineswegs etwas dagegen, wenn schwarzen Schafen seiner Branche mit journalistischen Mitteln in die Seite gefahren werden sollte. Deshalb stellte er sich Leonhard Ross, ohne lang zu zögern, als Mentor und Fachberater für seine Undercover-Aktion zur Verfügung. Denn so ganz einfach, das wird Leonhard schnell klar, ist es nicht, aus dem Stegreif in derartige Geschäfte einzusteigen, auch nicht bloß zum Schein.

Idealerweise, so erfährt er von Wegener, wird fangfrischer Edelfisch nur kurz in einem sanften Vakuum eingefroren. Das tut ihm gut, schützt vor dem Austrocknen, hält ihn saftig. Wegener selbst lässt sich frische Dorade in diesem Zustand von einem griechischen Lieferanten per Flugzeug schicken. Seinen griechischen Partner kennt er persönlich und auch die Fischer, die die Dorade aus dem Wasser ziehen: „Die Griechen haben, was die Qualität ihres Fischfangs angeht, ein ganz hohes Ethos.“ Meistens wird fangfrischer Edelfisch über derart eingespielte Handelsbeziehungen ins Land gebracht. Doch selbst für Newcomer wie ihn, so erfährt Leonhard, gibt es in Zeiten der Globalisierung und Digitalisierung einen ganz einfachen Zugang zu den Märkten: Internetplattformen, Kontaktbörsen für Käufer und Verkäufer, über die man weltweit überhaupt alles handeln kann, kein Kinderkram wie Ebay, sondern Deals im Großmaßstab, wo man zum Beispiel, einfach so, auch eine Tonne tiefgefrorene Dorade bekommt, irgendwoher, aus China, Mauretanien, Bolivien, geliefert von einer Spedition via Bremerhaven, in einem Container, mit eigenem Kühlaggregat ausgestattet, in garantiert ununterbrochener Kühlkette, damit die leicht verderbliche Ladung ihr Ziel in einwandfreiem Zustand erreicht.

So funktioniert es also. Jetzt braucht Leonhard für seinen Fisch nur noch Platz in einem Kühlhaus und schon kann es losgehen, sein Scheingeschäft. Bei einer Tonne muss er für den Transport, so hat ihm sein Mentor Wegener vorgerechnet, vielleicht mit 30 bis 50 Cent pro Kilo rechnen, für die Miete im Kühlhaus kommen 20 Cent dazu, und dann natürlich der Einkaufspreis von etwa 2,50 Euro. Macht Kosten pro Kilo von vielleicht 3,20 Euro. Als garantiert frischen Wildfang deklariert und mit Bio-Siegeln zertifiziert, kann er seine Dorade für neun bis elf Euro das Kilo an Restaurants weiterverkaufen, wo sie ab 20 Euro aufwärts pro Stück auf die Speisekarte kommt. An einer Tonne lassen sich also ohne weiteres 7000 Euro verdienen. Das wären bei 100 Tonnen zum Beispiel 700 000 Euro. Leonhard steigt die Zahl aus dem jüngsten Pferdefleischskandal in den Kopf. Da ging es um 50 000 Tonnen, das wären hier also 350 Millionen Euro Gewinn. Für einen Moment fasziniert ihn die Vorstellung, schwerreich zu werden auf so leichte Art. Einen Augenblick lang sieht er sich am Spieltisch im Casino sitzen und der Croupier schiebt ihm einen gewaltigen Berg von Jetons zu. Ihm wird mulmig. Und sein Verstand holt ihn zurück.

Also beschließt er großzügig, auf das ganz große Geld zu verzichten und es doch erst einmal mit einer einzigen Tonne zu versuchen. Für eine gewisse Glaubhaftigkeit würde die Bestellung einer Tonne sicher genügen. Im Internet findet Leonhard schnell eine einschlägige Börse: Sindbad.com, von einer Firma in Hongkong betrieben, die vielleicht größte

Online-Handelsplattform der Welt: „Global trade starts here, your success is our pleasure.“ Hier kann man Produkte suchen oder anbieten, Lieferanten oder Käufer, weltweit aus allen Kontinenten. Über 3000 Händler allein aus China sind hier zugange und erfüllen so gut wie jeden Käuferwunsch, ein wahrer Kosmos von Waren, von der Heiligen Jungfrau Maria in grell bunter Plastikausführung bis zu galvanisiertem Eisendraht. Und natürlich findet Leonhard hier auch seinen Fisch, Dorade, filetiert und tiefgefroren, also schon da eigentlich unkenntlich, denkt er sich. Wer weiß, aus welcher Flüssigkeit sie herausgefischt wurde.

Er muss sich eine anonyme E-Mail-Adresse besorgen, um hier mitzumischen. Der Name Klaus Ammering klingt dafür gut, findet er, weltläufig, anscheinend seriös, aber auch ein wenig vage. Er meldet sich online an unter seinem neuen Pseudonym als Fischgroßhändler und Geschäftsführer einer schnell erfundenen Global Wholesale Business and Retail Deals Inc., gibt die neue anonyme E-Mail-Adresse ein, seine Handy-Nummer und eine erfundene Postfachadresse. Dann schreibt er unter der Rubrik Lieferantensuche die Bestellung einer Tonne Dorade aus. Lieferort Berlin. Zum ersten Mal spürt er ein Kribbeln in sich aufsteigen.

Eine Tonne Dorade zu ordern, das ist schon ein wenig anders als sich hundert Gramm Nordseekrabben eintüten zu lassen.

Schon eine halbe Stunde später kommen die ersten Angebote, Anfragen von Lieferanten aus aller Welt, auch aus Europa, aus der Türkei, Estland oder Italien beispielsweise. Leonhard alias Klaus Ammering schwankt ein wenig, ob er bei Arjen Halstorp von First Seafood in den Niederlanden bestellen soll oder bei Elias Sokratis von Hellas Foods. Denn genau genommen hat er nicht den blassesten Schimmer, auf was er sich da einlässt, und nur eine sehr vage Vorstellung davon, was auf ihn zukommt, falls ihm tatsächlich irgendjemand eine Tonne Fisch nach Berlin schicken sollte. Bislang kennt er sich allenfalls mit der Annahme von Postpäckchen aus. Schließlich entscheidet er sich für eine unverbindliche Anfrage an Sokratis.

Jetzt erst fällt ihm auf, dass es mit seiner Anonymität nicht sehr weit her ist, solange er weiterhin sein Smartphone benutzt und von seinem Notebook aus operiert. Seine IP-Nummer und sein Handy sind so gut wie echte Visitenkarten, falls jemand auf die Idee käme, sich genauer für ihn, seine Identität und seine Anfrage zu interessieren. Leonhard hält kurz inne und überlegt. Er könnte die Sache von einem Internet-Café aus weiter betreiben. Aber er hat wenig Lust darauf, tagelang in einer dieser öden Buden herumzusitzen. Außerdem wäre er so auch kaum erreichbar. Er könnte natürlich Karla fragen, ob er ihren Computer benutzen darf. Aber das würde nur die Rückfragen auslösen, die er just vermeiden wollte. Und vor allem, es würde sie irgendwie hineinziehen in die Sache. Das will er auf keinen Fall.

Also entscheidet er sich für eine kostspieligere, aber sehr viel komfortablere Variante. Er kostet das phantasierte Dasein seiner neuen Identität ein wenig aus, fühlt sich ein bisschen wie sein eigener Avatar, ein geheimnisvoller Big Dealer. Und der gönnt sich bestimmt ein Minimum an Luxus. Es ist ja nur für ein paar Tage, so lange bis du genug weißt für deine Recherche, sagt sein Avatar zu ihm. Also leistet er sich ein wenig externe Unterstützung für seine neue Mission und richtet sich online ein virtuelles Büro ein, Telefonzentrale und realer Telefonservice inklusive, eine freundliche

Frauenstimme, echt, kein Fake, die sich unter seiner Büronummer als Mitarbeiterin der Global Wholesale and Retail Deals Inc. meldet und jeden Anrufer fragt, was sie für ihn tun kann. Sie leert täglich ein für ihn reserviertes Postfach. Sie nimmt auch Faxe und E-Mails entgegen. Zu vereinbarten Kontaktzeiten stellt sie Anrufe an ihn durch. Ansonsten leitet sie vertrauensvoll Informationen weiter, wenn Geschäftsführer Klaus Ammering leider gerade nicht erreichbar ist. Und sie gibt ihm ein Leih-Tablet mit, ausgestattet mit allen Programmen und Funktionen, über das er künftig seinen ganzen geschäftlichen Datenaustausch abwickeln kann, ohne über die IP selbst erkennbar zu sein.

So ist es gut, so möchte ich es haben, denkt Leonhard und korrigiert sofort seine Kontaktdaten bei Sindbad.com. Irgendwie gefällt es ihm, dass er nun noch einen anderen Namen hat und ein Büro, von dem niemand weiß. Es fühlt sich an wie ein geheimes Doppelleben, als wäre es ein zweites Dasein, aber gewissermaßen auf Probe, eine weitere Existenz, die man vielleicht behalten könnte oder auch zurückgeben bei Nichtgefallen. Wie sein Leben wohl gelaufen wäre, wenn er statt Journalist wirklich Geschäftsmann geworden wäre, oder Politiker oder Pfarrer oder Berufssoldat. Oder Gangster.

Leonhard verscheucht solche Phantasien und kümmert sich stattdessen um Platz für die Ware, die er zu erwarten hat. Im Internet sucht er nach Kühlhäusern, um seine Tonne Dorade dort abstellen zu können. Auch das geht, aber auch das geht nicht so einfach. Wie er schnell feststellt, haben seriöse Kühlhäuser bereits gelernt aus den Skandalen und werben mit der Rückverfolgbarkeit ihrer Waren: „Im Rahmen des Supply-Chain-Managements", liest Leonhard da, „gewährleisten wir die lückenlose Rückverfolgung des Warenflusses über GS1-128 (vormals EAN 128)-Etikettierung der Waren entsprechend der Empfehlung der GS1 Germany. Transparenz im Warenfluss und die Rückverfolgbarkeit in der Lieferkette entsprechend der EG-Verordnung Nr. 178/2002 sind damit jederzeit gewährleistet. Angefangen von der Einhaltung aller Anforderungen des HACCP-Standards über die Zertifizierung nach IFS Logistic Standard – Higher Level bis hin zum ‚gläsernen' Kühlhaus und der lückenlosen Rückverfolgbarkeit der Waren über EAN-Codes bieten wir moderne, transparente Warenlogistik, verbunden mit persönlichem Service durch unsere Mitarbeiter."

Respekt, denkt Leonhard. Da läuft ja offensichtlich alles überkorrekt. Also eignet sich dieses Angebot für sein Vorhaben weniger. Aber schon nach wenigen weiteren Versuchen wird er fündig. Die Kühlhauskette Frostland arbeitet noch klassisch, jedenfalls noch nicht nach Methoden des Supply-Chain-Managements. Sie betreibt ganz traditionell Filialen in fast allen großen deutschen Städten, auch in einem Kühlhaus in Berlin bei einer Großmarkthalle, ganz in seiner Nähe. Hier findet sich schnell Platz für seine avisierte Palette. Ein Telefonat und eine E-Mail genügen und sein heiß gehandelter Fisch hat ein kaltes Zuhause. Wenig später zeigt sein neues Tablet eine Antwort von Sokratis in seiner Mailbox an. Er dankt für die Anfrage, sagt prompte Lieferung und beste Qualität zu, will aber genauere Details wissen, wann, wie, wohin und dergleichen.

Jetzt wo es richtig ernst wird, so ganz konkret, jetzt wo es nicht mehr weitergeht mit bloßer Herumspielerei, mit ein paar Telefonaten, mit E-Mails und mit ein wenig Papierkram, jetzt wo der Fischhändler Sokratis in Griechenland kurz davor ist, dem Fischhändler Ammering in Berlin eine Tonne

Dorade zu schicken, jetzt zuckt Leonhard zurück, bekommt kalte Füße.

Er geht nicht auf Sokratis' Rückfragen ein, auch nicht auf seine Nachfragen.

*

Stattdessen verabredet er sich mit Karla zum Paddeln auf dem Havelsee.

Es sind schöne Tage angesagt, gutes Wetter für Touren mit ihrem Faltboot, schöne Tage für Zweisamkeit, zweisames Gleiten über das Wasser im Gleichklang ihrer Paddelschläge, die das Boot vorwärts ziehen in den frischen Wind hinein und in den typischen Geruch des Sees, den beide so lieben, die Ufer in Sicht, mal näher und manchmal weit, hin zu einem Ziel, das sie belohnt für ihr Muskelspiel, mit einer Rast im Grünen, an einer kleinen Bucht, wo sie ihre Decke und ihr Picknick ausbreiten und die Sonne spüren bis tief hinein in ihre Körper und ihre Seele, oder mit einem luftigen Platz im Biergarten, wo Selbstgebrautes schäumt und ein deftiger Imbiss wartet. Welch krasse Ungleichheit in Gleichzeit, drängt es sich in Leonhards Kopf. Hier diese Idylle. Und ein paar hundert, ein paar tausend Kilometer weiter Mord, Krieg, Folter, Terror, Tod, genau in diesem Augenblick, in der Ukraine, im Irak, in Syrien, in Gaza, in Israel, im Sudan, in Frankreich und sonst wo. Und gerade in diesem Moment, auch diese Schattenwelt, in die er einzudringen versucht. Hier, mitten in Deutschland. Gern hätte er Karla zu Rate gezogen wegen seiner Recherchen, seines Avatars und wegen seines geplanten Dorade-Deals. Aber nun steckt er schon mittendrin. Der Zeitpunkt ist verpasst.

*

Wenige Tage später blinkt eine Mail aus Hongkong auf seinem Tablet mit freundlichen Grüßen von einer Miss Mi Lai Tao. Sie bedaure es außerordentlich, dass der Abschluss über Sindbad.com offenbar nicht zustande gekommen sei. Ob man sonst etwas für ihn tun könne? Gern würde sie weiterhelfen. Ob er lieber andere Formen von Service in Anspruch nehmen wolle, die man ebenfalls anbieten könne?

Als Leonhard bejaht, folgt bereits nach Minuten eine Mail, die ihm einen Anruf ankündigt, um Weiteres persönlich zu besprechen. Alles klingt sehr professionell, sehr freundlich, geradezu liebenswürdig, gar nicht zu vergleichen mit den frustrierenden Erfahrungen, die er sonst so macht mit unterbezahlten, gestressten und überforderten Callcenter-Agenten. Noch am selben Tag meldet sich eine Männerstimme auf seinem Smartphone und stellt sich als örtlicher Vertreter einer chinesischen Handelsorganisation vor, die unter anderem auch mit Sindbad.com zusammenarbeite.

„Manchmal ist es leider so", sagt die Männerstimme, „dass über den Online-Handel nicht alle Wünsche von Kunden zufriedengestellt werden können. Das scheint Ihnen ja so ergangen zu sein. In diesen Fällen informiert uns Sindbad.com. Vielleicht können wir Ihnen ein günstigeres Angebot machen, ein Angebot, das ganz individuell auf Sie zugeschnitten ist und Ihren speziellen Vorstellungen entspricht."

Leonhard stellt sich als Geschäftsmann und Inhaber eines Handelsunternehmens vor, das schon auf vielen Feldern erfolgreich sei und nun in den Handel mit Edelfisch einsteigen wolle. Seine Idee sei, erstklassige Restaurants mit geeisten Doradefilets zu beliefern, die als Frischfisch in der Küche sofort zubereitet werden könnten. Dann lässt er einen ersten Versuchsballon fliegen: „Wissen Sie, bei diesen Filets ist es sehr schwierig, fangfrische Dorade von tiefgefrorener Massenware zu unterscheiden. Ich brauche deshalb Partner, die auf meine besonderen Anforderungen eingehen und auf die ich mich verlassen kann."

„Ich denke schon, dass wir für Sie vielleicht die richtige Adresse sein könnten", versichert die Männerstimme. „Vermutlich legen Sie Wert darauf, dass Ihre Dorade den Bestimmungen entsprechend zertifiziert ist und auch eine Garantie für ihre Herkunft als frischer Wildfisch vorliegt. Und vermutlich sind Sie zugleich auf möglichst günstige Einkaufspreise angewiesen. Ist das richtig?"

„Ja, das haben Sie gut aufgenommen. Genauso ist es."

„Da lässt sich sicher etwas machen", sagt die Männerstimme und klingt unwiderstehlich entgegenkommend. „Vielleicht sollten wir uns möglichst bald zusammensetzen, um die Details zu besprechen. Wollen wir gleich einen Termin vereinbaren? Ich komme gerne zu Ihnen ins Büro."

„Nein", wehrt Leonhard ab. „Vielmehr ja, ja natürlich, wir können uns gerne treffen. Aber nicht in meinem Büro. Ich komme im Augenblick kaum dort vorbei, weil ich viel unterwegs zu tun habe. Wie wäre es, wir treffen uns erst einmal in Berlin?"

*

Ein wenig mulmig ist ihm schon, als er am nächsten Morgen hinter dem Bahnhof Friedrichstraße um die Ecke biegt und das Café Oweiapopeia betritt. Schließlich ist es schon viele Jahre her, als er selbst noch vor Ort agieren musste, um derlei Aufklärungsjournalismus zu betreiben. Vom Chefsessel aus war er es gewöhnt, andere zu dirigieren, junge, dynamische Leute, die sich mit Feuereifer in derlei Abenteuer stürzten. Jetzt wieder selbst unterwegs zu sein, auf seine alten Tage und auf diese Weise, macht Leonhard ein wenig Angst. Zugleich fühlt es sich an wie eine Verjüngungskur, wie eine Zeitreise in sein früheres Dasein, als blättere er einfach ein paar Kapitel zurück im Buch seines Lebens und springe dort wieder hinein. Er erkennt die Männerstimme sofort, obwohl sie so gewöhnlich ist, wie der Mann, dem sie gehört. Der Mann sitzt allein im hinteren Teil des Cafés und erhebt sich, als er eintritt, ein Mittdreißiger, ohne besondere Kennzeichen, es sei denn die dunkle Brille, die seine Augen verdecken, ein sportlicher Durchschnitts-Typ im legeren Anzug, der ihm freundlich die Hand entgegenstreckt.

Leonhard entspannt sich. „Ammering, Klaus Ammering“, stellt er sich vor. „Und Sie sind …“

„Ihr Kontakt vom Telefon, richtig“, sagt die Männerstimme, „hier kann man sich ja kaum verfehlen und es ist wirklich ein schöner Ort hier. Vielen Dank, dass Sie es so schnell einrichten konnten.“

Sie setzen sich. Leonhard zögert ein wenig. Ihn irritiert, dass sich sein Gegenüber nicht ebenfalls mit Namen vorgestellt hat. Aber er weiß nicht, ob und wie er das ansprechen soll. Also belässt er es dabei und sie tasten sich nach dem üblichen Austausch von Höflichkeiten und ein wenig Small Talk an ihr eigentliches Thema heran.

„Sie möchten also in das Geschäft mit fangfrischer Dorade einsteigen, Herr Ammering, haben Sie denn schon genauere Vorstellungen?“, fragt ihn die Männerstimme.

„Noch nicht allzu genau“, räumt Leonhard ein und kommt auf seine Vorstellung zu sprechen, Edelfisch, speziell Dorade, günstig einzukaufen, um ihn an Edelrestaurants weiterzuverkaufen. Berlin und Umgebung werde zunehmend attraktiv für Leute mit Geld, die bereit seien, es in angesagten Restaurants auszugeben. Da entwickle sich eine dynamisch wachsende Nachfrage, die es mit einer ordentlichen Gewinnspanne zu bedienen gelte.

„Klingt interessant. Sie haben aber noch keine Lieferanten?“

Leonhard nickt.

„Haben Sie denn schon Abnehmer?“

Leonhard schüttelt den Kopf. „Wissen Sie, das ist bislang noch nicht viel mehr als eine Geschäftsidee. Und ich bin dabei zu sondieren, wer dafür meine Partner sein können.“

„Dann lassen Sie uns nicht mehr länger um die Dinge herumreden“, hakt die Männerstimme ein. „Sicher geht es uns beiderseits nicht um einen unverbindlichen Ideenaustausch. Richtig?“

Leonhard nickt erneut.

„Es ist so, dass ich ganz offen zu Ihnen sein möchte. Geschäftsbeziehungen brauchen Vertrauen. Ich denke, wir können Ihnen ein äußerst vorteilhaftes Angebot machen.“ Die Männerstimme lächelt ihm zu und blinzelt ihn kurz mit einem Auge an. „Ein Angebot gewissermaßen, das man nicht abschlagen kann.“

Leonhard fragt schmunzelnd: „Und was wäre daran so unwiderstehlich?“

„Wir sind ein weltweit verzweigter Konzern mit vielen Einzelunternehmen und können Ihnen unter anderem auch Dorade aus Wildfang anbieten, in jeder gewünschten Menge, so wie Sie sie gerne haben möchten, fangfrisch schonend eingefroren und selbstverständlich in jeder gewünschten Weise zertifiziert. Und das zu einem überaus attraktiven Preis, wie Sie ihn sonst nur für tiefgefrorene Massenware aus unklaren Quellen kennen. Wir haben in China noch solche Möglichkeiten.“ Die Männerstimme legt eine kleine Pause ein, richtet sich auf und blickt Leonhard in die Augen: „Wir können aber noch erheblich mehr tun für Sie. Wir könnten den gesamten Geschäftsablauf für Sie abwickeln.“

„Wie meinen Sie das?“

„Wenn ich Sie richtig verstehe, ist ja auch Ihr Absatz noch nicht in trockenen Tüchern. Das heißt, Sie müssten mit erheblichem Aufwand den Kundenmarkt für Ihre Dorade erst noch erschließen. Sehen Sie, auch das könnten wir Ihnen abnehmen. Wir sind in der Lage, für Sie auch den Weiterverkauf an die Restaurants zu übernehmen. Wir verfügen über das Know-how dafür. Und Sie wären erheblich entlastet. Das würden wir dann in Ihrem Auftrag und Ihrem Namen über ein Subunternehmen abwickeln. In Kommission. Was halten Sie von einer solchen Zusammenarbeit, ist das kein blendendes Angebot?“

Leonhard ist verblüfft. „Verstehe ich Sie richtig? Sie möchten die Dorade nicht nur liefern, sondern de facto auch selbst an die Restaurants weiterverkaufen? Aber dann könnten Sie doch gleich das ganze Geschäft selbst machen. Wozu der Umweg über mich?“

Nun nickt die Männerstimme.

„Ja, das könnten wir im Prinzip schon. Aber wir möchten nicht so direkt, und nicht so, in Erscheinung treten. Deshalb ziehen wir es vor, Sie als deutschen Partner einzuschalten, der für Seriosität und Solidität steht und dessen guter Name für Qualität bürgt. Der Handel mit Lebensmitteln, speziell mit Fleisch und Fisch, ist wie gesagt ganz und gar Vertrauenssache. Wir haben es als chinesisches Unternehmen aber sehr schwer, den deutschen Markt zu penetrieren, also nicht nur China-Restaurants zu beliefern, sondern auch deutsche Edel-Adressen. Es gibt so viel Misstrauen und Skepsis uns gegenüber. Sie kennen doch auch solche Witze: Die Chinesen essen alles, was vier Beine hat, außer Tisch. Für uns ist das gar nicht lustig. Und diese Probleme sind in jüngster Zeit nicht einfacher geworden. Es gibt immer wieder sensationsgeile Medien, die meinen, sie könnten in Asien Skandale aufdecken, auch in China, zuletzt gerade im Handel mit so sensiblen Lebensmitteln wie Fisch.“

Die namenlose Männerstimme wartet ein wenig ab, so lange, bis Leonhard bedächtig nickt, als leuchte ihm die missliche Lage seines potenziellen Partners ein, der ihn jetzt mit einer Enthüllung überrascht: „Deshalb haben wir Sie ausgesucht, obwohl wir feststellen mussten, dass Ihre Firma im Handelsregister gar nicht eingetragen ist.“

„Sie haben mich ausgesucht?“ Leonhard ist baff. Und er bekommt eine Ahnung von der Organisationsmacht, die ihm in Gestalt dieses sympathischen Gesprächspartners so harmlos und freundlich gegenübersitzt.

„Ja, wir filtern die Anfragen, die über unsere Online-Handelsplattformen eingehen. Und nach einem bestimmten Raster von Kriterien kontaktieren wir potenzielle Partner wie Sie. Uns stört nicht, dass wir Sie im Handelsregister nicht gefunden haben. Uns stört auch keineswegs, dass Sie in unserem Kontaktgespräch nicht danach gefragt haben, wie wir denn so billig sein können, obwohl wir den Fisch doch mit allen erdenklichen Zertifikaten liefern, die ihn eigentlich sehr teuer machen müssten. Das alles stört uns nicht, eher im Gegenteil. Allerdings wäre es genau das, was wir auch von Ihnen erwarten. Dass auch Sie nichts stört. Es dürfte auch Sie nicht weiter stören, wie wir dieses Geschäft zustande bringen und dass wir es eher verdeckt und diskret abwickeln möchten. Sie wären dabei so etwas wie der Mittelsmann, wenn Sie so wollen, unser deutsches Gesicht. Und das würde sich für Sie auszahlen, und zwar nicht gerade schlecht. Interessiert?"

Es ist nichts weniger als das Angebot, den Strohmann für eine kriminelle Schieberei zu machen, das ihm die Männerstimme so freundlich und selbstverständlich unterbreitet, als ginge es um die Bestellung einer weiteren Tasse Cappucino. Das wäre der Moment, in dem Leonhard das Gespräch abbrechen könnte, abbrechen müsste. Er müsste noch nicht einmal eine Ausrede erfinden. Er könnte jetzt einfach sagen: Nein, danke, kein Interesse, so habe ich mir das eigentlich nicht vorgestellt. Dann stünde die Männerstimme auf, würde sagen, das ist aber sehr schade, wollen Sie es sich nicht noch einmal in Ruhe durch den Kopf gehen lassen, soll ich Sie noch einmal anrufen die nächsten Tage. Und Leonhard müsste dann nur wiederholen: Nein, danke, das ist sehr nett von Ihnen, aber ich möchte nicht ... Sie würden sich verabschieden und es wäre nichts gewesen als ein Sondierungsgespräch in einem Berliner Café, geführt von zwei Männern, der eine unter falschem, der andere ganz ohne Namen.

Aber Leonhard hört seinen Avatar sagen: „Ja, durchaus. Wie wollen wir die Sache angehen?“

In diesem Moment unterbricht ein Telefonklingeln ihr Gespräch. Es ist ein Klingeln, das Leonhard noch nie gehört hat, ein Ton wie aus einer chinesischen Oper.

„Das muss ein Anruf für Sie sein“, sagt Leonhard, „gehen Sie ruhig dran“.

Die Männerstimme steht auf und geht kurz vor die Tür. Als er wieder hereinkommt, fragt er: „Dann sind wir uns also einig?“

Sie vereinbaren zunächst einen Probelauf. Eine Tonne Dorade. Fangfrisch, zertifiziert, aber zum Einkaufspreis wie tiefgefrorene Filets, geliefert an sein Kühlhausdepot bei Frostland, von dort als Kommissionsware weiterverkauft an Restaurants in und um Berlin.

Als sie sich verabschieden, legt ihm die Männerstimme vertraulich die Hand auf die Schulter. „Auf gute Zusammenarbeit. Ich freue mich sehr, dass wir so unkompliziert übereingekommen sind, auch wenn wir persönlich wohl kaum mehr miteinander zu tun haben werden. Das läuft dann künftig alles direkt über unsere Firmen.“ Sagt es und verschwindet. Ein sympathischer, freundlicher Mann. Mittdreißiger. Durchschnittsgesicht. Ohne besondere Merkmale. Mehr weiß Leonhard nicht.

*

Am Nachmittag telefoniert Leonhard mit einer alten Bekannten aus bewegten Zeiten. Ihre Lebenswege haben sich verzweigt, schon vor drei, vier Jahrzehnten, sind aber wieder auseinandergelaufen. Dennoch ist zwischen ihnen eine Nähe geblieben, die jederzeit wieder hergestellt werden kann, ohne jeden Anlauf, ohne jedes Brimborium.

„He, Kathrin, ich bin es, Leonhard", meldet er sich, nachdem er sie endlich erreicht, was nicht mehr so einfach ist. Denn auch Kathrin Kammerer hat Karriere gemacht. Sie ist EU-Abgeordnete der Grünen, eine der auffallenden Figuren im Europaparlament, bestens vernetzt und, so weist es auch ihre Website aus, vor allem in Themen der Agrarpolitik und des Verbraucherschutzes als kompetente Leitfigur profiliert.

„Leonhard, das ist aber schön, dass du dich mal wieder meldest. So lange nichts gehört voneinander, zu lange eigentlich".

Ja, so ist es leider, bestätigen sie sich gegenseitig. Und nachdem sie kurz ihre aktuellen Befindlichkeiten ausgetauscht haben und voneinander wissen, dass es ihnen gut geht, rückt Leonhard mit seinem Thema heraus, erzählt von seinen Recherchen auf der dunklen Seite der Lebensmittelbranche und davon, wie schwer es ist, angesichts all der Widrigkeiten, gegen diese unfassbare kriminelle Qualle vorzugehen.

„Mein Fischhändler sagt, man müsste einfach dafür sorgen, dass es so teuer wird, dass sich diese ganzen Machenschaften nicht mehr lohnen und dass die Strafen so empfindlich sind, wie es sich für Verbrechen gehört: hohe Haftstrafen und Einzug der Geldvermögen. Man hat aber noch nie direkt davon gehört, dass irgendjemand wegen solcher Delikte hinter Gitter musste. Und man bräuchte eine schlagkräftige und effiziente Polizeieinheit, die in der Lage ist, solche Verbrechen über Ländergrenzen hinweg selbst zu bekämpfen. Aber wenn man sieht, wie allein in Deutschland um die Zuständigkeiten zwischen Ländern und Bund gefeilscht wird, zwischen Landeskriminalämtern und dem BKA, zwischen Landesverfassungsschutz und Bundesverfassungsschutz, zwischen Länderpolizei und Bundespolizei, hat man eine Ahnung davon, wie das erst aussieht, wenn Hoheitsrechte zwischen Luxemburg und der Slowakei, Deutschland und Großbritannien, Finnland und Portugal auszutarieren sind."

„Wem sagst du das, genauso ist es", bestätigt ihn die grüne Kathrin. Aber trotz allem versuche die EU, mit ihren Möglichkeiten dagegenzuhalten. Das sehe sie auch ein wenig als Erfolg ihrer politischen Arbeit. Sie wisse, dass bei Europol eine spezielle Task Force aufgebaut worden sei, die sich in Zusammenarbeit mit Interpol ausschließlich mit europäischer und globaler Lebensmittelkriminalität befasse, und rät ihm, Kontakt mit dieser Spezialeinheit aufzunehmen. Zum Schluss nennt sie ihm noch einen Ansprechpartner namens Patrick Lynch, den sie dort ganz gut kennt, „auch aus bewegteren Tagen, als es uns alle zu den esoterisch-keltischen Festivals nach Irland zog und wir nachts um die magischen Steine tanzten", wie sie mit einem Glucksen sagt.

„Bist du sicher, dass es hilfreich ist, wenn ich mich auf dich berufe?"

„Ja, ganz sicher“.

Leonhard versucht diesen Patrick gleich zu erreichen, erfolglos. Er hinterlässt die Bitte um einen Rückruf.

Als er am Tag darauf Friedel und Rolli füttert und ein wenig schäkert mit seinen zwei Hausgenossen, wird ihm plötzlich mehr als unwohl mit seinem Dorade-Deal und mit dieser ganzen Undercover-Aktion. Eigentlich ist er dabei, nein, nicht dabei, sondern mittendrin, sich zum Handlanger irgendwelcher krimineller Lebensmittelschieber zu machen. Das heißt auf gut Deutsch, sich auf die Beteiligung an einer Straftat einzulassen. Das geht deutlich zu weit, es geht gar nicht, selbst nach weit gefassten Regeln von investigativem Journalismus nicht. Das will er nicht, nicht auf seine alten Tage und nicht auf seine jungen. Dabei hat er bislang gar nichts in der Hand außer einem Gespräch mit einer Männerstimme, von der er sonst nichts weiß.

Leonhard tritt hinaus auf seinen Balkon, zieht frische Luft ein. Er braucht Zeit zum Nachdenken. Er braucht überhaupt Zeit, um möglicherweise aus dieser Nummer wieder herauszukommen. Er ruft seine Büro-Frau an und sagt ihr, er sei bis auf Weiteres nicht mehr zu erreichen. Sie solle erst einmal alle und alles abwimmeln. Okay, sagt sie. Aber da sei noch etwas. Gestern habe sie einen obskuren Anrufer mit unbekannter Nummer in der Leitung gehabt, sehr merkwürdig, weil er sich trotz Nachfrage nicht vorgestellt habe. Er habe die persönliche Adresse von Herrn Ammering wissen wollen, die sie selbstverständlich nicht weitergegeben habe. Darauf habe der Mann einfach aufgelegt.

„Das ist tatsächlich merkwürdig", sagt Leonhard. Und schärft ihr noch einmal ein, seine Anonymität unter allen Umständen zu wahren.

Schon am nächsten Vormittag geht in seinem Mietbüro per Fax die Ankündigung einer ihm bis dahin völlig unbekannten Londoner Firma ein, dass die von ihm gewünschte Dorade umgehend aus bereits vorhandenem Lagerbestand in Bremerhaven geliefert werde und die Palette schon in den nächsten Tagen in seinem Kühlhaus ankomme. Absender ist eine Fresh Fish Ltd in London, ein Unternehmen der Shanghai Global Ocean Group. Entsprechende Unterlagen einschließlich Papiere und eine Rechnung über 28 000 Euro werden avisiert, zu zahlen auf ein Konto auf den Cayman Islands. Fast zeitgleich meldet sich telefonisch ein Berliner Serviceunternehmen für Restaurantbedarf namens Gastro No 1, das sich auf entsprechende Absprachen mit Herrn Ammering beruft, einen als Standard bezeichneten Vertrag zur Unterschrift schickt und nachfragt, wann es die Kommissionsware übernehmen kann.

Leonhard gerät langsam unter Druck. Langsam ist ziemlich untertrieben. Nicht langsam, sondern eher rapid und mächtig. Aber noch immer ist er sich nicht schlüssig, schwankt, macht weiter den Vogel Strauß. Um Zeit zu schinden, lässt er den Vertrag erst einmal liegen. Aber als schon wenig später die Lieferpapiere eintreffen und am nächsten Morgen der Fisch selbst, kann er die Sache nicht mehr länger verdrängen. Jetzt muss er ihr in die Augen sehen, persönlich. Diese Sache, das ist jetzt vor allem eine Tonne gefrorener Dorade. Jetzt muss er ihr ins Fischauge sehen, ins kalte.

*

Er macht sich auf den Weg in die Großmarkthalle mit den angeschlossenen Kühlhäusern, lässt seinen Jaguar bewusst einige Ecken weiter stehen, geht durch die alten Hallen, schlendert zu den Fischständen hinüber. Sonst erfreut er sich an den prall gefüllten Auslagen, der ganzen silberschuppigen, lachsfarbenen, zartblassen, rötlich, bläulich, weißgrau schimmernden Ernte des Meeres, und er genießt das lebhafte Treiben und vielstimmige Feilschen um ihn herum. Heute nimmt er es kaum wahr, heute ist kein Tag für Genießer. Er kommt vorbei an einem türkischen Fischhändler, der ihm wegen seiner günstigen Sonderangebote schon mehrfach aufgefallen ist, findet den Weg zur Frostlandfiliale und steht schließlich vor ihr, um sie in Augenschein zu nehmen: seine Palette, seine Tonne Fisch, verpackt in Pappkartons, 24 Kilo der Block. Nie hätte er gedacht, dass er einmal auf einer Tonne Fisch sitzen würde und mitten in einer kriminellen Schieberei.

Jetzt, fröstelnd, Angesicht in Angesicht mit seinem Fisch, wird ihm in ganzer Tiefenschärfe klar, er ist doch er selbst, Leonhard Ross, kein Avatar. Sein Doppelleben als Fischhändler Klaus Ammering ist plötzlich kein Spiel mehr, sondern höchst real. Und ihm fällt wie Schuppen von den Augen, dass er aussteigen muss, jetzt, sofort, ultimativ.

Aber wie?

Wie überhaupt herankommen an seine ominösen Geschäftspartner? Die einzigen realen Kontaktdaten, die er hat, sind die der Lieferfirma in London, an die er sich kaum wenden kann. Und die des Berliner Abnehmers. Also ruft er augenblicklich an bei Gastro No 1, noch in der Markthalle, bekommt nach einigem Hin und Her den Geschäftsführer ans Telefon, stellt sich vor und fragt ihn, ob er auch eine Nachricht an seine chinesische Mutterfirma weitergeben könne. Der zögert und sagt schließlich: möglicherweise. Daraufhin teilt Leonhard ihm mit, dass er sich sehr für die Zusendung des Vertrags bedanke, ihn aber wegen unvorhergesehener Umstände doch nicht unterzeichnen könne und dass er leider überhaupt aus dem Gesamtgeschäft aussteigen müsse. Das möge er doch bitte auch an die entsprechende Stelle seiner chinesischen Mutterfirma weitergeben. Auch bitte er darum, die schon eingetroffene Dorade-Lieferung wieder zurückzunehmen. Er werde die Londoner Lieferfirma entsprechend benachrichtigen und bedaure natürlich, dass er solche Umstände mache. Ein finanzieller Schaden sei bislang ja nicht entstanden, abgesehen von dem Umstand, dass die Ware jetzt in Berlin statt in Bremerhaven lagere. Aber das sei vermutlich kein Problem. Für bereits angefallene Kosten komme er selbstverständlich auf, sofern es erforderlich sei. Natürlich sei ihm bewusst, dass der gesamte Vorgang vollkommene Diskretion erfordere, jetzt und für alle Zeit. Das werde er gewährleisten. Darauf sei Verlass. Das könne er garantieren.

Nach diesem Gespräch ist ihm ein wenig leichter zumute. Als er auf dem Rückweg vom Kühlhaus wieder bei dem Fischstand des Türken vorbeikommt, biegt er spontan zu ihm ab. Vorne steht ein junger Mann, der gerade dabei ist, Eisbrocken in die Auslage nachzulegen. Leonhard fragt ihn, wie die Geschäfte so gehen. Als er mit ihm ins Gespräch kommt, bietet er ihm – eigentlich nur so im Spaß und aus einer Eingebung heraus – seine Tonne Dorade an. Der junge Türke lacht und sagt, so große Geschäfte könne nur sein Onkel machen. Ob Leonhard es tatsächlich ernst meine. Als Leonhard ihm antwortet, er heiße Klaus Ammering und habe hier im Kühlhaus eine Tonne bestens deklarierter Dorade auf

Lager, schaut ihn der junge Türke etwas skeptisch an, bittet ihn aber doch nach hinten in einen abgeteilten Raum. Dort sitzt in dämmrigem Licht, fast bewegungslos, auf einem mit Teppichen ausgelegten Podest, ein Mann im Schneidersitz. Sein Kopf ist kahl und so rund wie sein ganzer Körper. Aber jedes Augen rollt so behende hin und her wie die Kugel in einem Flipperautomaten. Neffe und Onkel sprechen auf Türkisch miteinander, Leonhard versteht kein Wort.

Der Ältere blickt auf Leonhard und fragt: „Soll das ein Witz sein?"

„Nein. Ich meine es durchaus ernst", wiederholt Leonhard.

Da bedeutet ihm der Mann, sich zu setzen und fragt, ob er lieber Çay möchte oder türkischen Kaffee. Leonhard lässt sich nieder und bittet um Çay. Sie schlürfen das heiße Getränk und Leonhard nimmt den Faden wieder auf. Er habe eventuell günstige Ware anzubieten, quasi ein Sonderangebot, das bereits hier im Kühlhaus lagere. Möglicherweise springe der vorgesehene Abnehmer ab. Es stehe aber wegen besonderer Umstände noch gar nicht fest, ob er frei über sie verfügen könne. Deshalb sei er erst einmal nur hier, um zu fragen, ob denn überhaupt Interesse vorhanden sei. Der runde Mann nickt. Obwohl der türkische Fischhändler kaum etwas sagt und schon gar nichts verbindlich vereinbart wird, vermittelt er Leonhard den Eindruck, er könnte ihm seine Palette tatsächlich verticken. Für 20 000 Euro. Seinen Einkaufspreis von 28 000 bringt Leonhard gar nicht erst ins Spiel. Das läuft irgendwie viel glatter als gedacht. Am Ende hält Leonhard den Onkel wie den Neffen hin, sagt, er melde sich wieder und verabschiedet sich.

Nun hat er immerhin eine weitere Option, falls die Chinesen die Palette nicht zurücknehmen, denkt sich Leonhard auf dem Rückweg nach Hause, auch wenn es so oder so ein teurer Spaß wird. Denn in jedem Fall wird er auf dem Rest der Kosten sitzen bleiben, Lagermiete im Kühlhaus, Kosten für das Mietbüro, wahrscheinlich auch Transportkosten. Sei es drum. Er macht sofort einen weiteren Schnitt, fährt bei seinem virtuellen Büro vorbei, kündigt alles mit sofortiger Wirkung und dankt seiner im Mietpreis inbegriffenen Büro-Frau mit der angenehmen Telefonstimme. Nun existiert Global Wholesale and Retail Deals Inc. nicht mehr. Und Geschäftsführer Klaus Ammering hat sich in Luft aufgelöst. Er verabschiedet sich.

*

Als er sich bei seinem Freund zum gewohnt nächtlichen Telefonat meldet, ist es schon Mitternacht. Wieder einmal erwischt er Paul bei einer Partie Blitzschach, online im Internet, gegen einen Mitspieler irgendwo auf der Welt, heute in Kapstadt, und wird erst einmal vertröstet. Aber wenig später kann er ihm alles erzählen. Nun, da er aus dieser Nummer ausgestiegen ist, kommt ihm sein Ausflug in die Welt des Chinesen-Syndikats höchst erfolgreich vor. Jetzt kann er seinen Freund nicht nur mit Allerwelts-Informationen füttern, die sich letztlich jeder im Internet auch selbst besorgen könnte. Dank seines Dorade-Deals kann er Paolo mit konkreten Tatsachen dienen, persönlich erlebt.

„Paolo, das Ganze bekommt jetzt Fleisch und Blut", tönt er am Telefon. Bluut, Bluut, krächzen im Hintergrund Rolli und Friedel.

*

Fröhlich spaziert er am nächsten Tag den Uferweg entlang bis in die Stadtmitte, lässt sich in einem Straßencafé nieder und die aufgeregte Seele baumeln, stöbert in einem Buchladen herum, erkundet ein neues Einkaufszentrum, das sich gerade hochmodern eingebaut hat in historisches Gemäuer, kauft ein paar Sachen zum Essen ein. Wieder zuhause, lockt er Karla mit Garnelen, einem Knoblauchbrot, und einem selbst gemachten Feigenkaviar zu sich herüber, weil sie noch ein, zwei Stunden Zeit für ihn hat, bevor ihr Dienst beginnt.

Als es klingelt und sie vor der Tür steht, klingelt plötzlich auch ein anderer Klingelton.

Er hört sich an wie eine Chinesische Oper.

Leonhard horcht auf und zuckt zurück, als wolle er seinen Besuch abweisen. Er sieht sich um, blickt nervös nach allen Seiten, aber die Männerstimme, zu der dieser Ton gehört, ist nirgends zu sehen.

„Hast du mich tatsächlich zum Essen eingeladen oder störe ich?“, fragt Karla, die immer noch vor seiner Wohnungstür steht. Leonhard muss lachen, wenn auch etwas gequält, und holt sie herein. Er versucht cool zu wirken, obwohl er sich innerlich fast auflöst. Da hört er den Ton erneut. Und noch einmal. Er kommt von der Fensterbank. Es ist Friedel, die ihn fröhlich vor sich hin pfeift, offenkundig stolz darauf, dass sie endlich wieder einmal eine neue Handy-Melodie dazugelernt hat. Leonhard versucht Karla nicht merken zu lassen, wie aufgeregt er ist, versucht entspannt, locker und liebenswürdig zu bleiben. Aber in seinem Kopf schwirren Fragen herum wie Motten um eine Straßenlaterne. Wie und wann konnte Friedel diesen Ton gehört haben? Es rattert in seinem Schädel, das Hirn arbeitet. Und es spuckt unausweichlich nur eine vernünftige Erklärung aus.

Die Männerstimme war hier, hier in seiner eigenen Wohnung. Irgendwie muss sie sich Zutritt verschafft haben. Und sie muss einen Anruf erhalten haben, während sie hier war, ein Telefonklingeln, das Friedel gehört und sofort in ihr Repertoire vereinnahmt hat.

„Ist was?“, fragt Karla nach einer Weile. „Du wirkst so nervös, irgendwie abwesend.“

„Es ist nichts, alles gut. Vielleicht bin ich einfach ein wenig müde. Hab nicht so gut geschlafen heute Nacht und so ein Ziehen im Kopf.“

„Was du bloß nächtens so treibst“, lächelt Karla ihn aufmunternd an und verabschiedet sich. „Danke für das köstliche Essen und gute Besserung. Leg dich doch einfach eine halbe Stunde hin. Das darfst du dir ruhig gönnen, jetzt im Ruhestand“. Leonhard zieht die Augenbrauen hoch. Karla lacht.

Kaum ist sie weg, kontrolliert Leonhard die ganze Wohnung, rennt aufgeregt durch alle Zimmer, sucht fieberhaft nach irgendeiner Veränderung, irgendeiner Spur, die auf die Anwesenheit der Männerstimme hätte hindeuten können. Nichts. Er geht hinunter zum Briefkasten, um nach Post zu schauen und erschrickt. Es stinkt. Im Briefkasten stecken ein aufgetauter Fisch, eine Dorade, und ein brauner Umschlag. Als er das Kuvert aufreißt, fallen ihm zwei Polaroidfotos entgegen. Ein Bild zeigt ihn in der Markthalle, offenbar auf dem Weg zum Kühlhaus. Das andere wurde in seiner Wohnung aufgenommen, in seinem Schlafzimmer. Zu sehen ist sein Bett, auf dem ein groß beschriebenes Papier ausgebreitet ist, sehr gut leserlich, fast ein Plakat: „Man kommt nie zur Ruhe, wenn etwas endet, bevor es angefangen hat.“

Außer den beiden Fotos findet er in dem Umschlag einen Geschäftsbrief, eine Mitteilung seiner Londoner Lieferfirma, dass ausgelieferte Ware grundsätzlich nicht zurückgenommen werden könne und man deshalb um die umgehende Überweisung des Rechnungsbetrags von 28 000 Euro auf das bereits angegebene Konto bitten müsse. Zugleich bedaure man sehr, dass der Kunde nicht so zufrieden sei wie erhofft und deshalb auf künftige Bestellungen verzichten wolle.

Jetzt spürt Leonhard wirklich ein Ziehen in seinem Kopf, und nicht nur das, auch eine Enge in der Brust, als habe sich ein Elefant auf seinem Brustkorb niedergelassen. Als er den Fisch im Mülleimer entsorgt hat und die beiden Polaroidfotos mit dem Brief auf den Küchentisch legt, muss er sich erst einmal setzen. Er setzt seine Sonnenbrille ab und drückt seine Finger auf die Augen. Langsam lässt das Zucken in seinem Schädel nach, das Gehirn macht sich frei und er kann wieder kühler denken: Die Botschaft, die man ihm hat zukommen lassen, ist klar und hat zwei Teile. Teil eins ist die Drohung. Sie haben ihn offenbar im Großmarkt beobachtet und nach Hause verfolgt. Sie wissen, wer er ist, sie kennen seine Adresse, sie sind in der Lage, jederzeit in seine Wohnung einzudringen, in sein Schlafzimmer, in seine Intimsphäre. Sie können jederzeit an ihn heran, und an alles, was ihm lieb ist, falls er nicht spuren sollte.

Der zweite Teil erleichtert ihn ein wenig. Es ist die Rechnung aus London. Offenbar sind sie bereit, ihn gegen die verlangte Zahlung aus dem angepeilten Deal zu entlassen. Aber man gibt offensichtlich nicht sehr viel auf sein Schweigegelübde. Deshalb Teil eins, die Drohung. Quasi als Sicherheit, als Hypothek auf seine Existenz, die sie bei absprachewidrigem Verhalten jederzeit einlösen könnten. Das wurde ihm hiermit demonstriert. Und er kann nur hoffen, dass sie das Interesse an ihm verlieren und ihn künftig in Ruhe lassen würden. Weil er für ihre Geschäfte nicht mehr taugt.

Wohin hat ihn seine ehrgeizige Undercover-Mission nun geführt, seine Zeitreise in jüngere Jahre, sein Versuch, es allen, seinem Freund Paul und sich selbst noch einmal zu zeigen? Was hat ihm diese dilettantische Wallraff-Nummer, dieser schlechte Abklatsch, jetzt gebracht? Wenn er ehrlich zu sich selbst ist, und das hat er mühsam gelernt mit zunehmendem Alter, dann muss er sich eingestehen: Das Ganze war ein Totalschaden, ein Schlag ins Wasser oder besser: der Tritt in eine schmutzige Pfütze. Nass gemacht hat er nur sich selbst. Sicher, er ist um einige konkrete Erfahrungen reicher. Aber nichts davon wird er verwenden können. Er weiß jetzt definitiv, dass die digitale Welt im Netz, in der er vorher herumgesurft ist, eine sehr reale Entsprechung hat, und noch mehr: Sie ist nicht bloß virtuelles Abziehbild, sie ist selbst harte Wirklichkeit. Viel näher als an ihren Rand ist er ohnehin nicht gekommen.

Das Ganze war letztlich so naiv und so jenseits all seiner professionellen Ansprüche, wie er es keinem Volontär hätte durchgehen lassen. Statt wachsam zu beobachten, wird er nun selbst überwacht, statt der Jäger zu sein, fühlt er sich selbst verfolgt, ja gedemütigt. Nein, er fühlt sich nicht nur so. Er ist es. Sein Ruhestandsfrieden ist angetastet, wenn nicht ramponiert. Leonhard ist deprimiert, niedergeschlagen, die Energie verlässt ihn, rinnt aus ihm heraus wie Wasser aus einem löchrigen Kanister.

Eigentlich will er jetzt seinem Freund Paul sagen, dass er Nullkommanichts erreicht hat, rein gar nichts. Ganz im Gegenteil, dass er sich in eine ordentliche Malaise hineinmanövriert hat und dass er ihm sowieso keine große Hilfe sein wird. Er hat sein Smartphone schon in der Hand, um ihn anzurufen, da fängt es an zu brummen, ein Anruf von Europol, der Rückruf, um den er gebeten hatte. Ob er Dr. Ross sei, fragt ihn jemand. Als er das bestätigt, wird er weiter verbunden.

„Hallo, Patrick Lynch ist mein Name", meldet sich eine männliche Stimme, aber eine, die sofort ihren Namen nennt und kräftig klingt, mit einem angelsächsischen Akzent, den er nicht gleich zuordnen kann. „Kathrin hat Sie offenbar auf mich angesetzt."

Es bleibt nicht aus, dass sie sich einiges, aber natürlich nicht alles darüber erzählen, warum und wie sie mit Kathrin befreundet waren und noch sind. Ins Detail gehen sie nicht. Aber ihre beiderseitige Nähe zu Kathrin schafft selbst am Telefon, und ohne dass sie sich vorher je begegnet sind, ein eigenartiges Gefühl der Vertrautheit, das es ihnen so leicht macht, miteinander zu reden, als würden sie sich schon sehr lange kennen. Ja, es sei richtig, sagt Patrick, dass man bei der Europol-Zentrale hier in Den Haag eine besondere Task Force eingerichtet habe, um wirksamer gegen organisierte Lebensmittelkriminalität vorgehen zu können, weil sie mittlerweile fast immer Ländergrenzen überschreite und europaweite, meistens sogar internationale Dimensionen angenommen habe. Er selbst habe diese Einheit aufgebaut und leite sie derzeit. Und selbstverständlich könne er ihm einiges darüber erzählen. Er setze aber darauf, dass Leonhard vertraulich mit seinen Hintergrundinformationen umgehe und sie nur nach Absprache und Freigabe journalistisch verwende. Das sei hoffentlich kein Problem. Leonhard sei ja ein alter Hase in diesem Geschäft.

„Kein Thema, ist klar“, versichert Leonhard und erklärt sich bereit, dies sogar bei ihrer gemeinsamen Freundschaft zu Kathrin zu beschwören.

Patrick Lynch lacht. Das müsse nicht sein. Und dann erzählt er Leonhard von einem kriminellen Komplex, um dessen Aufklärung sich seine Task Force gerade bemüht. Eine der Spuren führt zu einem internationalen Lebensmittelkonzern mit Sitz in Irland, seiner Heimat, ein Sitz, der aus Steuergründen gerne genommen wird. Dieser Konzern, sagt ihm Patrick, sei weitverzweigt und in zahlreichen europäischen Ländern, aber auch global über die gesamte Prozesskette der Nahrungsmittelproduktion aktiv, vom Rohstoff bis zum Endprodukt. „Er wird immer noch geführt von einem Franzosen namens Charles Dupont, den wir verdächtigen, unter dem Deckmantel vollkommen legaler Konzernaktivitäten ein illegales, hinter der legalen Fassade verstecktes Syndikat aufgebaut zu haben, das eine völlig neue, moderne, ja postkriminelle Arbeitsweise erfunden hat.“

„Wie das?“ Leonhard wird deutlich neugieriger.

Angesichts des immer unerbittlicheren Konkurrenzkampfs der kriminellen Syndikate untereinander und in einem Markt, in dem zugleich die Naturschützer, Verbraucherschützer und Ökoaktivisten aller Coleurs immer militanter und erfolgreicher werden, indem die illegalen Geschäfte in Form von Skandalen immer häufiger auffliegen und die Öffentlichkeit immer mehr Transparenz fordert, seien die dunklen, rein kriminellen Machenschaften nicht mehr auf der Höhe der Zeit, schon gar nicht mehr zukunftsorientiert, klärt Patrick ihn auf.

„Die neuen innovativen Kräfte in der Schattenszene der Nahrungsmittelbranche betrachten solche Geschäftsmethoden als veraltet. Sie setzen auf moderne Zukunftstechnologien. Sie sind gerade dabei, die verschiedenen Branchen aufzumischen, gerade auch die Fisch- und Fleischproduktion, indem sie diese Produktion nahezu vollkommen ablösen von natürlichen Prozessen und so komplett wie möglich in industriell organisierte Fertigungsabläufe verlegen. Das hilft ihnen bei der Minimierung von Risiken, zum Beispiel den riskanten Transporten realer Produkte. Es geht ihnen sozusagen um ‚clean production'. Die alten Mafia-Methoden werden dadurch obsolet, das hat diese neue Generation gar nicht mehr nötig. Es ist so etwas wie der Übergang zur Post-Kriminalität."

„Wenn sie das wirklich hinbekommen, würden sie euch ja überflüssig machen", wirft Leonhard ein.

„Das könnte uns nur recht sein. Aber ganz so weit ist es offenbar noch nicht."

„Um ehrlich zu sein, fehlt mir die Phantasie, um mir das genauer vorzustellen", gesteht Leonhard. „Gibt es für so etwas schon ein konkretes Beispiel?".

Man wisse, vertraut ihm Patrick an, von einem Pilotprojekt, das Duponts Lebensmittelkonzern in Deutschland betreibe, nahe bei Ludwigshafen in der Pfalz, wo mit „clean production" von Doraden in einer Fabrik experimentiert werde.

Man sei damit bereits sehr weit gediehen und könne nach erfolgreichen Vorläufen bereits zu einer Produktion in großem Maßstab übergehen. Allerdings werde diese Doraden-Produktion bislang offenbar nicht, oder noch nicht, direkt vermarktet, sondern über Umwege verkauft. Der Grund dafür sei vermutlich zum einen, dass durch die massenhafte und zyklische Überproduktion in den traditionellen Aquakulturen die Preise drastisch gefallen seien, für echte, frische Doraden wohlgemerkt, nicht für tief gefrorene Filets, die genauso gut gefaked sein könnten. Mittlerweile werde echte Dorade am Stück in Supermärkten zum Billigpreis von sechs bis acht Euro angeboten. „Mit fangfrischer Dorade aus dem Meer, jederzeit und in jeder beliebigen Menge verfügbar, vertrieben über Feinkostluxusketten oder Restaurants, lässt sich dagegen immer noch fast das Doppelte verdienen."

Jedenfalls, so Patrick, habe man in seiner Task Force Anhaltspunkte dafür, dass die Doraden-Produktion aus Duponts Fabrik bislang nicht direkt auf den Markt gebracht werde und auch nicht mit korrekt deklarierten Angaben zu ihrer Herkunft. Eigenartigerweise seien solche Doraden nämlich bislang noch nie angeboten worden, obwohl die Fabrik ja schon einige Zeit produziere.

„Wir vermuten, dass am Ende des Tages Duponts ‚clean production' doch in einen ‚dirty deal' mündet. Vorerst möchten die Leute wohl lieber daran glauben, dass ihre Dorade mal im Meer geschwommen ist und nicht aus einer Fabrik kommt wie ein Quietsch-Fisch für die Badewanne. Da gibt es erhebliche Akzeptanzprobleme, die erst noch abgebaut werden müssten. Vielleicht lassen sich die Dupont-Leute ja bei der nächsten Fisch-Messe dazu etwas einfallen. Und wie gesagt, vor allem sind die Preisdifferenzen noch so groß, dass es wohl attraktiv ist, die Fabrikproduktion am Ende umzudeklarieren und in fangfrische Dorade aus dem Meer zu verwandeln. Also letztlich derzeit doch ein schmutziges Geschäft. Es ist ziemlich einfach für Dupont und seine Leute, die Ware im Schatten des Konzerns durch entsprechende Scheinverkäufe als Import aus Mittelmeerländern auszuweisen. Die nötigen Stempel und Papiere werden über international agierende Speditionen organisiert, meist Tochterunternehmen von Unternehmen, die wiederum mit dem Dupont-Konzern verflochten sind. Leider wissen wir in diesem Fall noch nicht, wie und wo sie das genau machen. Letztlich konnten wir ihnen bislang noch wenig anhaben. Und diese Dupont-Organisation ist wirklich kaum zu fassen, obwohl wir mittlerweile schon einen Sonderermittler darauf angesetzt haben."

Leonhard bedankt sich für die Offenheit, die ihm Patrick entgegenbringt. Das sei nicht selbstverständlich und er wisse dieses Vertrauen zu würdigen. Im Verlauf des Gesprächs haben beide einen wirklich guten, fast persönlichen Draht zueinander gefunden. Wären sie nicht so weit weg voneinander, hätten sie wohl zusammen noch ein Bier oder einen Irish Whiskey getrunken oder zwei. Und sich noch mehr über Kathrin erzählt und vielleicht auch über andere Frauen. Vielleicht hätte Leonhard Patrick sogar seine Erlebnisse mit dem China-Syndikat gebeichtet. Eine gewisse Nähe herzustellen, das fällt Leonhard leicht im Umgang mit zunächst fremden Gesprächspartnern und war schon in seinen beruflich aktiven Zeiten eines der Geheimnisse, warum er Leute in Interviews dazu bewegen konnte, ausgerechnet ihm Dinge zu erzählen, die sie sonst nicht ohne Weiteres preisgaben. Er sichert Patrick am Ende noch einmal zu, dass er dessen Hinweise nur in Absprache weiterverfolgen oder benutzen werde. Und sie vereinbaren, ihren neuen Kontakt zu halten und zu pflegen.

„Auch ohne Vermittlung durch Kathrin“, sagt Leonhard. Und Patrick ermuntert ihn, weiter zu recherchieren, ihn aber bitte auch seinerseits auf dem Laufenden zu halten, falls er etwas herausfinden sollte.

Leonhard ist vollkommen fasziniert. Im Prinzip laufen Patricks Informationen darauf hinaus, dass – jedenfalls was Fisch betrifft – sich die Grenzen zwischen legalen und illegalen Unternehmen aufzulösen beginnen, ja dass die konventionelle Lebensmittelkriminalität im bisherigen Stil völlig überflüssig wird. Warum noch Schiebereien und Betrügereien, warum illegale Transporte, riskante Fälschungen, gefährliche logistische Operationen, viele Beteiligte und Mitwisser, wenn selbst ein so sensibles, lebendiges, heikles Lebewesen wie ein Edelfisch, ein lebendes Tier, einfach industriell erzeugt werden kann. Und wenn der Ausstoß dieser Produktion so reguliert werden kann, dass am Ende alle natürlichen Zyklen verschwinden und mit ihnen auch der Anreiz, Fisch noch umzudeklarieren, um irgendwelche Preisgefälle auszunutzen. Alles überflüssig, wenn der Markt nach Belieben gesteuert werden kann.

Was Leonhard in seiner bedrohlichen Berührung mit der China-Connection gerade erlebt, ist eigentlich schon Vergangenheit. Die postkriminelle Zukunft ist es, die ihm Patrick mit seinen Hinweisen gezeigt hat. Duponts Fabrik ist nichts anderes als ein groß angelegtes Pilotprojekt, das in diese

Zukunft führen soll. Wenn es gelingt, dann fließen Geld und Macht weiter in die alten, vormals dunklen Kanäle, jetzt aber wie aus der Kläranlage, ohne dass sich irgendjemand noch die Hände schmutzig machen muss. Mit allen Wassern gewaschen. Sauber. Einfach genial. Am Ende wird aus einem Mafioso ein ganz legaler Lebensmittelproduzent, eine respektierte bürgerliche Existenz. Der Traum des Paten erfüllt sich.

Sie vertreiben Leonhards deprimierte Stimmung, die Fingerzeige, die ihm Patrick hat zukommen lassen, in alter Verbundenheit mit Kathrin. Und sie elektrisieren ihn, diese Gedanken, entspinnen sich in seinem Kopf wie Schmetterlinge, die sich aus ihrem Kokon befreien. Eigentlich ist es doch eine ganz große Geschichte, die hier im Gange ist. Ein Umbruch dieser dunklen Schattenwelt. Eine Schattenwelt, die nicht mehr im Dunkel bleiben will und das Licht nicht länger scheuen muss, die jetzt selbst ins Helle drängt. Eine Welt, auf die Pauls und seine Recherchen allerdings ein ganz anderes Licht werfen könnten, als es die Dunkelmänner der Branche offenbar planen. Leonhard bekommt wieder Lust darauf, noch weiter zu bohren, noch tiefer. Und mit diesen Gedanken findet wieder Licht hinein in seine eigene Betrübnis, erhellt sein Gemüt.

Ein Schub von Tatendrang überkommt ihn. Voller Energie stürzt er sich darauf, sein gescheitertes wallraffsches Fischhändler-Projekt vollends aufzulösen, jedenfalls so, dass er denkt, er kann es unbeschadet überstehen. Er wird sich freikaufen. Meine Lösegeld-Zahlung, denkt er, als er die verlangte Summe auf die Cayman Islands überweist und unter Verwendungszweck die Rechnungsnummer der London Fresh Fish Ltd. für eine Tonne Dorade einträgt. Dann ruft er bei Gastro No 1 an und sagt dem Geschäftsführer, die Botschaft seiner chinesischen Geschäftspartner sei bei ihm angekommen und er solle nun gut zuhören und alles haarklein so weitergeben, wie er es ihm jetzt sage:

„Ich akzeptiere diese Botschaft völlig und in allen Punkten."

Er habe das Geld für die offene Rechnung bereits überwiesen und hoffe, dass damit alles beglichen sei und man in gutem Einvernehmen auseinander komme. Eigentlich sei man ja, wenn er es genau bedenke, gar nie zusammen gewesen und so solle es bleiben. Man werde es ausrichten, wird Leonhard beschieden, eine Auskunft, die Leonhard zwar nicht aller Sorgen enthebt, aber doch erleichtert. Immerhin sieht es so aus, als würde sein Ausstieg akzeptiert. Vielleicht ist er mit einem blauen Auge davon gekommen. Vielleicht schützt ihn auch, dass sie inzwischen sicher genauer wissen, wer er ist. Und er ist nicht irgendwer.

*

Wieder in Schwung geraten, setzt sich Leonhard in seinen Jaguar. Schließlich sitzt er immer noch auf einer Tonne Dorade. Er fährt zum Großmarkt. Am Stand des türkischen Fischhändlers steht wie stets der junge Mann, der ihn nun schon kennt, freundlich begrüßt und gleich zu seinem Onkel in das Hinterzimmer führt. Leonhard entscheidet sich diesmal für türkischen Kaffee und kommt nach dem Austausch höflicher Belanglosigkeiten zur Sache. Ob das Angebot noch gelte, seine Palette mit tiefgefrorener Dorade zu übernehmen?

Als sich im Gesicht seines Gegenübers nichts regt, der ganze runde Kopf vielmehr langsam und bedächtig hin und her zu schwanken beginnt, ist Leonhard klar, dass es jetzt nur noch um Schadensbegrenzung geht. Er könne ihm ja in der Preisgestaltung noch entgegenkommen, bietet er nach einer wohlbedachten Pause an. Am Ende hätte es schlimmer kommen können. Denn der Türke nimmt ihm seinen Fisch tatsächlich ab. Für ganze 7000 Euro. Und zwar per Handschlag, cash, Geld gegen Ware. Das ist zwar kaum mehr als ein Drittel seines Einstandspreises. Aber Leonhard fällt ein kleiner Stein vom Herzen. Auch, weil sich damit der finanzielle Verlust aus seinem grandiosen Einstieg ins Fisch-Business in Grenzen hält. Aber das ist es nicht so sehr, was ihn erleichtert. Leonhard hat lange genug sehr gut verdient, arm macht ihn dieses Abenteuer nicht. Was ihn eigenartigerweise viel mehr berührt, ist ein anderes Gefühl: dass er den Fisch jetzt endlich wieder los ist, all diese Kartons, dass er wieder frei ist von dieser Last und von seiner Verpflichtung gegenüber einer ganzen Palette voller Dorade in einem Kühlhaus in Berlin. Es ist doch mehr als ein kleiner Stein, es ist eine Tonne Fisch, die ihm vom Herzen fällt.

*

Spät am Abend telefoniert er mit Paul. Paul, der immer ein wenig ängstliche und vorsichtige Paul, ist ziemlich entsetzt über all das, was ihm Leonhard berichtet von seinem Doppelleben als Fischhändler Klaus Ammering und von dessen Beerdigung. Es beruhigt ihn nicht sehr, dass Paul ihm weismachen will, er sei jetzt aus dem Schneider, oder vielmehr aus dem Geschäft, es sei alles ausgestanden, vorbei und vorüber. Und Paul steht auch keineswegs der Sinn danach, schon wieder einer neuen, einer ganz anderen Fährte folgen zu müssen, hin zur Fischfabrik eines gewissen Charles Dupont. Aber zugleich ist es doch so, dass sie Paul gefällt, die

Idee, aus diesem Unternehmensbesuch in der Pfalz eine gemeinsame Unternehmung zu machen. Ein wenig widerstrebend lässt er sich darauf ein. Am Ende tüfteln sie aus, dass Leonhard Paul besuchen kommt. Wenn es sich irgend machen lässt, zusammen mit Karla. Und dass Paul ihnen dann auch leibhaftig seine neue Freundin vorstellt, Charlotte, von der er schon so oft erzählt hat, weil sie nicht nur seine Geliebte geworden ist, sondern auch sein Sorgenkind.

*

Aus ihrer Verabredung wird ein fröhliches, fast unbeschwertes Wochenende zu viert. Sie verstehen sich auf Anhieb gut allesamt, auch in der neuen Gruppendynamik, die Charlotte, Pauls Kontaktperson und frische Liebe, problemlos einschließt. Bis spät in die Nacht hocken sie zusammen. Das, was sich bei Leonhard im Hintergrund tut und bei Pauls Charlotte im Untergrund, bleibt außen vor. Unabgesprochen, unausgesprochen. Nur manchmal werfen sich Leonhard und Paul Blicke stillen Einverständnisses zu. Nachdem sich die erste Fremdheit verflüchtigt und alle Verkrampfungen gelöst haben, gelingt es Leonhard, von den Umständen einfach abzusehen, unter denen Paul und Charlotte sich kennengelernt haben. Und er ist entzückt. Er hatte sie sich ganz anders vorgestellt. Er betrachtet sie voller Freude als die Frau, die es geschafft hat, seinen Freund zu berühren. Am Sonntagmittag bringt er seine Karla zum Bahnhof, weil sie Dienst hat am nächsten Tag.

„Ich mag sie, die Freundin deines Freundes“, sagt Karla im Auto. „Aber ich hatte so ein Gefühl, dass da irgendwo noch eine gewisse Zurückhaltung ist, uns gegenüber, und sogar gegenüber Paul. Ging dir das auch so, du warst ja ganz offenkundig mächtig angetan?“

Leonhard zögert ein wenig. „Vielleicht müssen wir sie einfach noch besser kennenlernen.“

Jedenfalls sind sie sich einig: Charlotte tut Paul gut. Und Leonhard küsst Karla. Auf dem Bahnsteig. Bevor er ihr die Tasche nachreicht in den Zug.

*

Auf der Fahrt in die Pfalz haben die Freunde Zeit, ausgiebig miteinander zu schwatzen. Unter Männern. Und von Angesicht zu Angesicht, soweit sich Leonhard nicht voll auf den dichten Verkehr konzentrieren muss. Klar, dass nun Paul wissen will, was sein Freund von Charlotte hält. Dass Leonhard keinen Hehl macht aus seiner Begeisterung und ihm zu dieser tollen Frau gratuliert, geht Paul herunter wie Öl. Aber schnell kommen sie auch darauf zu sprechen, was eigentlich los ist mit Charlottes Beziehungen zu diesen militanten Öko-Extremisten, und auf die mehr als prekäre Lage, in die sie hineingeraten ist, seit sie Paul kennt. Alles sei lange Zeit unklar gewesen, erzählt Paul. Aber seit sie mit ihm zusammen sei, habe sie sich entschieden, keine Kompromisse mehr zu machen. Leonhard sagt nichts, hört seinem Freund zu. So klar war ihm der Ernst der Lage bislang nicht geworden. Die ganze Zeit hatte er gedacht, Paul ist eben ängstlich, das wissen wir doch, vielleicht allzu ängstlich. Das ist eben Paul. So schlimm wird alles nicht sein. Aber als er jetzt sieht, wie aufgebracht und zugleich verzweifelt Paul neben ihm im Auto sitzt und ohne Unterbrechung redet, völlig durcheinander und unschlüssig, wie alles weitergehen soll mit Charlotte, diesem ganzen Öko-Schlamassel und auch mit ihm selbst, mit seiner eigenen Rolle, wird Leonhard klar, dass sie bald Entscheidungen treffen müssen.

„Ja“, sagt er, „wir müssen deine Charlotte da rausholen, bevor es zu spät ist“.

Sie fahren über den Rhein, an Ludwigshafen vorbei und den endlosen Arealen der BASF, glänzende Bürofassaden neben bröckelnden Schuppen, alte Werkhallen, moderne Kuben, die Chemieproduktion umhüllen, endlose Rohre und Röhren, Silos, Kessel, Lager, Förderbänder und dampfende Schlote, eine riesige Hafenanlage, Terminals, Container, eine ganze Stadt am Fluss.

„Hier wird produziert, was wir brauchen für unser gutes Leben, jedenfalls zu einem guten Teil“, sagt Leonhard nachdenklich.

Paul gibt ihm Recht. „Hier könnte genauso gut auch Fisch produziert werden. Dann wären wir schon da und müssten nicht mehr weiterfahren.“

Als das Navi ihnen wenig später mit Bruce Willis’ Stimme ausrichtet, dass sie ihr Ziel erreicht haben, und sie Leonhards Jaguar auf dem Besucherparkplatz abstellen, sind sie perplex. Dieses Werksgelände ähnelt tatsächlich jeder anderen hochmodernen Fabrik: fast futuristisch anmutende Industriearchitektur, klare, ästhetische Formensprache, ein Kubus in glänzender Aluminiumhaut, verbunden mit drei riesigen Rondellen aus poliertem Stahl. Dahinter sachlich funktionale Lagerhallen für die Logistik. Nichts, was auch nur im Entferntesten an Fisch erinnern könnte, außer am Eingang ein edel wirkendes Label, ein Textlogo, gesetzt aus silbernen Lettern: Fischmanufaktur. Darunter ein dezenter Hinweis auf die Zugehörigkeit zu Charles Duponts Lebensmittelkonzern.

Sie werden in äußerst zuvorkommender Weise in Empfang genommen. „Ja, Sie werden erwartet", flötet eine ausnehmend attraktive Dame im Foyer, nachdem sie sich vorgestellt und darauf hingewiesen haben, dass eine Anmeldung für Paul Wiesensee und Dr. Leonhard Ross vorliegen müsste. Paul hatte von der Redaktion aus den Köder ausgeworfen, dass man für überregionale Medien mehrere Reportagen darüber schreiben wolle, wie unsere Existenzweise wohl aussieht in fünfzig Jahren, eine Serie über unsere Zukunft, also auch über unsere Mittel zum Leben, unsere künftigen Lebensmittel.

Verführerisch glänzende Lippen scheinen jede Silbe zu liebkosen, bevor sie an Pauls und Leonhards Ohren dringen. „Ich bringe Sie gleich zu Laurent Meyer, unserem Geschäftsführer. Bitte folgen Sie mir einfach. Wir freuen uns sehr über Ihr Interesse". In jeder Heidi-Klum-Show wäre dieses Wesen ein Top-Favorit, nicht nur der Flötentöne wegen. Dementsprechend ist nicht weniger erfreulich, was sie nun von hinten zu sehen bekommen. Aber gerade dann, wenn alles so erfreulich ist, muss man in jeder Hinsicht auf der Hut sein. Dass wissen sie beide, als alte Hasen, aus langjähriger Erfahrung.

Ihre Skepsis indes erscheint völlig unangebracht. Geschäftsführer Mayer, rein äußerlich ein beeindruckendes Ebenbild von Robert Redford, bleckt seine Zähne zu einem breiten Lächeln, begrüßt sie herzlich und erweist sich zudem als ebenso kompetenter wie überraschend offener Gesprächspartner. Mayer zeigt ihnen alles. Hier wird einer der begehrtesten Speisefische, die Dorade, mit modernsten gentechnischen und biotechnologischen Methoden quasi industriell und vollautomatisch produziert. Keine Tür bleibt ihnen verschlossen. Er zeigt ihnen, wie das gentechnisch optimierte Ausgangsmaterial als Rohstoff in großen Glasbehältern vorbereitet wird. Zeigt ihnen die laborähnliche Weiterverarbeitung und Veredlung durch sterile Verfahren der In-vitro-Massen-Befruchtung. Zeigt ihnen die anschließende vollautomatisierte Zellteilungs- und Wachstumsphase in den riesigen Rondellen bei perfektionierten, ständig überwachten, sich selbst regulierenden Bedingungen von Temperatur, Nahrungszufuhr, Frischwasserzufuhr, Abwasserreinigung, Wiederaufbereitung und Beleuchtung.

Sie sehen eine Anlage mit vielen Reglern, die einem Tonstudio ähnelt. „Das ist unsere Sonar-Anlage. Hier wird virtuell die perfekte Geräuschumwelt inszeniert, die unsere Fische mögen und ihre Psychohygiene so stimuliert, dass sie nicht nur gesund, sondern nachgerade glücklich wachsen, wenn man das so sagen darf. Es ist eine Geräuschkulisse, die wir im Meer aufgenommen haben. Später haben wir herausgefunden, dass sie sich am wohlsten fühlen, wenn wir ein wenig gregorianische Chormusik beimischen. Daran haben wir lange getüftelt."

Mayer nimmt sie sogar in die Endfertigung mit, wo die so glücklich ausgewachsenen Produkte in Gestalt perfekt geratener Doraden an die Systemmodule zur elektroschockfrischen Tötung, teleüberwachten Säuberung und Tiefvereisung weitergeschleust werden, um schließlich in der versandfertigen Sterilverpackung zu landen. Das alles sei noch in den Anfängen, räumt Mayer ein. Später könne man das Sortiment sicher noch diversifizieren und es auch noch in anderen Formaten anbieten, vielleicht sogar selbst weiterverarbeiten.

„Sie haben sich selbst überzeugen können", beendet Mayer den Rundgang bei Getränk und Häppchen in seinem Büro, „wir sind auf diesem Feld so etwas wie Avantgarde. Das ist Green Technology und Bio-Ökonomie auf allerhöchstem Niveau, State of the Art der Food Automation und Systemtechnik. Wir haben ein komplettes Produktions-Management-System implementiert, in Modulen aneinandergesetzt, vom Manufacturing Execution System MES bis zur Qualitätssicherung. Und die gesamte Steuerung und Kontrolle läuft in Echtzeit."

Mayer verheimlicht ihnen nichts. Er ist Lebensmitteltechnologe durch und durch. Und er ist von seinem Projekt vollkommen überzeugt. Er brennt dafür, spielt mit offenen Karten. Das spüren Leonhard und Paul, als sie immer wieder nachhaken, Details wissen wollen, ihn löchern und bohren. Keine ihrer Fragen bleibt ohne Antwort. Er zählt ihnen ziemlich überzeugend all die Vorteile dieser Art von Fischproduktion auf: dass sie die Ausrottung der Fischbestände im Meer, ihren mühseligen Fang oder ihre anfällige und teure Aufzucht in Küstenfarmen vollkommen überflüssig macht. Und damit auch die Verschmutzung und die Antibiotika, die den Fischen deshalb gegen die Bakterien zugeführt werden müssen. Dass CO_2-Ausstoß minimiert wird, weil endlose Transporte wegfallen, dass hier im Hause schon jetzt eine echte Null in der Energiebilanz erreicht werde, und, und, und. Und dass mit den Fortschritten dieser Art von Green Technology auch die Konflikte mit allen Naturschützern und Ökopaxen beigelegt werden könnten. Denn die Dorade-Herstellung verschwinde völlig aus der Umwelt, belaste sie also auch nicht mehr, in keiner Weise.

„Das ist nicht nur umweltschonend, das ist umweltneutral“, verkündet der bislang so nüchterne Mayer und gerät fast ins Schwärmen. „Wir hätten uns selbst nicht vorstellen können, dass wir so schnell so weit kommen. Wir machen hier jedenfalls nichts mehr, was auf Kosten künftiger Generationen geht.“

Paul und Leonhard sind baff. Tatsächlich bekommt die Produktion dieser Fische überhaupt niemand mehr zu Gesicht, weil sich ihre Prozesskette vom Ausgangsmaterial bis zum bratfertigen Filet ausschließlich hinter vollkommen sauberen Alu- und Stahlfassaden abspielt. Zum Vorschein kommt diese Dorade erst wieder auf dem Teller. Als sie nachfragen, ob es denn für derart futuristische Produktionsverfahren bei den Verbrauchern von Lebensmitteln schon ausreichend Akzeptanz gibt, räumt Mayer ein, dass altmodische Menschen möglicherweise aus nostalgischen Gründen noch nicht ganz so offen dafür seien. Aber einem jüngeren, aufgeschlossenen Publikum sei es nicht mehr so wichtig, ob ein Fisch aus natürlichen oder artifiziellen Gewässern komme, aus dem Meer oder aus der Fabrik. Hauptsache, er sei clean, schmecke nach Möglichkeit immer gleich und sei günstig. Solche Zielgruppen habe man im Blick und werde sie gewinnen, auch wenn noch Etliches an Überzeugungsarbeit vor ihnen liege. Schon in einer Woche auf der Fischmesse werde man eine entsprechende Kampagne starten. Aber sicher könnten dazu auch die Medien ihren Beitrag leisten, indem sie ihrer wichtigen Aufklärungsfunktion nachkommen. Er bitte sie nur darum, mit ihrem Artikel noch die paar Tage bis zum Beginn der Messe zu warten. Das ginge doch sicher, ohne dass sie förmlich eine Sperrfrist vereinbaren müssten. Und er hoffe jedenfalls, dass er alle Fragen hinreichend beantwortet habe.

Selbst als sie wissen wollen, warum man die Dorade aus seiner Manufaktur nirgendwo kaufen kann, haben sie nicht das Gefühl, dass Mayer ausweicht oder mauert.

„Ja, das stimmt“, bestätigt er. „Sie finden unsere Dorade bislang noch nicht im Einzelhandel. Das liegt daran, dass wir zu Dupont gehören. Das ist, wie Sie sicher wissen, einer der großen, renommierten Lebensmittelkonzerne in Europa. Und der übernimmt unsere Produktion bislang komplett. Mit dem ganzen Absatz und dem Marketing haben wir deshalb nichts zu tun. Aber wenn Sie möchten, gebe ich Ihnen eine Packung mit. Sie können sie ausprobieren und werden sehen, sie schmecken exzellent.“

Mayer begleitet sie persönlich hinunter ins Foyer und hinaus bis vor den Eingang. Er nimmt es auch zum Abschied mit Humor, als Paul es nicht lassen kann und auf das edle Firmenlogo deutet.

„Herr Mayer, vielen Dank. Das war für uns überaus spannend und hilfreich. Aber Sie wissen auch, was Manufaktur eigentlich bedeutet?“

Mayer schmunzelt. „Ja, das weiß ich. Da wollten unsere Werbeleute wohl unbedingt signalisieren, dass hier etwas besonders Wertvolles hergestellt wird. Und in gewisser Weise stimmt das ja auch. Aber manuell läuft bei uns gar nichts. Eigentlich müssten wir nicht Fischmanufaktur heißen, sondern Fischautomat. Aber das schreiben Sie bitte nicht.“

Auf dem Heimweg werten sie ihre Eindrücke aus.

„Das ist nicht Zukunft, was wir gesehen haben, das ist längst Gegenwart", räsoniert Paul und sie kommen ins Philosophieren. Ist dieser glänzende Kubus mit seinen mächtigen Rondellen nicht ein Pilotprojekt, das man letztlich auf Lebewesen jeder Art übertragen könnte, sogar auf die Fabrikation von Menschen? Wird man bald ausschließlich zum Spaß vögeln, oder stressbedingt auch gar nicht mehr, und ansonsten bei einer Firma, die dann statt Fisch-Manufaktur vielleicht Humanufaktur heißt oder Human Genetics Ltd, eine Kinderbestellung aufgeben, aus tiefgefrorener Eizelle, kombiniert mit eisigem Sperma, Fremdmaterial oder eigenes, aufgetaut, genetisch analysiert und optimiert, Lieferzeit so um die neun Monate, drei Jahre Mindestgarantie, Haltbarkeit bis zu 100 Jahre? Oder lieber ein fertiges Humanprodukt, aus anonymem Ausgangsmaterial, dafür aber zum Sofort-Mitnahme-Preis?

Beide sind erstaunt, wie offen man sich in Duponts Fabrik gezeigt hat, sie geradezu ermuntert hat, über das Projekt zu berichten. Man will jetzt also damit an die Öffentlichkeit, will die Verbraucher darauf vorbereiten, dass der Fisch nicht mehr aus dem Meer kommt, sondern aus dem Labor. Den Verdacht von Patricks Europol Task Force, die clean production von Duponts Konzern münde in einen dirty deal, haben sie nicht bestätigt gefunden. Jedenfalls nicht offenkundig. Völlig unglaubwürdig klang Mayers Erklärung zum Verbleib seiner Produktion nicht. Aber dieser Verdacht, darin sind sie sich einig, ist auch nicht widerlegt. Denn letztlich landet Duponts Fischproduktion aus der Pfalz in seinem eigenen Konzern. Und was dort damit geschieht, weiß keiner wirklich, ein paar Leute ausgenommen. Duponts Konzern funktioniert wie eine black box.

*

Eine Woche später ruft ihn Wegener an, inzwischen sein Fischermann, sein Fachmann, Coach und Begleiter zum Thema Fisch. Er komme gerade von der jährlichen Fischmesse in Bremen, wo sich die ganze Branche trifft, überhaupt die ganze Szene, von den Fischfängern bis zu den Verbraucherverbänden und den Umweltschützern. Dort würden die neuesten Trends auf dem Fisch-Markt vorgestellt. Alle großen Lebensmittelkonzerne seien da, überhaupt alle, die irgendwie an der ganzen Lebensmittelkette hängen. Natürlich sei auch die Bio- und Ökoszene von Greenpeace bis zu Demeter präsent und beäuge all dies besonders wachsam. In einem der Firmen-Workshops, zu denen die großen Unternehmen einladen, um das Fachpublikum über ihre aktuellsten Entwicklungen zu informieren, sei es zu einem handfesten Eklat gekommen. Das interessiere Leonhard doch sicher. Nichts für ungut, aber eine aggressive Gruppe aus der Ökoszene habe die ganze Veranstaltung gesprengt.

„Um was ging es denn?“, erkundigt sich Leonhard.

„Die haben ein bis dahin noch geheim gehaltenes Projekt vorgestellt, ein großer Lebensmittelkonzern, die Dupont Gruppe, Sie kennen die vielleicht. Angekündigt war das Ganze als Präsentation einer völlig neuen High-Tech-Strategie, die zugleich höchste ökologische Standards realisiert, eine Weiterentwicklung und Ablösung der konventionellen Aquakultur. Ich muss zugeben, ich war beeindruckt. War toll und einleuchtend. Die verlagern einfach die herkömmliche

Aquakultur, wie wir sie kennen, aus dem Meer, den Seen oder Fischteichen in künstliche Becken, also in die Herstellung selbst und schlagen so viele Fliegen mit einer Klappe: weniger Umweltverschmutzung, weniger Transporte, hygienischere Bedingungen, kaum noch Einsatz von Antibiotika, und dennoch ein qualitativ hochwertiges Erzeugnis."

„Ja", sagt Leonhard, „ein beeindruckendes Projekt, sehr spannend. Ich war schon da und hab es mir angesehen. Es ist eine Fabrik in der Pfalz."

„Ach was? Sie sind ja schon besser informiert als unsereins. Nichts für ungut, aber ich fürchte, da brauchen Sie mich bald nicht mehr."

Eigenartig sei es Wegener allerdings vorgekommen, berichtet er weiter, dass er von diesem Projekt auf der Messe auch schon von ganz anderer Seite gehört habe, von Leuten, die mit Duponts Konzern gar nichts zu tun hätten. Man rede inzwischen in der ganzen Branche darüber. Nichts für ungut, aber sein Eindruck sei gewesen, dass hier im Vorfeld gezielte Indiskretionen von interessierter Seite gestreut wurden, vermutlich von der Konkurrenz und möglicherweise, um das Projekt in der Ökoszene zu diskreditieren oder gar zu torpedieren. Wer genau hinter diesen Indiskretionen stecke, wisse man nicht. So brutal, wie es im Hintergrund der Branche inzwischen zugehe, sei alles möglich.

„Jedenfalls", fährt Wegener fort, „sind so die Ökos tatsächlich aufgescheucht worden, offenbar auch ziemlich extremistische Sektierer. Bei denen hat diese neue High-Tech-Strategie aber keinen grünen Frieden bewirkt, sondern das genaue Gegenteil. Nichts für ungut, aber einen solchen Hassausbruch wie in dieser Veranstaltung habe ich noch nie erlebt. Die sind völlig durchgedreht. Die haben die Leute von Dupont angeschrien und bespuckt. Das ganze Gerede von Green Technology und Bio-Ökonomie sei eine einzige Volksverdummung, die bloß dazu diene, die weitere Zerstörung der Welt zu verschleiern. Das Projekt, das hier verkauft werde, sei in Wirklichkeit ein neuer Holocaust, verübt an lebenden Wesen, ihre vollkommene Entwürdigung, ja Herabwürdigung zu bloßem Material, ihre gnadenlose Massenvernichtung, alles zusammen genommen die perverseste aller perversen Umweltschweinereien. Am Schluss wurde abgebrochen und die Security geholt."

Nach Wegeners Bericht ahnt ein nachdenklicher Leonhard nichts Gutes. Da scheinen sich manche gründlich verrechnet zu haben. Anstatt hinter glänzenden Aluminiumfassaden vollkommen zu verschwinden, gibt es jetzt ein neues Hassobjekt. Und es ist einigen Dunkelmännern wohl weniger das Licht der Öffentlichkeit vergönnt, sondern bedrohliche Finsternis.

In seiner Hosentasche vibriert es wieder. Paul ist dran.

„Leonardo, Leonardo." Die Stimme seines Freundes klingt wie ein Klagelaut, als habe sie den Hades überquert, als dringe sie aus dem Jenseits an sein Ohr, ein Ton aus Schmerz und Qual.

„Leonardo", presst Paolo schließlich aus sich heraus, „Charlotte. Sie ist tot."

Viertes Kapitel

Die Weltretter und der böse Fluch der guten Tat

Mühsam bugsiert Paul seinen Käfer in die enge Parklücke, die ihm zwei protzige SUVs einer bekannten Nobelmarke großzügigerweise übrig gelassen haben. Es rumst. Aber das stört ihn nicht. Sein Käfer hält das aus. Er will es nicht so weit haben zu seinem Haus, hat keine Lust, ewig lang zu laufen. Dieses Wochenende mit Leonhard in Gotha, die lange Nacht an der Hotel-Bar vor allem, sitzt noch in seinen Gliedern, hallt nach. Das wird so bleiben in den folgenden Tagen. Nachts wiederholen sich herzausreißende Träume vom grausamen Ende des Ritters von Grumbach, steigern sich sogar. Nacheinander reißen die Peiniger ihrem Opfer jetzt auch noch die Leber, die Nieren und die Gedärme heraus. Und enthaupten ihn anschließend, obwohl sich der Ritter nicht das Geringste hat zuschulden kommen lassen. Jedenfalls nicht im Traum. Nur ist des armen Mannes grausiges Ende nun unmittelbar in Pauls Nähe gerückt, auf die Burg Hebelstein, in einen Vorort seiner heimischen Kurstadt. Hier hat Paul erst kürzlich wieder zu einer seiner beliebten historischen Führungen eingeladen, die seine Zeitung ihren treuesten Abonnenten als exklusiven Bonus bietet. Stundenlang wälzt sich Paul in ruhelosem Traumschlaf. Fast hätte er am nächsten Morgen einen Redaktionstermin verpasst.

Zugleich geht es ihm gut wie lange nicht mehr. Die Öko-Geschichte, die er gemeinsam mit Leonhard angehen wird, lässt wieder Lust auf journalistische Arbeit aufkeimen, ein

Gefühl, das er vermisst hat. Vor allem aber hat der erste Kontakt mit seiner grünen Informantin in ihm etwas ausgelöst, eine seltsame Regung, die sich anfühlt, als habe jemand Brausepulver in sein Wasserglas gefüllt. Was dieses Etwas ist, weiß er noch nicht so genau. Oder will es vorerst nicht wissen.

„Sie ist ganz hervorragend informiert", erzählt er Leonhard. „Zeigt klare Kante. Das gefällt mir. Diesen Idealismus und solch eine Energie möchte ich mir bei den behäbigen Kirchenleuten oder den Parteien in unserer behaglichen Kurstadt mal wünschen. Und wir haben beide einen Migrationshintergrund. Vielleicht verstehen wir uns auch deshalb so gut."

„Ja, mein Heimatvertriebener aus der Kurpfalz. Woher kommt sie denn?"

„Aus dem Schwarzwald. In Gießen hat sie wohl ein paar Semester Tiermedizin studiert, dann abgebrochen, als sie den Job bei den Grünen bekam. Leonhard, sie ist ganz anders als die vielen Nullachtfuffzehn-Tussis, die einem sonst über den Weg laufen."

„Paolo, bleib dran!"

„Ja, du auch. Viel Erfolg bei deiner Suche im Netz. Ich muss los in die Redaktion. Leider."

Dieses „Leider" ist ein Dauerthema ihrer nächtlichen Telefonate. Und die Rolle der neuen Medien. Als Redakteur in der Südwestdeutschen Allgemeinen fühlt sich Paul wie ein Auslaufmodell. Die Zeit, in der die hektische Hatz nach Hyper-Aktualität hip ist, hat ihn überflüssig gemacht. So kommt es ihm jedenfalls vor. Und er verflucht den Datenfusel im Internet, mit dem sich die jüngeren Kollegen besaufen. Die totalitär vernetzte Welt geißelt er als Tanz ums Goldene Kalb. Aber als Journalist alten Schlags und aufrechter Freund der Druckerschwärze hat er nicht vor, klein beizugeben oder gar zu kapitulieren. Diese eigensinnige Sicht auf den Wandel seiner Berufswelt und der modernen Medienkommunikation hält ihm Leonhard manchmal vor, kritisiert ihn als halsstarrig, ermahnt den Freund, nicht nur Fluch zu fürchten, sondern auch Segen zu erkennen.

„Es gibt nichts Unsozialeres als die so genannten sozialen Medien“, knurrt Paul dann. „Übelste Sprachverdrehung. Wie bei Orwell.“

Natürlich sagt er das auch, um Leonhard zu provozieren. Möglicherweise ist Paul, obwohl der Jüngere der beiden, ein wenig neidisch, dass ihm Leonhard in diesen Dingen oft um einige Nasenlängen voraus ist. Was technischen Fortschritt angeht, fügt sich Paul nur ins Unvermeidliche.

„Denk an Erdogan“, erinnert ihn Leonhard am Telefon, als sich das Thema gerade mal wieder hochschaukelt, „den haben sie über Twitter und das Internet bloßgestellt. Das Netz ist der Feind jeden Diktators.“

„Di-ka-tor, Di-ka-tor“, Elfriede und Rolli veranstalten einen Höllenlärm, der durch den Hörer hallt.

„Was aber, wenn das Netz selbst zur Diktatur wird?“ Paul wähnt sich erstaunlicherweise als ein Opfer digitaler Überwältigung, weil er sich ziemlich sicher ist, dass seine exzessive nächtliche Online-Blitzschachspielerei auf www.schach.de längst Züge einer Sucht angenommen hat. Nichtsdestotrotz nimmt er in Sachen seines allerliebsten Hobbys die Vorzüge globaler Kommunikation schon gern in Anspruch.

„Das Netz ist letztlich unkontrollierbar, auch von den Mächtigen nicht. Und deshalb ist es seiner inneren Logik nach ein Medium der Freiheit", erklärt Leonhard. Und seine Stimme hebt sich in dem leichten Anflug von Pathos, der Leonhard in solchen Bekundungen überkommt. „Es liegt an uns selbst, wie wir damit umgehen."

„Gähn, gähn", echoen ihm Elfriede und Rolli hinterher. Und lassen damit offen, auf welche Seite sie sich schlagen in dieser Diskussion.

„Bald sind wir alle nur noch Sklaven einer elektronischen Krake", brummt Paul. Und legt nach. „Ich geb' doch mein Hirn nicht im Netz ab."

Leonhard verzichtet auf Widerspruch. „Nein, Paul, dein Hirn brauchen wir noch."

Paul hätte wohl lieber im 18. Jahrhundert gelebt. Als Zeitgenosse Mozarts in Wien, als Gärtner im Schwetzinger Schloss oder als Hofbibliothekar in Weimar. Da hätte er sich nicht mit Umweltfrevlern herumschlagen müssen. Und nicht mit den chronischen Problemen seines neuen Voice-over-IP-Telefons. Er würde auch heute noch lieber mit der Kutsche verreisen als im ICE. Wenn man ihn deshalb belächelt, lacht er.

„Aber du musst zugeben, damals gab es noch keine Dufflecoats, Paul."

Es ist auch ein öder Redaktionsalltag, der ihm zunehmend zu schaffen macht. Ganzseitenumbruch, elektronisches Archiv,

Bilder bearbeiten, Texte honorieren, online schicken, Metadaten klicken, Video organisieren, Beitrag fürs Lokalfernsehen liefern. Facebook. Twitter. Nebenbei noch Print-Texte schreiben. Die Verquickungen und Verschlingungen der Kommunikation empfindet er als immer vertrackter und verzwackter.

„Wir sind zu Eier legenden Wollmilchsäuen mutiert. Hätte ich das damals geahnt in Heidelberg, als ich unbedingt Journalist werden wollte. Den ganzen Tag sitzen, sitzen und in den Bildschirm starren. Kein Wunder, dass ich auch noch eine Front gegen meine Pfunde führen muss."

Wenn Paul in diesen Modus verfällt, überkommt ihn die pure Nostalgie. Damals. Damals, als alles besser war. Als man noch beim Kaffee oder beim nächtlichen Absacker auf echte Menschen traf statt auf ihre E-Mails.

„Du bist dickköpfig, Paolo."

„Ich muss doch nicht wie ein Lemming mit der Masse schwimmen. Brauch' den ganzen Facebookscheiß nicht."

„Bis ich die neusten Fotos von deiner süßen Malu bekomme, hätte das früher Wochen gedauert. Heute machst du das mit einem Mausklick."

„Meinst du, wenn du mir mit Malu kommst, gibt es gleich einen Rechthaberpunkt?"

Kaum hat Paul den Hörer aufgelegt, sitzt er vor seinem Laptop und klinkt sich ein in schach.de. Eine Runde gönnt er sich heute noch, mit einem Partner aus Shanghai. Schließlich muss man die wenigen positiven Seiten nutzen, die man dieser Sache abgewinnen kann. Aber er diszipliniert sich und spielt nicht bis spät in die Nacht hinein. Denn er hat frei am nächsten Tag und eine Verabredung mit Charlotte.

*

Paul spürt seinen Puls, als sie sich an seinem Tisch im Café „Enzian“ in einem Vorort der Kurstadt niederlässt.

„Ich hab’ dich am Samstag bei der Tierschutzdemo auf der Kaiserstraße gesehen.“

„Ich dich auch. Du hast im Auto an einer Kreuzung angehalten.“

„Ich musste weiterfahren, weil der Polizist gepfiffen hat.“

„Wir waren weit über zweihundert.“

Er war sich ein bisschen komisch vorgekommen, als er mit seinem Käfer an der Demonstrantenschar vorbeigeknattert war, die Sprechchöre zur „Befreiung von Mensch und Tier“ intonierte. Charlotte vorneweg, wie die Jungfrau von Orleans, die irgendeine Fahne schwenkte. Oder war es ein Plakat, das sie vor sich hertrug?

Jetzt sieht er sie ganz ungeschminkt, in eine legere blaue Strickjacke gehüllt, darunter eine weiße Bluse mit einem bezaubernden Ausschnitt, der mehr erahnen lässt als er offenbart. Während ihn alles Feminine über Jahrzehnte so kalt ließ wie die Orangenschale einen Hund, bemerkt er in diesem Moment jedes Detail. Hautenge Cordjeans um lange schlanke Beine. Hellbraune Lederstiefel. Farbige Bänder an ihren Armen. Nichts Aufgetakeltes. Alles zieht Paul an, ihre Stimme, ihre braunen Augen, das bis zu den Schultern fallende blonde lockige Haar, ihre bisweilen geheimnisvoll spöttisch mit sich spielenden Lippen, die ihn an Mona Lisa erinnern.

Er versucht, sich auf ihren Bericht zu konzentrieren. Und passt auf, dass er sie nicht zu tapsig taxiert. Er hört ihr zu, zugleich flüstert ihm seine journalistische Skepsis Fragen in den Hinterkopf ein. Warum haben sie ihm gerade diese Frau geschickt? Wollen sie ihn einwickeln? Anwerben? Und was bedeutet es, dass Charlotte sowohl bei den Grünen als auch bei dieser Öbefa agiert?

Am Nachbartisch unterhalten sich ältere Herrschaften über das Verbrechen an einer jungen Frau, vom eigenen Cousin verübt, angeblich im Auftrag der Familie und gerechtfertigt als „Ehrenmord“, über den sich die ganze Stadt erregt. In dem holzgetäfelten Café mit seinen abgewetzten antiken Möbeln zählt Charlotte zu den Jüngeren, Paul nicht. Sie bestellen Milchkaffee und Käsekuchen.

Charlotte legt ihm ein zusammengefaltetes Blatt auf den Tisch.

„Hier, die Wegbeschreibung für unseren Treffpunkt. Ein Gartenhaus. Der Eingang ist eingezeichnet. Wir erwarten dich um 12 Uhr.“

„Ich verstehe nicht, warum ihr eine solche Geheimniskrämerei macht.“

„Ich verstehe gut, dass du das nicht verstehst. Noch nicht verstehst. Aber wir haben unsere Gründe.“

„Wir leben doch in einer Demokratie, jeder darf sagen, was er will. Keiner wird ausgepeitscht, keiner kommt auf den Scheiterhaufen.“

„Diese Freiheit schließt die Freiheit zum ökologischen Untergang, zum Kollaps unseres Planeten mit ein. Genau das ist das Problem. Wir müssen äußerst vorsichtig sein."

„Möglich, aber einleuchtend ist das nicht."

Paul hat seinen freien Tag. Gern hätte er in diesem Moment die Zeit gedehnt und mit Charlotte weiter zusammengesessen. Aber sie muss ins Büro der Rathaus-Grünen, wo sie halbtags beschäftigt ist.

„Die Grünen und die Öbefa, wie passt das zusammen?" Paul möchte nicht, dass ihr Gespräch zu Ende geht.

„Das erkläre ich dir ein andermal."

Sie schenkt ihm ihr Mona-Lisa-Lächeln, schwingt ihre Ledertasche um die Schulter und verschwindet.

*

Am Abend muss Paul Leonhard so dringlich anrufen wie noch nie. So aufgeregt ist er nach seiner zweiten Begegnung mit Charlotte.

„Dabei ist mir noch gar nicht klar, was mit ihr los ist. Und mit mir. Sie weicht kritischen Fragen aus, wenn es um diese Öbefa geht ... Auf jeden Fall ist sie ein außergewöhnlicher Mensch. Viel mehr kann ich eigentlich noch gar nicht sagen. Doch. Um ehrlich zu sein, sie hat was, das mich umtreibt. Schwer zu beschreiben, was es ist. Ich will sie jedenfalls bald wiedersehen. Dumm nur, dass sie so kolossal in das ganze Ökozeug vernarrt ist. So übermäßig irgendwie. Aber vielleicht bin ich es ja, dem dafür die richtige Einstellung fehlt."

„Ihre Impulse, da bin ich mir ganz sicher, werden ihr und dir nicht schaden, weder politisch noch seelisch. Mio caro amico, ich drück dich und drück dir die Daumen."

Leonhard irrt in dieser Prognose. In jeder Hinsicht.

Paul beschließt den Abend mit einem guten Tropfen aus dem Winzerkeller seiner Heimat. Er macht es sich gemütlich. Zeit zu lesen. Seine Finger gleiten über Bücherrücken. Dunkelbraune Billy-Regale füllen das ganze Wohnzimmer, bis oben hin vollgestopft mit Literatur, senkrecht, waagrecht, kreuz und quer. Schon eine halbe Ewigkeit lebt er hier in seiner Wohnung, vier Zimmer zu halbwegs erschwinglicher Miete, nur für ihn viel zu groß, ein sanierter Altbau aus wilhelminischer Zeit, mit einem Balkon hin zur Bismarckstraße. Eigentlich ein Luxus, dass er die Wohnung behalten hat, nachdem seine Töchter flügge geworden sind. „An unserem Haus ist früher der Kaiser vorbeigeritten", pflegt er Neuankömmlingen zu erklären, nicht ohne sogleich zu betonen, dass er ja kein Monarchist sei.

Er braucht diesen Platz und die Möglichkeit, sich nächtens hinter seinen gestapelten Büchern zu verschanzen. Vorzugsweise deutscher und russischer Literatur aus den zwei letzten Jahrhunderten widmet er sich an dienstfreien Abenden, an Wochenenden und im Urlaub, wenn ihn nicht gerade das Blitzschach gefangen hält oder Leonhard ihn in eine Telefondiskussion verwickelt. Die einstigen Räume seiner Töchter haben sich längst in Gästezimmer verwandelt, gut belegt an Wochenenden, wenn ihn die Kinder und Freunde besuchen. Und vor allem seine Enkel. Er bekocht sie liebevoll, oft mit Spezialitäten aus seiner Heimat. Sie bringen ihre neuesten Spiele mit oder lassen sich, leicht widerborstig, auch mal ein

Diktat diktieren. Und vor dem Schlafengehen sehen sie zusammen einen Film.

Mit diesem Leben ist er ganz einverstanden. Im Prinzip jedenfalls. Auch seinen Beruf liebt er noch, über die Maßen sogar, trotz alledem, obwohl es stimmt, dass er sich auf die Rente freut. Und noch mehr darauf, dass er mit Leonhard wieder auf Reisen gehen kann. Er erwischt sich bei der Phantasie, dass auch Charlotte mitkäme. Und Karla natürlich. Aber dann verscheucht er ihn ganz rasch wieder, diesen Gedanken.

Als Glücksfall empfindet Paul, dass seine Freundschaft mit Leonhard wieder aufgeblüht ist, nachdem sie fast zu Bruch gegangen war. Mit dem er schon durch dick und dünn gegangen ist. Mit dem er streiten kann und sich austauschen und dadurch die Welt begreifen, erfassen und ein bisschen verstehen. Paul hatte wie Leonhard in Heidelberg studiert, an der örtlichen Zeitung volontiert und als Lokalredakteur gearbeitet. Was er sein Leben lang auch blieb, während Leonhard in kühnen Sprüngen die Karriereleiter erklomm. Paul lächelt in sich hinein. Der berufliche Erfolg kam Leonhard auch bei der Finanzierung seiner luxuriösen, PS-starken Autos gelegen. Eine Neigung, die für Paul in diametralem Gegensatz zu Leonhards zelebriertem Umweltbewusstsein steht.

Der kontert umgehend mit der schlechten Ökobilanz von Pauls betagtem Gefährt. „Dein Käfer ist die viel größere Dreckschleuder."

„In deinem Jaguar würde sich auch der Bischof von Limburg pudelwohl fühlen." Die Retourkutsche kommt verlässlich wie das Amen in der Kirche.

„Dein Bischof kann mich mal."

Seit fast 30 Jahren arbeitet Paul nun in der Redaktion der Kurstadt. Ein Pressemann alten Schlags. Obwohl kommunalpolitisch stets auf dem Laufenden, hat er sich nie in die Klauen der örtlichen Filzokratie begeben, sondern sich weitgehende Souveränität bewahrt. Bald nach seinem Wechsel in die Kurstadt hätte er ein Angebot in einer Universitätsstadt annehmen können. Gereizt hatte ihn das wohl. Aber seine Kinder sollten unbehindert ihre Schullaufbahn zu Ende bringen. Darüber gab es Debatten, auch mit Leonhard, der seine Karrieresprünge über halb Deutschland hinweg vollführte. Modernes Nomadentum in den Augen Pauls. Leonhard sei halt über das Stadium des Jägers und Sammlers nie hinausgekommen.

„Das macht doch unsere Freundschaft spannend, Paul, du der sesshafte Bauer und ich, der streunende Jäger. Wir sind ein Dream-Team."

Pauls Fingerkuppen gleiten an Rilkes Gedichten und Gontscharows Oblomow vorbei, einem seiner fast zerlesenen Lieblingsbücher. Schließlich nimmt er das Havelland aus dem Regal, aus Fontanes Wanderungen durch die Mark Brandenburg, die ihm Leonhard vermacht hat zum letzten Geburtstag. Er schlägt die ersten Seiten auf, aber findet nicht hinein, legt das Havelland zur Seite.

Charlotte geht ihm einfach nicht aus dem Sinn. Und sein Frauenleben. Nein, er kann und will sich nicht beklagen. Glück hat er gehabt. Und das schließt Unglück ein. Manches im Leben kann man sich eben nicht aussuchen, nicht selber bestimmen. Seine Familie nicht, den Geburtsort nicht, nicht die angestammte Religion, den Startblock nicht, von dem man losrennt in sein eigenes Dasein. In diese Welten wird man hineingeworfen. Von Gott, von der Natur oder aus dem Nichts. Wer behauptet, er wisse hundertprozentig genau, woher wir kommen und wohin wir gehen, der ist ein Scharlatan.

Es kommt ihm immer mehr so vor, dass sein Leben nicht anders als die große Geschichte verläuft. Es geschieht. Geschichte geschieht. Und alles Geschehene schichtet sich in uns auf, Schicht um Schicht, verschränkt und verwoben in zahllose Verästelungen. Schichten aus zahllosen Stoffen, in vielfältigen Formen und Farben, bevor alles Geschichtete und Geschehene sich eines Tages in Nichts auflöst.

Vor diesem Abgrund machen Pauls Gedanken plötzlich kehrt. Müssen wir bloß hinnehmen, was geschehen soll? Geschehen nicht Dinge, die uns unerträglich sind? Gegen die wir angehen können, die wir vielleicht sogar abzuwenden vermögen, von uns selbst und auch von anderen? Deshalb ist er ja Journalist geworden, um das Nichtgeschehendürfende öffentlich anzuprangern.

Paul lässt den Abend mit einem Whiskey ausklingen und mit ein paar Partien Blitzschach an seinem Computer. Mitten in einer brenzligen Situation klingelt das Telefon.

„Leonhard, ich rufe dich in drei Minuten zurück. Mache gerade einen bärenstarken Moskowiter fertig.“

„Bis gleich.“ Grummelnd legt Leonhard auf. Pauls nächtliche Blitzschachmanie ist manchmal lästig.

Ein Paar Minuten später. „Na, hast du den Russen erledigt?“

„Nö. Nö. Dame verschludert. Vollkommen überflüssiger Schlamperzug.“

„Daran war hoffentlich nicht mein Anruf schuld."

„Nö. War halt unkonzentriert. Mir geht diese Öbefa nicht aus dem Sinn. Und noch weniger Charlotte mit ihrer Geheimniskrämerei. Irgendwie kommt mir das spanisch vor. Es geht mir viel durch den Kopf gerade. Nicht nur im Skat, auch im Schach gibt es den Wechsel zwischen Glücks- und Pechsträhnen. Nicht alles lässt sich mit dem Geist beherrschen."

„Mir fällt auf, dass du gar keine Geschichten mehr aus deiner Redaktion erzählst."

„Ach, alles langweilig. Sag mal, hast du im Netz schon was rausgekriegt über unsere mysteriöse Öko-Bande?"

„Speziell über deine Öbefa leider nicht sehr viel. Mehr über diese Lebensmittelbetrügereien im großen Stil. Es ist alles noch ziemlich abstrakt. Ich muss noch weitermachen. Aber ein bisschen was hab ich auch zu deiner Öko-Truppe. Es tummeln sich allerdings viele solche Grüppchen im Internet herum. Wirkt ziemlich sektiererisch, die Szene. Und sie lassen kein Thema aus, Kohlekraft, illegal angebauter Gen-Mais, Tierquälerei, Pelzhandel, schweinische Schweinemast. Sogar bedrohte Frischluftschneisen und Windkrafträder haben sie im Visier. Gut vernetzt sind die aber. Und zwar unglaublich kunterbunt. Sogar international. Da findest du radikale Rotmützen in der Bretagne vereint mit rechtslastigen und islamistisch angehauchten Aktivisten im Kaukasus. Selbst Separatisten aus Transnistrien haben sich angehängt, eine krude Gruppe junger Heißsporne, die offenbar Putin, Stalin und Zar Nikolaus verehren."

„Mein Gott. Das ist für mich ja völlig fremdes Terrain, Leonhard. Ich bin Lokalredakteur. Aber morgen ist es auch hier vor Ort so weit. Charlotte hat ein Treffen mit den führenden Leuten der Öbefa organisiert."

„Viel Glück, Paolo."

„Glühück-Glüühüück", trällern die Plappageien. Paul hofft, dass es ein gutes Omen ist.

*

Als Paul die bizarre Bretterbude in der Kleingartenkolonie auf der anderen Flussseite betritt, sieht er sich einer eigenwilligen Zusammenkunft gegenüber. Das ist sie also, die Spitze der konspirativen Öko-Szene. Paul hat die Wahl dieses absonderlichen Ortes für albern gehalten, dann aber akzeptiert, weil er nicht gleich auf Konfrontation gehen wollte. Ein halb geöffnetes Fenster lässt Tageslicht ein. Feine Staubteilchen flirren. Verrostete, lange nicht mehr benutzte Gartengeräte lehnen an den Wänden. Es riecht nach Schmieröl und Resten eines Pflanzenschutzmittels. Bodenbretter knarren, Dachbalken knarzen.

Um einen Holztisch herum sitzen fünf Männer und eine Frau. Charlotte. Auf Paul wirkt sie wie verwandelt. Eigenartig fremd.

Ein schmächtiger Mann, Mitte dreißig, spielt sich als Wortführer auf. Schwarze Latzhosen, schwarzes Hemd, schwarze Jacke. Alles schwarz. Paul hat ihn noch nie gesehen. Die glänzenden Stiefel wollen nicht recht zum flauschigen Gamsbart passen. Ein schwarzer Pferdeschwanz beherrscht die Erscheinung. Am Revers funkelt ein kleines, metallenes Abzeichen. Paul kann es nicht genau erkennen. Es sieht aus wie ein stilisierter Wal mit einem roten Punkt. Die graublauen Augen des Wortführers flimmern in einem matten Glanz, den Paul von religiösen Aktivisten in der Fußgängerzone kennt. Eine Art konspiratives Öbefa-Politbüro, denkt Paul.

Der Pferdeschwanzmann, der sich leicht nuschelnd als Jochen vorstellt, geht gleich in medias res.

„Wir haben Beweise, dass Rolf-Dieter Kleinert an schmutzigen Hühner-Exporten nach Kamerun beteiligt ist."

Paul begreift sofort, worum es geht. Wenn das stimmte, wäre der über alle Maßen angesehene und in der ganzen Stadt hofierte Kleinert erledigt, zumindest moralisch. Er hat von diesen miesen Geschäften gelesen, mit denen europäische Unternehmer afrikanische Hühnerzüchter quasi als Kollateralschaden ihres Wirtschaftskriegs in den Ruin treiben.

Das System funktioniert so: Die hochgezüchteten, mit Hormonen und Antibiotika vollgepumpten Brüste deutscher Hühner wandern in die Regale der heimischen Supermärkte, die eingefrorenen Fleisch- und Knochenreste werden über Hamburg und Rotterdam nach Afrika verschifft und zu einem Schleuderpreis verkauft. Bei lächerlichen Transportkosten ist das gewinnbringender, als sie in einer Müllverbrennungsanlage zu beseitigen. Aber auf den afrikanischen Märkten sind die hormonfreien, wenn auch brusthaltigen Hühner örtlicher Herkunft auf einmal zu teuer. Seit Paul von diesen Machenschaften weiß, brutzelt er nur noch ganze, ökologisch unbedenkliche Hühner in seinem gusseisernen Bräter. Wobei Malu, seine Lieblingsenkelin, ihn und die Bio-Siegel streng kontrolliert.

„Opa Pauli, gell, wir essen doch nur glückliche Hühner."

Rolf-Dieter Kleinert, Mitte 50, Eigentümer der in der ganzen Region beliebten Caligula-Therme und des Fünf-Sterne-Hotels Petersburger Hof, ist auch Vorsitzender des Volleyballvereins, dessen Damenmannschaft gerade die Erste Bundesliga aufmischt. Bei den örtlichen Benefizgala-Abenden im Kurhaus zählt er zu den prominenten Großspendern.

„Herr Wiesensee, schön, dass Sie da sind“, hat ihn erst jüngst Kleinerts Frau Erika beim Neujahrsempfang der Handelskammer begrüßt.

Solche beruflich verpflichtenden Begegnungen absolviert Paul gewöhnlich mit einem Lächeln, dessen Gequältheit er hofft unmerklich zu verbergen.

„Dankeschön. Ihnen noch alles Gute fürs restliche neue Jahr.“

Erika Kleinerts Röcke und Blusen waren auch bei diesem Auftritt zu knapp und zu schrill für ihr Alter.

„Warten Sie, ich stelle Sie meinem Mann vor. Der hat sich neulich sehr lobend über Ihre Geschichte von der Sanierung der Burg Hebelstein geäußert. Da ist die Unterstützung der Presse doch ganz wichtig.“

Auch das noch. Paul kennt Kleinert längst. Und er mag Leute nicht, die einem bei der Begrüßung brutalstmöglich die Hand zerquetschen, als beherrschten sie nicht schon genug Gebärden, um ihre Bedeutung hervorzuheben.

„Kommen Sie doch zu unserer Hausparty, Wiesensee. Schriftlich kommt noch.“

Kleinerts lautes Lachen hat immer etwas Wächsernes. Der Schreibblock in seiner Hand war Pauls Legitimation, möglichst rasch zu verschwinden.

Um was es auch immer geht, eine neue Philharmonie, ein Freibad oder einen neuen Fahrradweg, die Politik in der Kurstadt hat es schwer, etwas gegen Kleinerts Willen durchzusetzen. Erika Kleinert mischt in einem halben Dutzend karitativer Vereine mit. Die Lokalpresse, auch die Allgemeine, ist immer wieder voll der Hymnen über ihre Betriebsamkeit. Wer zu den fürstlichen Festen der Kleinerts in ihrer Villa zwischen Russischer Kirche und Großer Allee eingeladen ist, darf sich zur Crème der Kurstadt zählen. Paul meidet die Szene, pflegt aber seine Verbindungen.

Als Vorsitzender des Synodalvorstands seiner Kirche hat Kleinert erst kürzlich den Aufruf zu einem fairen wirtschaftlichen Umgang mit den Armen dieser Welt mitunterschrieben. Er war auch in der Allgemeinen abgedruckt. „Kein Profit auf Kosten der Schöpfung", hat es dort in einer halbseitigen Anzeige geheißen. Mit Kleinerts Glaubwürdigkeit wäre es vorbei, wenn seine dunklen Hühnergeschäfte bekannt würden.

„Ein Heuchler", nuschelt der schwarze Öko-Jochen in der Holzbude auf der anderen Flussseite.

Paul nickt und ist gespannt. Der Wortführer duzt ihn unvermittelt, was Paul über alle Maßen unangenehm ist, er aber gefasst über sich ergehen lässt. Nein, diese Leute, spürt er instinktiv, die möchte er niemals zu Freunden haben. Ausgenommen Charlotte. Er blickt sie an, kurz nur. Es soll gleichgültig wirken. Aber er weiß nicht, ob er so perfekt schauspielern kann. Jochen Brauner, so heißt der schwarz kostümierte Anführer dieser seltsamen Öko-Truppe, die sich Öbefa nennt, zieht die Kopie eines Schreibens mit den Daten und der Unterschrift Kleinerts aus einer schwarzen Ledermappe. Es belegt eindeutig, dass die Happy Hühnchen GmbH & Co KG in Bad Kloppenburg, eine der größten Hühnerbrustfiletfabriken im Land, in Wahrheit Kleinert gehört. Der im Gewerberegister eingetragene Eigentümer ist ein Strohmann.

Woher das Dokument stamme, fragt Paul.

„Informantenschutz. Heute sind es Tiere, morgen Menschen", doziert Brauner, „es macht keinen Unterschied." Auch jetzt wieder das einförmige Nuscheln. Ohne jeden Anflug emotionaler Regung. „Wir werden sie jagen, die Zerstörer der Welt. Mit allen Mitteln. Es ist fünf vor zwölf, aber nicht zu spät."

Charlotte und die anderen äußern sich nicht, sie belassen es bei einem zustimmenden Nicken.

Mit allen Mitteln? Paul ist von der Situation so eingenommen, dass er vergisst, nachzuhaken. Sein Mittel ist das der freien Berichterstattung. „Wir, die freie Presse, sind eine Säule der Demokratie", pflegt er zu sagen. Und Leonhard muss seinen Redefluss manchmal mit einem rhetorischen Kniff stoppen, wenn ihm das hohe Lied auf die Geistesleistungen seiner liberalen Lieblingsstaatsrechtler aus dem 19. Jahrhundert zu entgleiten droht.

Gut, er werde über den Fall berichten, sagt Paul der obskuren Runde zu.

„Zuerst muss ich aber Kleinert mit den Vorwürfen konfrontieren und weitere Erkundigungen über diese Happy Hühnchen GmbH & Co KG einziehen. Hühnerabsatzzahlen, Umsatzsummen, Exporterlöse und so weiter. Das kann also etwas dauern."

„Das ist in Ordnung. Wir bauen auf deine Seriosität."

Paul fühlt sich geschmeichelt, auch mal von dieser Seite Beifall zu erhalten. Gleichzeitig fragt er sich einen kurzen Moment, ob er nicht gerade dabei ist, eine große Dummheit zu begehen. Aber die Geschichte ist einfach zu gut. Zu klar. Zu schlüssig. Zu spektakulär. Das kann er sich rein journalistisch nicht entgehen lassen. Und er könnte damit Charlotte beeindrucken.

„Sobald die Story publik ist, liefern wir dir weiteren Stoff."

„Mensch, Leonhard, ich bin einem handfesten Skandal auf der Spur", vermeldet er abends seinem Freund.

„Skan-daal. Skan-daahahaal." Im Hintergrund kreischen Friedel und Rolli um die Wette, noch bevor Leonhard antworten kann.

*

„Mensch, Peter, du musst das Ding stoppen." Rolf-Dieter Kleinert meldet sich schon am folgenden Nachmittag bei Pauls Chef, Peter Lidwinsky, seinem Duzfreund, dem Chefredakteur der Allgemeinen. „Schmeiß das Arschloch raus, den Wiesensee. Am besten noch heute. Der will mit Dreck nach mir werfen, dieser widerliche Kerl. Ein Schandfleck für euer Qualitätsblatt. Was der mir für idiotische Fragen gestellt hat."

„Rolf, so einfach, wie du dir das vorstellst, geht das nicht. Wenn wir die Geschichte unterdrücken, verkauft er sie einfach für gutes Geld der Konkurrenz. Dann könnte ich ihm zwar kündigen, aber wir hätten nichts verhindert und wir von der Allgemeinen wären die Dummen. Verstehst du? Wiesensee ist der Winner in diesem Fall. Die Geschichte ist wasserdicht. Sorry, Rolf, so gern ich dir entgegenkäme, hier kann ich wirklich nichts für dich tun. Wir sind auch ein Wirtschaftsunternehmen. Das müsste gerade dir doch klar sein."

„Wenn ihr mir so kommt, sind eure ganzseitigen Anzeigen auch weg. Dafür werde ich sorgen. Und für eure Weihnachtsaktion gibt es keinen Cent mehr."

„Lieber Rolf. Darum geht es doch nicht."

„Sondern? Nenn mir eine Hausmarke, ich zahle."

„Rolf, jetzt verrennst du dich. Es tut mir leid, stelle dich schon mal darauf ein. Um 18 Uhr steht die Geschichte bei uns online. Exklusiv." Das „Exklusiv" kommt Lidwinsky etwas zu triumphal über die Lippen. Kleinert fühlt sich von seinem Duzfreund verraten und verkauft.

„Rolf, hör zu, es gibt schon zu viele Mitwisser bei deinen Geschäften. Aber ich gebe dir einen freundschaftlichen Rat: Warte nicht Wochen, bis du von deinen Ämtern zurücktrittst."

Noch am Abend legt Kleinert sein Ehrenamt als Vorsitzender des Synodalvorstands nieder.

„Um Schaden von meiner Kirche abzuwenden", heißt es in der Presseerklärung, die ebenfalls umgehend online zu lesen ist.

Die Kurstadt hat wieder Gesprächsstoff.

*

Als Charlotte am nächsten Vormittag im Café Enzian auftaucht, strahlt sie über das ganze Gesicht.

„Jochen ist voll zufrieden mit deiner Arbeit, Paul. Und auf der Website der Grünen war die Happy-Hühnchen-Geschichte über fünfunddreißigtausend Mal geklickt. Das ist bei Weitem neuer Rekord."

Charlottes Bericht über die Resonanz auf Pauls Artikel beim inneren Zirkel der Öbefa ist überschwänglich. Eine Lobeshymne, die Paul nicht richtig in den Ohren klingen will, zumal nicht aus dem Munde Brauners. Als wäre ein falscher Ton dabei, als käme Beifall von falscher Seite. Gleichzeitig schimmert zwischen ihren Worten durch, dass Kleinerts Rücktritt aus dem Synodalvorstand dem Öbefa-Führer noch nicht genügt, dass er darin keine wirkliche Genugtuung sieht für Kleinerts widerlichen Hühnerfrevel.

„Brauner sagt, es müssten nun andere Zeichen gesetzt werden."

„Andere Zeichen?"

„Seine schmutzigen Geschäfte betreibt Kleinert doch weiter, Paul. Kein Mensch, keine Vorschrift und kein Gesetz stoppen ihn und diesen Mensch wie Tier verachtenden Handel."

Paul bedauert das auch. „Aber mehr als berichten und kommentieren kann ich nicht. Die Macht der Presse hat genau hier ihre Grenze. Für Veränderungen sind die Politiker zuständig und die Verbraucher. Die Welt dreht sich jeden Tag weiter, auch ohne uns Schreiberlinge."

„Aber Brauner meint ...“

„Brauner, Brauner, warum sieht man ihn eigentlich nie in der Stadt?“

„Jochen lebt sehr zurückgezogen. So kann er sich ganz auf unsere große Aufgabe und das Endziel konzentrieren.“

Einmal mehr steigt Unwillen auf in Paul, wenn er Charlotte als Brauners Botschafterin erlebt. Viel lieber würde er sich wieder mit anderen Themen befassen. Einerseits. Andererseits ist er nicht abgeneigt, dieses Zusammenspiel zu verlängern. Immerhin hat er als Journalist davon profitiert. Seine fulminante Enthüllung über Kleinerts Geschäfte hat Furore gemacht. Und da ist, wenn er ehrlich ist zu sich selbst, noch etwas. Wenn er sein heimliches Einvernehmen mit der Öbefa jetzt aufkündigte, würde er vielleicht Charlotte aus den Augen verlieren.

„Paul“, Charlotte stupst ihn sanft und legt ihre Hand auf seinen Arm. „Paul, diese Sachen sind noch nicht zu Ende. Haben wir nicht erst richtig angefangen miteinander? Wollen wir unseren ersten großen Erfolg nicht ein wenig feiern und demnächst mal was essen gehen?“

Paul willigt freudig ein. „Aber ich lass mich von euch Öko-Leuten nicht zum Pressehampelmann machen.“

Charlotte lacht und prostet ihm zu. Er stößt mit ihr an, ein wenig befangen. Um unnötigem Kurstadtklatsch aus dem Weg zu gehen, verabreden sie sich in der Nachbarstadt.

Als sie im Restaurant beieinander sitzen, hakt Paul nach. „Was meint Brauner denn, wenn er sagt, die Feinde des Ökosystems mit allen Mitteln bekämpfen zu wollen?"

„Paul, das erzähle ich dir später. Das ist alles noch nicht abschließend geklärt. Und schwierig. Lass mir Zeit."

Dann wechselt Charlotte plötzlich das Thema. „Sag mal, lebst du eigentlich gerne allein?"

Paul war darin geübt, solchen Fragen auszuweichen. Was will Charlotte mit dieser Frage? Sie überbrücken die Stille, die ihre Frage ausbreitet zwischen ihnen. Charlotte schneidet an ihrer Pizza Funghi herum, Paul gabelt Gnocchi mit Gorgonzolasoße aus dem Teller.

„Das hat sich so ergeben. Christiane, meine Frau ..."

Er stockt. Dann kommen ihm Worte, auch wenn seine Stimme noch belegt klingt und brüchig. „Das ist eine längere Geschichte."

Charlotte nickt ihm aufmunternd zu und bekommt zu hören, wie er nach dem Tod seiner Frau Christiane eigentlich nie wieder etwas mit einer anderen Frau zu tun haben wollte. Lange habe er nach außen hin vorgeschützt, er könne seinen beiden Töchtern eine neue Liaison nicht zumuten. Er habe sie ja dann ganz allein erziehen müssen. Aber Teresa und Rebecca seien längst erwachsen, und jeder seiner sieben quirligen Enkel würde sich vermutlich freuen, wenn Opa Paul auch wieder jemanden liebhaben würde, der schon größer ist als sie. Ganz besonders Malu, seine Lieblingsenkelin. Sie könne lachen wie der Sonnenaufgang und er gehe mit ihr sonntags häufig ins Märchentheater. Das habe er schon mit seinen Töchtern getan.

„Jetzt bin ich fast 60. Und gehe möglichst oft zu Christiane auf den Stadtfriedhof. Da halten wir so etwas wie Zwiesprache miteinander. Mit ihr kann ich immer noch gut reden."

Paul sieht durch Charlotte hindurch und verstummt. Er erzählt ihr nichts von seiner Hoffnung, eines Tages, nachdem sein eigenes Leben einmal zu Ende gegangen sein würde, seiner Christiane wieder zu begegnen, um sich mit ihr auf neue Weise vereinen zu können, auch wenn ihm diese Weise ganz und gar unvorstellbar war. Solche Hoffnungen hegt Paul, bei aller Skepsis gegenüber den Versprechungen des Religiösen. In manchen Augenblicken ist er sich der Existenz einer nicht sichtbaren noch fühlbaren Welt sogar einigermaßen sicher. Dann zweifelt er wieder. Aber diese Gedanken behält er für sich. Nicht einmal Leonhard lässt er daran teilhaben.

Seine Schutzmauern fallen zusammen wie ein Kartenhaus. „Wir haben uns geliebt. Für mich gab es seither keine anderen Frauen mehr. Das ist so seit ihrem Tod. Sie ist schwer gestorben ... Krebs."

Charlotte berührt seine Hand und schweigt einen Augenblick. Dann sagt sie: „Schön, Paul. Ein solches Glück erlebt nicht jeder Mensch. Ich meine die Liebe, nicht den Tod."

„Ja. In unseren Töchtern und Enkeln bleibt Christiane da. Und in meinen Gedanken sowieso. Warum erzähle ich dir das nur?"

„Vielleicht, weil dir danach ist. ... Wann war das, als deine Frau gestorben ist?"

„Das ist jetzt achtzehn Jahre her." Paul spürt die Wärme ihrer Hand. „ Es war schön, unser Familienleben, trotz meiner idiotischen Arbeitszeiten. Wir haben Geburtstage gefeiert, gesehen, wie unsere Kinder aufblühten. Herrliche Urlaube gemacht, in Spanien, in Griechenland. In Irland und in Südfrankreich waren wir mit dem Hausboot unterwegs. Und Christiane war nicht nur eine wunderbare Mutter, sondern auch eine begabte Lehrerin. In der Pestalozzi-Schule. Sie konnte mit den Kleinen. Wir haben uns bis auf das i-Tüpfelchen ergänzt, und sie hatte immer Verständnis für meine Arbeit, hat mir alle Freiheiten gelassen. Ihre Mutter hat uns sehr unterstützt, sonst wäre das ja kaum gegangen."

Beim Abschied umarmen sie sich. Lang. Dann lässt Paul los. Mehr wagt Paul nicht. Mehr passt jetzt auch nicht. Aber Paul weiß es endlich auch selbst. Ein Damm ist gebrochen. Er hat sich verliebt.

*

Die Tage darauf schwankt Paul zwischen Hochgefühl und Unsicherheit. Er ist schließlich kein naiver Grünschnabel mehr. Ihm ist klar, dass der Abend mit Charlotte und die Überschwemmung seiner Gefühle die beidseitig nützliche Beziehung weit überschritten hat, die ihrer Zusammenarbeit zuträglich ist. Er flaniert durch die Stadt, kauft sich eine überregionale Zeitung, spaziert hinüber zum Park-Café, gönnt sich einen Cappuccino in der Frühlingssonne. Er liebt es, in diesem Ambiente Zeitung zu lesen, Leute zu sehen, zu grüßen, sich in einen Schwatz verwickeln zu lassen. Nebenan plätschern Wasserspiele, leuchten rote Tulpen, erfreuen Säulenkolonnaden mit ihrem Ebenmaß sein Auge.

Eine Stretchlimousine mit einem Dutzend knapp bekleideter russischer Models fährt vor dem Kurhaus vor. Die

Gäste beobachten ein Fotoshooting mit viel Mädchen-Bein und Barbie-Busen, rührend tapsig und unbeholfen. Als Student waren Paul Kurstädte ein Gräuel, da verband er nichts mit ihnen als in plüschigen Cafés sitzende weißhaarige Herrschaften, die sich aus Langeweile zu ihrem Kännchen Kaffee Sahnetorten einschaufeln. Geändert hat sich dieses Bild erst allmählich, aber gründlich. Und Paul schätzt inzwischen den Segen der verschiedenen Thermen und Kureinrichtungen, der Parks und der Brunnen, der überdurchschnittlich guten medizinischen Versorgung. Besonders in der Caligula-Therme fühlt er sich wohl wie ein Faultier in der Hängematte, gönnt sich dort hin und wieder eine Massage. Ein Ausgleich zur Arbeitshektik.

Eigentlich ein Idyll, das Leben hier, sagt sich Paul, dem im Grunde seines Herzens aller Skandal zuwider ist. Die Wogen öffentlicher Erregungen branden ohnehin in irrationalen Unregelmäßigkeiten auf, mehr durch brüllende Stürme der Bilder aufgepeitscht als durch leise Winde der Worte bewegt. Seine ganz privat aufkeimende Erregung irritiert ihn allerdings nicht weniger als der Unwille, weitere Skandalgeschichten zu enthüllen. Er muss nicht aufdecken, ob es noch üblere Machenschaften gibt als die mit „Happy Hühnchen“. Er will viel lieber herausfinden, was mit ihm selbst los ist. Und was mit Charlotte. Ob diese Geschichte nicht die eigentlich wichtige ist, eine die unbedingt weitergeschrieben werden muss. Er steht auf und ruft sie an. Sie beschließen, bei einem Spaziergang miteinander zu reden.

„Am Samstag? Nein, da geht es bei mir nicht“, bescheidet er sie, ruppiger als ihm lieb ist, und wechselt sofort den Ton. „Da ist Kindergeburtstag. Malu, meine Enkelin. Sie wird zehn“. Er zögert einen Moment. „Aber wenn du möchtest, bist du gerne eingeladen. Wir grillen im Hof.“

Sein Herz flimmert und sein Puls tanzt, als sie zusagt. Sein Hirn fragt an: Was hat die Öko-Frau mit deiner Malu zu tun? Und was erklärst du deinen Töchtern?

*

Der Geburtstagsgesellschaft stellt er Charlotte als die nette Grüne von der Kreis-Geschäftsstelle vor. Sie scheint sich gleich wohlzufühlen, hält den Kindern den Sack auf, damit sie hinein finden, um fröhlich loszuhüpfen, schminkt lustige Katzen- und Eulengesichter, fädelt Erdbeeren in Obstketten, tanzt wild mit, als den Kindern irgendeine Boyband in die Beine fährt. Sie haben so richtig Spaß alle miteinander.

„Süße Enkel hast du.“

Abends verabschiedet sie sich mit einem warmen Händedruck und einem sachten Wangenkuss.

„Mein Gott“, entweicht es Paul, als er ihr nachsieht mit feuchtem Blick. Erinnert sie ihn an Christiane? Nein. Charlotte ist ein völlig anderer Typ. Schlanker, graziler, viel politischer vor allem. Und dennoch lächeln ihre Augen.

Schon am nächsten Morgen meldet sie sich. „Paul, was machst du am Wochenende?“

„Am Sonntagmorgen singen Malu und mein Enkel Ole im Familiengottesdienst in der Kreuzkirche. Danach habe ich Sonntagsdienst in der Redaktion. Aber hättest du nicht Lust, in die Kirche mitzukommen?“

„Meinst du nicht, deine Töchter könnten das komisch finden?“

„Nein. Die mögen dich und haben mir gesagt, Papa, so viele Jahre nach Mamas Tod, darfst du ruhig auch wieder an dich denken. Malu und Ole waren sowieso begeistert. Du hast die Höchstnote bekommen. Die Charlotte, haben sie gesagt, die vom Kindergeburtstag, die ist echt cool.“

Eine Woche später radeln Charlotte, Paul, Malu, Ole, Sarah und Sophia auf einem Weg parallel zur Großen Allee, die zum Kurhaus führt. Die Sonne blinzelt noch behutsam hinter den Bergen hervor. Vorbei an gelb-blau leuchtenden Teppichen aus Butterblumen und Ehrenpreis steuern sie den Minigolfplatz hinter der Trinkhalle an, singen ein fröhliches „Der Mai ist gekommen“ und einigen sich darauf, dass Paul wieder den Quizmaster spielen darf. Sie spielen eine Art Stadt-Land-Fluss, das immer so ausgeht, dass jedes Enkelkind eine Kugel Eis gewinnt. Und Charlotte auch. Danach wechseln sie die Rollen, denn auch Malu, Ole, Sarah und Sophia sind clevere Quizmaster. Und bringen den gutmütigen Opa kichernd dazu, nach der Minigolfrunde jedem seiner Lieblinge, Charlotte und sich selber vier italienische Kugeln zu spendieren.

*

Fast hat Paul schon vergessen, warum er Charlotte kennengelernt hat. Nach dem Spätdienst ist er mit ihr in der „Unhaltbar“ verabredet, sie mit dem Auftrag ihrer Öbefa abzuklären, wann man sich wieder in der Gartenhütte treffen könne, er voller Sehnsucht nach ihrer Nähe. Hier geht es laut genug zu, so dass sie nicht befürchten müssen, dass jemand mithört am Nachbartisch. Sie sitzen kaum, da platzt es schon aus Charlotte heraus:

„Paul, unsere Hacker haben das Rechenzentrum der EnCW attackiert. Die haben das gesamte Steuerungssystem lahmgelegt, alle Daten gelöscht. Mit einem Backdoor Trojaner."

„Au weia. Das klingt übel. Wann war das?"

„Gestern Abend. Hast du nichts mitbekommen? Bei der EnCW geht alles drunter und drüber."

„Aber die Lichter in der Stadt brennen noch."

Die städtische Versorgungsgesellschaft EnCW liefert den Kurstädtern seit der Kaiserzeit Gas, Wasser und Strom. In die Schusslinie der Öbefa ist sie geraten, seit sie plant, ihren Strom aus dem Wind zu gewinnen, der über den nahen Bergkamm fegt.

„Aber das ist doch widersinnig, der Strom aus Wind ist doch vollkommen sauber im Vergleich zu dem aus Braunkohle oder gespaltenen Atomen."

„Das stimmt." Aber die Stromerzeuger hätten wieder einmal nur ihre eigene Rechnung gemacht, ohne zum Beispiel an die Wildkatzen zu denken.

„Wildkatzen?"

„Ja, Wildkatzen. Die Geräusche der Windräder und die Zerschneidung des Waldes werden ihren Bestand drastisch reduzieren. Das ist mit Untersuchungen belegt und stand sogar bei euch in der Zeitung."

„Muss man deshalb gleich das Rechenzentrum der EnCW angreifen und riskieren, dass die ganze Stadt lahmgelegt wird? Wer von euch macht denn so was?“

„Das kann ich dir nicht sagen. Eigentlich darf ich überhaupt nicht mit dir darüber reden. Vielleicht ist es falsch, dass ich mich mit dir heute treffe.“

„Mein Gott, wisst ihr denn, was ihr angerichtet habt?“

Paul wundert sich, dass die EnCW-Pressestelle die Allgemeine über den Vorfall nicht informiert hat.

„Es ist nicht so, wie du gleich denkst. Unsere Leute haben nur sämtliche Daten über die Windräderbeschaffung gelöscht beziehungsweise gestohlen, die Rentabilitätsberechnungen, die Ausschreibungen, die Gutachten über die Windstärke, alles. Die sind jetzt wieder bei Null und müssen von vorne anfangen. Das bringt Zeit, um Widerstand zu organisieren.“

„Charlotte, das ist doch ein Kampf gegen Windmühlen in jedem Sinn des Wortes. Und zudem macht ihr euch strafbar.“

„Ich weiß, das heißt, ich weiß nicht genau … “

„Alles nur wegen der Wildkatzen?“

„Nein. Auch wegen der Bäume, die gefällt werden. Und wegen der Menschen. Wenn ein Baum stirbt, sterben auch Menschen, sagt Jochen. Wegen der Abholzung des tropischen Regenwalds sterben die indigenen Völker und langfristig … “

„Charlotte, es gäbe uns gar nicht, wenn unsere Vorfahren nicht ab und zu einen Baum gefällt hätten, um sich zu wärmen und ein Dach über dem Kopf zu zimmern."

Paul schnauft. Viel lieber wäre ihm gewesen, Charlotte und er würden jetzt über andere Dinge reden. Oder gar nicht reden. Einfach beieinandersitzen. Sich berühren. Er kann kaum bei der Sache bleiben. Was soll er mit Wildkatzen? Und von diesen Computermachenschaften will er schon gar nichts wissen. Die Stimmung ist angespannt.

„Was meinst du, Paul, was soll ich jetzt machen? Jochen ist irgendwie misstrauisch geworden und verhält sich neuerdings so komisch. Als müsse man bei mir irgendwie aufpassen. Unser Kontakt gefällt ihm nicht mehr. Und es behagt ihm auch nicht, dass ich mich heute schon wieder mit dir treffe. Ich spüre das. Er wollte zuerst, dass wir uns übers Handy verständigen. Aber dann habe ich mich durchgesetzt. Das war nicht einfach. Aber ich wollte dich sehen."

Charlotte wirkt niedergedrückt.

„Soll ich die Polizei informieren?"

„Lass das bloß. Jochen wüsste doch sofort, dass du die Information von mir hast. Die EnCW hat längst einen Experten vom BKA geholt und Spezialisten, die das Datendesaster reparieren. Die halten das geheim, weil sie Nachahmereffekte befürchten. Es war ja karo-einfach, bei denen einzudringen."

Paul ist aufgewühlt. Sein Bedürfnis nach journalistischer Recherche schwindet in dem Maße, in dem die Öbefa-Aktivitäten zu einem Fall für die Kripo mutieren. Sicher ist er sich nur, dass er Charlotte helfen will. Aber er weiß nicht wie. Sie verabschieden sich freundlich. Charlotte verschwindet hinter der Straßenecke. Paul sieht ihr nach. Ratlos traurig.

Was treibt sie wohl um, fragt er sich. Wie weit wird sie zusammen mit ihrer komischen Öko-Truppe noch gehen? Das, was sie ihm kürzlich erzählt hat, klang so, als wisse sie nicht mehr so ganz, wo ihr Platz ist, wo sie hingehört. Offenbar hat sie sich mit ihren Gesinnungsgenossen im Lauf der Jahre immer verzweifelter in den Kampf um nichts Geringeres geworfen als die Rettung der Welt. Und irgendwann wähnten sie wohl, das nur noch vom Untergrund aus erfolgreich bewerkstelligen zu können. Die „Staatsgrünen", die für die Fernsehkameras zum Kanzleramt radelten, oder schlimmer noch, sich schamlos im fetten BMW mit Sonderausstattung zu den Sitzungen in den Plenarsaal fahren ließen, waren für sie zu Feigenblättern entartet. Verlogen und vollkommen verkommen. In nächtelangen Debatten hatten sie gestritten darüber, was zu tun sei, um den Globus und seine drohende Implosion noch abzuwenden. Und waren der vielen trockenen Worte irgendwann müde, dürsteten nach Taten, wurden von Tag zu Tag entschlossener, entschiedener, kampfbereiter für ihre gute Sache. Auch Charlotte empfand so. Bis Brauner eines Tages anfing zu predigen, dass man für das große Ziel auch zu sterben bereit sein müsse. Und notfalls zu töten. Seither denkt Charlotte nach, seither fragt sie sich, ob sie das wirklich will. Töten, sterben. Und seither möchte sie sich nicht eingestehen, wie ihre Antwort lautet.

*

Zu ihrem nächsten Treffen im „Casablanca" kommt Charlotte keuchend und mit zwanzigminütiger Verspätung. Sie schüttelt die Regentropfen aus ihrem Mantel, spannt den Schirm zusammen und zieht die Strickmütze vom Kopf. Draußen zieht der Kellner die Freiluftschirme ein. Es stürmt.

„Brauner hat mich abgeschnitten. Er geht nicht einmal mehr ans Telefon", schnauft Charlotte. „Keine Ahnung, was das zu bedeuten hat. Jedenfalls nichts Gutes."

„Komm, setz dich doch erst."

„Paul, irgendetwas ist im Gange, vielleicht sogar gegen mich. Eine scheiß staatsgrüne Verräterin hat er mich bei unserer letzten Sitzung geschimpft, nur weil ich es wagte zu fragen, ob wir noch auf dem richtigen Weg sind. Weißt du, was das heißt, wenn das jemand wie Brauner zu dir sagt? Wir haben eine ungeschriebene Satzung. Und die sieht im Fall der Abtrünnigkeit die Ächtung vor."

„Was soll das denn heißen? Ihr seid ja verrückt!"

„Ja, so hieß es in der Selbstverpflichtung, die ich bei der Aufnahme in die Öbefa abgeben musste. Was immer das bedeutet, es ist sicher keine Spaßveranstaltung."

„Wie viele Mitglieder habt ihr überhaupt?"

„In unserer Stadt vierzehn. Aber wir haben weitläufige Verbindungen. Alle haben wir diese Selbstverpflichtung abgeben und einen Treueid auf die Öbefa schwören müssen, auch auf unseren Anführer, auf Jochen Brauner, bevor er uns in den inneren Zirkel aufgenommen hat."

Paul ist fassungslos.

„Und dann haben wir noch seinen Adlatus, einen besonderen Scharfmacher, Sven Friese heißt er, ein seltsamer, äußerst aggressiver Mensch. Der heizt das Klima mächtig an. Manchmal klingt es nach purer Mordlust, wenn er redet. Diskutiert wird bei uns schon lange nicht mehr."

„Was macht du da dann noch, verdammt? Wie oft trefft ihr euch überhaupt?"

„Im Prinzip jeden Abend. Außer wenn ich meine Termine bei den Grünen habe, dann werde ich freigestellt. Für das heutige Treffen mit dir habe ich übrigens keine Genehmigung."

„Wissen die Grünen von deinen Aktivitäten?"

„Keine Ahnung. Ich glaube nicht. Vielleicht ahnen es ein paar Leute. Sie grenzen sich ja bewusst gegenüber Gruppen wie der Öbefa ab. Das ist denen zu militant, sind ja viele Ökopaxe dabei."

Paul ist bedrückt. Charlotte führt zweifellos ein politisches Doppelleben. Brav bürgerlich und pazifistisch bei den Grünen, im Kriegszustand mit der Gesellschaft in der Öbefa. Das kann nicht gutgehen auf Dauer. Er sieht sie an. Aus seinem Blick fliegt ihr seine Besorgnis zu. Und in ihrem Windschatten verschämte Liebe.

Charlotte spürt es, sein Begehren. Und sie genießt es, obwohl er gar nicht ihr Typ ist, wie er so vor ihr sitzt. Ein beleibter Mann, zwanzig Jahre älter, drei Zentimeter kleiner. Ein karottenroter Lockenkopf mit Sommersprossen und abgewetztem Dufflecoat. Ein dicker liebenswerter Teddybär mit treubraunen Knopfaugen. Ein Eigenbrötler, der sich der Massenkommunikation verschrieben hat, und ein Schöngeist, der online Blitzschach spielt. Aber er ist bei ihr, hört ihr zu, geht auf sie ein. Gescheit ist er auch. Und sie fühlt sich wohl in seiner Nähe. Irgendwie geborgen. Es ist, als werfe ihr dieser Paul einen Rettungsring zu.

„Paul, willst du mir helfen, da rauszukommen?“

„Unbedingt.“

Jeden Samstag steht im „Casablanca“ eine von Pauls Lieblingsspeisen auf der Karte, Couscous Royal.

„Lass uns heute einfach den Abend genießen.“

Charlotte entspannt sich. Und als die maghrebinischen Gewürzdüfte aufziehen, beginnt sie, ihm mehr von sich preiszugeben. Zögernd zuerst, dann fließend, am Ende sprudelnd wie Mineralwasser, das kräftig durchgeschüttelt wurde. Auch sie war schon verheiratet. Nach dem Abi zog es sie sofort zu ihren geliebten Katzen, Murmeltieren, Schafen, Hunden, Pferden. Sie ließ sich zur Tierpflegerin ausbilden und landete in der Praxis eines Veterinärs, der ihr imponierte in seiner Art, zupackend, entschlossen, selbstsicher. Er wurde ihr Mann. Aber auch ihr Dominus, der sie beherrschte und benutzte. Es dauerte, bis es ihr schließlich gelang, sich von ihm zu befreien. Erst nachdem sie begonnen hatte, sich bei Greenpeace zu engagieren, schaffte sie den Absprung und beschloss, selbst Tiermedizin zu studieren.

Leider habe sie das nicht zu Ende bringen können, sagt sie. Aber dann habe sie mit ihrem Engagement für die Öbefa und dem Job bei den Grünen ihren Weg gefunden. Seit sie geschieden ist, empfindet sie ihre Freiheit wie ein Geschenk, das sie schon verloren glaubte und dann zum zweiten Mal empfing. Sie habe sich vorgenommen, sagt sie Paul und lächelt mit ihren Augen, dieses Glück nicht noch einmal leichtfertig aufs Spiel zu setzen, sondern es zu bewahren und zu genießen, freizügig und frei, unabhängig, wie sie nun sein kann, eine ungebundene Frau.

Charlottes Ex-Mann muss ein Scheusal gewesen sein. Aber das deutet sie nur an. Genaueres will Paul auch gar nicht wissen. Er schaut lieber in ihre Augen, lässt lieber Blicke wandern über ihr einfach, aber geschickt geschnittenes Baumwollkleid, das in pastellsanften Naturfarben über ihren Busen fällt bis hinab zu ihren Fesseln. Er atmet das sinnliche Parfüm an ihrem Körper ein, erschnuppert die Düfte aus Zimt, Muskatnuss, Nelken und Kardamom, die aufsteigen von ihren Speisen, weiß nicht, was ihn mehr betört.

„Ja", lächelt sie, als er sie schüchtern fragt, ob er sie nach Hause begleiten darf.

Er spürt ihre Schulter, rückt zu ihr. Ihre Schenkel und ihre Knie finden aneinander Gefallen. Eine Melange aus wohliger Wärme und aufsteigender Erregung flutet Paul. Er strahlt sie an. Und Charlottes Augen antworten. Sie stoßen mit einem marokkanischen Rotwein an. Sein Herz schlägt Purzelbaum zwischen Bammel und Seligkeit.

Als sie endlich nebeneinander liegen und ihre Haut sich berührt, fühlt Paul sich unbehaglich, ungelenk, unbeholfen. Zu lange war er nicht mehr mit einer Frau zusammen. Zu lange hatte er selbst Hand an sich gelegt oder war allenfalls zu einem kurzen Erlebnis gekommen, das sich nicht viel anders anfühlte, als hätte er es sich selbst besorgt. Und für das er sich hinterher schämte. Jetzt riecht er Charlotte und sie riecht gut, kann sie fühlen, und es fühlt sich gut an. Zögernd und steif fängt er an, sie zu liebkosen. Da nimmt sie seine tastende Hand, führt sie, legt ihre Finger um sein

Glied, kommt ihm entgegen. Behutsam küsst sie seine Ängste weg, nimmt ihn in sich auf. Und er taucht in sie ein, mit all seiner Wollust und all seinem aufgestauten Verlangen, tief, heftig. Und gelangt auch schon an das Ende seiner Manneskraft.

„Nicht schlimm. Es ist im Grunde ein Wunder, dass du überhaupt konntest bei deiner Geschichte."

*

„Leonhard, es könnte so wunderbar sein und ist so beschissen." Paul versucht beim nächsten Nachttelefonat, seine Lage auf den Punkt zu bringen. Er erzählt ihm ein wenig von seiner Liebe, andeutungsweise nur, will sein Glück noch ganz für sich behalten, nicht teilen mit irgendjemandem, nicht einmal mit Leonhard. Vor allem aber erzählt er ihm von der Malaise, in die Charlotte geraten ist, als Botin zwischen den Fronten.

Elfriede und Rolli veranstalten ein Riesengezeter, bevor Leonhard zu Wort kommt.

„Die spinnen, deine Öko-Terroristen", knurrt Leonhard. „Anders kann man die ja kaum mehr bezeichnen. Die sind doch genauso kriminell wie mein chinesisches Lebensmittel-Syndikat."

„Das ist es ja, was mir so große Sorgen macht. Um Charlotte vor allem. Aber auch wegen der ganzen Situation, in die ich da hineingerate. Das artet wirklich aus, in kriminelle Machenschaften. Und ich werde zum Mitwisser. Keine Ahnung, wie ich da rauskomme. Und wie ich Charlotte mitnehmen kann."

„Geh zur Polizei." Leonhards Rat kommt prompt.

„Ich überleg mir's. Aber ... Hast du denn die ominösen Chinesen angezeigt und den Einbruch bei dir zuhause?

„ ... "

„Eben. Und meinst du, das wäre bei Charlotte und mir so anders?"

„ ... "

„Eben."

„Stimmt ja. Es gibt Gründe, es zu tun oder es zu lassen. Das muss man abwägen. In jedem Einzelfall. Manchmal hat man leider nur die Wahl zwischen zwei Lösungen, einer schlechten und einer ganz schlechten. Ich denke, in eurer Situation ist die Polizei die schlechte. Irgendwann musst du das Ganze sowieso platzen lassen." Leonhard unterbricht sich und denkt nach, um seinen Hirnsynapsen eine Chance zu geben, sich neu zu verschalten. Aber es trifft ihn kein Geistesblitz. „Vielleicht können wir darüber ausführlicher reden, wenn wir zu dir kommen."

*

Paul ist unsicher und durcheinander in den folgenden Tagen. Einerseits klingt die Nacht mit Charlotte in ihm nach, als würden alle Glocken der Kurstadt auf einmal läuten. Andererseits zerfrisst ihn die Sorge um die unheimliche Entwicklung dieser Öbefa. Seinen Redaktionsdienst verrichtet er wie eine gut geölte Maschine, die läuft und läuft, ohne anzuhalten, automatisch nahezu. Am Ende ist er froh, dass das Viterer-Wochenende mit Leonhard, Karla und Charlotte bevorsteht und vielleicht ein wenig Entspannung bringt. Und Klärung.

„Wie der Protzbischof von Limburg“, lästert Paul in alter Gewohnheit, als Leonhard mit Karla im gediegen matt polierten Jaguar vor seinem Haus in der Kurstadt anrauscht.

„Nur nicht so scheinheilig“, grinst Leonhard. „Du solltest den Ball flach halten, dein Käfer ist doch auch nichts anderes als ein Statussymbol.“

Paul hatte Spargel besorgt, den er mit gebratenen Wachteln, frischem Gemüse und einer trockenen Riesling Spätlese aus seiner Heimat kredenzt. Für ihn ist es der erste Abend zu viert, seit seiner Zeit mit Christiane. Es geht ganz leicht. Alle unterhalten sich, als kennten sie sich seit Jahren, hin und her, kreuz und quer. Paul freut es vor allem, dass auch Charlotte und Karla auf Anhieb zueinander finden.

Für alle vier wird es eine selige Nacht.

„Paul, du hast recht“, feixt Leonhard beim Brunch mit Lachs und Sahnemeerrettich, „persönlicher Kontakt ist durch nichts zu ersetzen.“

„Aha“, sagt Paul.

Charlotte errötet.

Es tut Paul gut, dass er am Montag noch frei hat, um Leonhards neueste Spur zu verfolgen, die in die Pfalz führt. Zu dieser Fischfabrik. Es lenkt ihn ab, dieses eigenartige, futuristisch anmutende Projekt eines europäischen Lebensmittelkonzerns, von dem Leonhard offensichtlich meint, es sei die wahre Avantgarde der Lebensmittelkriminalität, nicht diese schwachsinnigen Schweinereien nach Happy-Hühnchen-Art. Vor allem tut ihm gut, dass Leonhard inzwischen versteht, in welcher Malaise Charlotte steckt, und er auch.

*

„Leonhard, es war ein wunderschönes Wochenende mit euch“, sagt er am nächsten Abend zu seinem Freund. „Verstehst du jetzt, dass ich Angst um sie habe?“

„Ja, mio caro amico. Das hab ich endlich kapiert. Aber jetzt, wo ich deine Charlotte ein bisschen kenne, denke ich, sie ist nicht der Typ, der sich kleinkriegen lässt. Natürlich muss sie da raus. Die meinen das offenbar todernst mit diesen Treueschwüren und werden sie kaum freiwillig gehen lassen, wenn sie aussteigen will. Wir müssen es schlau anstellen, damit sie nicht als Abtrünnige hingestellt werden kann oder gar als Verräterin vogelfrei erklärt wird. Aber uns wird schon etwas einfallen. Wenn mir eine Idee kommt, melde ich mich sofort.“

„Ja, es ist höchste Zeit.“

„Vielleicht musst du ihr selbst auch noch Dampf machen. Sie muss ohne Wenn und Aber aussteigen wollen. Sonst wird das nichts.“

„O.k., morgen red’ ich noch einmal mit ihr.“ Pauls Handy meldet sich. „Leonhard, sie ruft gerade an. Ich melde mich gleich nochmal.“

Charlottes Stimme vibriert vor Aufregung. „Paul, es gibt schwarze Listen mit Namen von Personen, die liquidiert werden sollen.“

„Liquidiert?“

„Ja.“

Paul wird kreidebleich.

„Da kursieren Todeslisten in unserem Verbindungsnetz, so was wie eine Fatwa gegen eine Menge Leute, die den Tod verdient haben. Jeder kann sich zum Helden machen, wenn er das Urteil vollstreckt." Charlotte rutscht dieses „in unserem Netz" noch heraus, sei es aus Gewohnheit, sei es weil sie es noch so meint.

„Wenn herauskommt, dass ich mit dir darüber spreche, bin ich geliefert. Bei unserem letzten Treffen wurde eine absolute Kontaktsperre mit Dritten beschlossen. Und Brauner hat mich dabei böse angeschaut. Er wird sowieso jeden Tag verstockter. Er macht mir Angst."

Es rauscht in Pauls Telefon, hört sich einmal an wie sprudelndes Wasser, dann wieder wie Wein, der beim Dekantieren gluckert.

„Hallo, Charlotte, was ist? Bist du noch dran?" Es dauert einen Moment. Dann geht Paul auf, dass sie weint.

„Paul", hört er sie flüstern. Und sie würgt schluchzend heraus, unterbrochen von quälenden Pausen, was sie ihm schon längst hätte sagen sollen, sagen müssen, schon im ersten Moment, als sie sich ins Vertrauen zogen gegenseitig, gesteht ihm, dass sie vor gut einem Jahr eine Affäre hatte, mit ihm, mit Brauner, dass Brauner immer noch scharf ist auf sie, dass er sie in letzter Zeit wieder anmacht und bedrängt, wenn die anderen weg sind oder wegsehen, dass er versucht, sie sich gefügig zu machen. Seine Drohungen zielen nicht nur auf ihre unbedingte Loyalität. Sie zielen auch unter ihre Gürtellinie, direkt zwischen ihre Schenkel.

Paul schluckt sprachlos, schüttelt tief atmend den Kopf.

Allmählich findet Charlotte ihre Fassung wieder. „Es war ein großer Fehler, mich damals mit ihm einzulassen. Aber es kam eben so. Politisch passte damals kein Blatt Papier zwischen uns. Wir waren uns einig, dass der Kurs der Staatsgrünen eine lächerliche Nummer ist. Stimmt ja auch heute noch. Aber dann lief es aus dem Ruder. Das war gar nicht mehr politisch, was da abging, kritisch oder alternativ. Das war nur noch ein Psycho-Trip. Und ich mittendrin. Es hat lange gedauert, das zu durchschauen. Du hast mir sehr geholfen. Ich muss darüber nachdenken, was das alles heißt für mich."

Charlotte legt auf.

Pausenlos und bedrohlich wie Salven eines Maschinengewehrs rattern Fragen über Fragen durch Pauls Kopf. Charlottes Eröffnung macht ihn rasend. Ein Schweinehund, dieser Brauner. Ob er dieses Arschloch zur Rede stellt? Und ihm droht, ihn auffliegen zu lassen? Ihn einfach platzen zu lassen, samt Öbefa und Todeslisten? Ob er ihm ins Gesicht sagt, er soll Charlotte augenblicklich in Ruhe lassen, sofort, künftig und für alle Zeiten? Oder er wird ihn nicht mehr in Ruhe lassen, egal, wo er steckt und was er treibt. Ob er dieses Schwein nicht einfach aus seinen schwarzen Klamotten haut, so dass ihm alles vergeht, vor allem jedwede Regung, die auch nur im Entferntesten mit Charlotte zu tun haben könnte?

Aber was ist mit ihm selbst? In der Redaktion haben sie keine Ahnung von seinen sonderbaren Privatrecherchen. Dass er den Happy-Hühnchen-Skandal aufdeckte, wunderte keinen. Keiner wollte wirklich wissen, wie er an diese Geschichte kam. Paul, dachten sie wohl, Paul, das alte Ross, er hat halt die besten Kontakte in der Stadt. Und jetzt. Konnte er länger so tun, als wäre das Ganze sein höchstpersönliches Privatvergnügen? Wäre es nicht endlich Zeit, reinen Tisch zu machen, zuzugeben, dass er sich heimlich und hinter dem Rücken seiner Redaktion in einen Deal mit einer kriminellen Bande verstricken ließ? Sofort zur Polizei zu gehen, um wegen dieser Todeslisten Anzeige zu erstatten? Musste er nicht endlich seinen Chefredakteur einweihen? Aber bringt er so Charlotte außer Gefahr? Ein Hilferuf, der Hilfe ablehnt. So hat er ihren Anruf empfunden.

Er versucht Leonhard zu erreichen, ohne Erfolg. Es ist spät geworden. Paul wickelt sich auf seinem Sofa ein. Er sieht schwarz uniformierte Kämpfer mit ebenso schwarzen Tarnmützen, wie sie posierend auf Panzerwagen anrollen. Bis auf die Zähne bewaffnet. In schaurigem Triumphgeheul wedeln sie mit ihren Kalaschnikows, hantieren mit Handgranaten, strecken die Hände zum Victory-Zeichen, gefolgt von Mörsern und Haubitzen. Sie stürmen eine Stadt. Vorne, hinten, oben, überall Explosionen. Schwarz-weiße Siegesfahnen in arabischer Schrift. Zeichen einer teuflischen Macht. Flugzeuge laden tödliche Frachten ab. Leichen säumen den Weg. Es muss eine Schlacht in Kurdistan sein. Tosender Höllenlärm. Er wacht auf, schweißgebadet, und geht in sein Bett.

*

Pauls Sonntagsdienst in der Redaktion hat gerade begonnen, als sich Charlotte schon wieder meldet. Er will ihren Redefluss unterbrechen, um sie endlich zu überreden, zur Polizei zu gehen. Am besten mit ihm gemeinsam. Aber er kann sie nicht stoppen.

„Bombenalarm", ihre Stimme knallt in sein Ohr wie ein Geschoss. „Hör zu, es wird immer schlimmer." Brauner und der innere Zirkel seiner Kombattanten hätten ein umfangreiches Waffenlager angelegt. Sprengstoff, Schnellfeuergewehre, Handgranaten. Alles im Kühlhaus der stillgelegten Wurstfabrik. „Wenn der nächste Transport mit Rindfleisch aus Pferdeleibern über die nahe Autobahn rollt, soll alles in die Luft fliegen. In der alten Wurstfabrik üben sie schon."

Paul bebt. „Charlotte, jetzt ist Sabbat, ich rufe sofort bei der Polizei an."

„Lass es, lass es bitte, bitte. Oder tu es, wenn du mit meinem Leben spielen willst."

„Mit deinem Leben spielen? Charlotte, wenn es um Mord und Totschlag geht, um Menschenleben, hört der Spaß doch auf, endgültig."

Der Kontakt bricht ab. Paul wählt und wählt. Nichts als die kurze Abfolge eines nervigen Pieptons. Paul drückt die ersten Ziffern der Polizei. Und legt wieder auf. Obwohl er weiß, dass es so nicht weitergehen kann.

Gegen 18 Uhr ist er durch mit seinen Seiten, will endlich die Redaktion verlassen, hat die Türklinke schon in der Hand, als ihn das Telefon zurückklingelt an seinen Platz. Die Pressestelle der Polizei.

„Herr Wiesensee, gut, dass ich Sie noch erwische. Wir haben da was, das wollen Sie garantiert noch mitnehmen für die Ausgabe von morgen. Vielleicht eine Stunde brauchen wir noch, dann kommen wir mit den weiteren Einzelheiten. Wir haben eine Leiche gefunden, eine erhängte Frau. Und ein Waffenlager. Alles spricht für ein Tötungsdelikt."

„Wo? Wie? Was? In der alten Wurstfabrik? Erhängt? An einem Fleischerhaken?“ Paul fällt der Hörer aus der Hand.

Um ihn herum breitet sich ein Vakuum aus. Es herrscht vollkommene Leere im Raum. Und Paul löst sich auf im Nichts. Die Zeit setzt aus. Er weiß nicht, wie lange er so sitzt, Sekunden oder eine Ewigkeit. Er ruft Leonhard an.

„Leonardo“, presst er aus sich heraus, „Charlotte. Sie ist tot“.

Er hört nicht, was sein Freund antwortet, hört nur seine Stimme, sehr weit weg, spürt, dass sie ihn halten will, während er fällt, fällt, fällt. Irgendwann legt er auf und sein Bewusstsein schaltet auf Automatik um. Er macht sich auf den Weg zu seinem Chefredakteur, bittet um sofortige Suspendierung vom Dienst.

Peter Lidwinsky ist außer sich. „Wiesensee, in was haben Sie sich und uns alle da hineingeritten? Sie, so ein alter Hase und so ein fürchterliches Desaster. Recherchen hinter unserem Rücken, sich gemein machen mit Terroristen, eine Informantin ans Messer, nein an den Galgen liefern. Ich kann es nicht glauben. Hat denn Ihre Alarmlampe gar nie auf Rot geschaltet?“

Minuten später steht Lidwinsky in der Redaktion und dirigiert die Krisenberichterstattung. Alle Leitungen laufen heiß, alle fragen nach, die Bildzeitung, dpa, der Focus und der Spiegel fast gleichzeitig, nachdem ein örtlicher Radiosender den mutmaßlichen Mord und den Fund des Waffenlagers gemeldet hat. RTL will ein Interview mit Paul.

Lidwinsky behält die Nerven. Er gibt Anweisungen, bewegt den Polizeipräsidenten, noch am Abend eine Pressekonferenz zu geben. Polizeireporter Werner Wiederkehr wird alarmiert, lässt sein Abendessen stehen und eilt ins Polizeipräsidium. Lidwinsky wird selbst kommentieren. Bilder von der alten Wurstfabrik haben sie im Archiv. Ein Foto der ermordeten Charlotte Schindler ist rasch besorgt. Pauls Verwicklung in die Sensation bleibt vorerst unter dem Teppich. Er steht herum, als gehöre er nicht dazu. Lidwinsky ruft ihn zu sich, nachdem sich die erste Aufregung legt und die Dinge etwas beruhigen.

„Wiesensee, nehmen Sie doch Platz. Wir kennen uns doch lange genug. Irgendwie ahne ich, wie Sie da hineingeschlittert sind."

„Ich weiß, Herr Lidwinsky, ich hätte Sie einweihen müssen, von Anfang an."

„Wiesensee, hören Sie zu, ich will Ihnen keinen Strick daraus drehen."

Lidwinskys erster Zorn scheint völlig verraucht. Er lehnt sich zurück, befühlt seinen Drei-Tage-Bart, streicht sich am Kinn. „Sie wissen, ich müsste Sie eigentlich hochkant feuern, und zwar sofort. Wenn herauskäme, dass ein Redakteur der Allgemeinen selbst in der ganzen Sache steckt, egal wie, wäre das der nächste Skandal."

Lidwinsky legt eine Pause ein und seine Beine übereinander.

„Ich schätze Sie, Wiesensee, obwohl Sie mit dieser Geschichte eine ganz üble Suppe angerührt haben. Jetzt müssen wir kühlen Kopf behalten. Damit sie nicht hochkocht und wir uns die Finger daran verbrennen. Wir sollten eine Sprachregelung finden, die es ermöglicht, halbwegs heil aus dieser

Nummer zu kommen, wir als Redaktion und Sie auch ... Ich mache Ihnen einen Vorschlag. Wie wäre es, wenn Sie den RTL-Kollegen jetzt gleich das Interview geben, das die haben wollen. Und wenn Sie sagen, dass Ihre Recherchen bei diesen Öko-Terroristen mit mir persönlich abgesprochen waren. Und zwar allein und ausschließlich mit mir. Wegen der Brisanz der Sache, wegen ihrer Gefährlichkeit, die sich jetzt ja so furchtbar bewahrheitet hat. Und dass Sie sich selbst um diese Informantin größte Sorgen gemacht und ihr mehrfach Hilfe angeboten haben. Dass Sie natürlich vorhatten, rechtzeitig die Polizei zu informieren, aber dass Sie selbstverständlich nicht ahnen konnten, dass es sich bei Ihren Öko-Aktivisten in Wirklichkeit um eine Mörderbande handelte.

Vielleicht können wir die Dinge gerade noch ins Lot bringen auf diese Weise. Und den Verlag ruhig stellen. Weil es unserem Blatt positive Schlagzeilen bringen wird. Die Südwestdeutsche Allgemeine, überregional im Gespräch, investigativjournalistisch an vorderster Front, die ganze Sache eine Art Öko-Leaks, Sie selbst als furchtloser Journalist, der sich nicht gescheut hat, diese Leute im Untergrund aufzusuchen, um die Wahrheit an den Tag zu bringen. So ähnlich müssten wir es machen, das hat was, glaube ich. Dann ist der Zeitung geholfen. Und Ihnen auch. Was meinen Sie? Vielleicht können Sie mit den RTL-Kollegen sogar ein Honorar aushandeln."

Peter Lidwinsky erwartet keine Antwort. Er reicht Paul die Hand. Und entlässt ihn. Aber nur aus seinem Büro.

Kaum ist Paul zurück in der Lokalredaktion, kommen zwei Beamte der Mordkommission auf ihn zu, weisen sich aus und fragen, wo sie ungestört mit ihm sprechen können. Sie gehen nach nebenan in die Kaffeeküche. Seine Daten in Charlottes Handy. Tägliche lange Telefonate mit ihr, offensichtlich noch bis kurz vor ihrem Tod. Seine Treffen mit dieser Öbefa. Paul nimmt sich zusammen. Er erzählt ihnen alles. Fast alles. Und hält sich an die von Lidwinsky ausgegebene Linie. Nach einer qualvollen Stunde verlassen die Beamten die Redaktionsräume. Erst einmal ist der Verdacht ausgeräumt, er könne Charlottes Mörder sein oder ein Komplize. Das Statement für RTL bringt er gerade noch hinter sich, dann muss er sich schweißnass setzen, zeigt alle Anzeichen eines Zusammenbruchs. Eine Kollegin ruft den Notarzt.

*

Die Online-Ausgabe der Südwestdeutschen Allgemeinen verzeichnet noch am Abend Klicks, deren Zahl nicht enden will.

„Brutale Hinrichtung in der alten Wurstfabrik" titelt sie am nächsten Morgen. „Öko-Fundamentalisten planten Bombenanschläge / Todeslisten entdeckt." Lidwinsky vergleicht die geplanten Morde mit dem RAF-Unwesen der 70er Jahre. An den Kiosken ist die Ausgabe im Nu ausverkauft. Die schockierten Grünen geißeln das „barbarische Verbrechen" in einer schnell verfassten Erklärung. In einer Todesanzeige zeigen sie sich „fassungslos und entsetzt" über den Tod ihres Mitglieds Charlotte Schindler (39).

Die Polizei vermeldet die umfassende Aufklärung des schrecklichen Verbrechens überraschend schnell. Über eine an Charlottes Handy geschickte MMS ist es den Beamten gelungen, ihren Mörder zu identifizieren. Er befindet sich auf der Flucht.

„Ein wirrer Weltretter", schreibt die Allgemeine, „der seine Aktivistenkarriere als Tierbefreier begann, Sven Friese, ein ewiger Student, unter anderem wegen Körperverletzung vorbestraft, weil er bei einer Aktionärsversammlung den Vorstandsvorsitzenden des LifeChem-Konzerns mit einer Plastiktüte voll Schwefelsäure beworfen hatte, die glücklicherweise nicht platzte."

Nach und nach erfährt Paul aus den Ermittlungen der Kriminalpolizei, in welch skrupellosen Bannkreis Charlotte hineingeraten war, und um ein Haar auch er. Charlotte war nicht nur erhängt worden, an einem Fleischerhaken, elendiglich. Ihre Obduktion lieferte auch die traurigen Beweise, dass ihre Tortur schon Stunden vorher begann. Hämatome überall an Armen und Beinen, Schürfwunden an Rücken und Gesäß, innere Verletzungen, Einrisse an ihrer Scheide. Charlotte wurde vergewaltigt, auf grauenhaft brutale Weise. Und erst danach hingerichtet, an einem Strick hochgezogen, zappelnd vermutlich, bei Bewusstsein noch und bei lebendigem Leib, hoch bis zu diesem Haken an der Decke, in der Schlachterei der alten Fabrik.

Ein DNA-Vergleich von Hautpartikeln an und Sperma in ihrem Körper mit Proben aus der Hütte, die der Öbefa als Treffpunkt diente, überführte Jochen Brauner zweifelsfrei als einen der Täter. Vermutlich war er es auch, der sein Opfer danach Friese überließ und die Exekution durch den Strang befahl. Das ließ sich aus diversen SMS-Botschaften schließen, die sie bei Komplizen Brauners und Frieses sicherstellen konnten. Kratz- und Kampfspuren wiesen darauf hin, dass sich Charlotte heftig gewehrt haben musste. Bis zuletzt.

Die Durchsuchung in der alten Wurstfabrik sicherte ein umfangreiches Waffen- und Sprengstoffarsenal, das aus alten Beständen der NVA stammte. Offenbar war ein Bombenanschlag auf einen Fleischtransport von Holland nach Süddeutschland geplant. Auf den Todeslisten der Öbefa und ihres Terrornetzes fand man unter anderen die Namen von Mitgliedern des Magistrats, der Landesregierung, des Direktors der EnCW und nicht zuletzt den Rolf-Dieter Kleinerts.

Pauls Elend ist der Stoff, aus dem seine Kollegen die Storys schreiben. Noch Tage und Wochen.

Brauner wird schon bald in Linz gefasst, in einer Wohngemeinschaft der örtlichen Neonazi-Szene, von ihm offenbar als Zwischenstation geplant, auf dem Weg in den Mittleren Osten.

Charlottes Mörder Sven Friese steht dringlich auf allen internationalen Fahndungslisten. Seine Fährte verliert sich in Frankreichs Norden. Später weist ein Abgleich der von ihm gesicherten DNA mit einer Europol-Datenbank, routinemäßig vorgenommen, in die Bretagne. Friese muss auch in den rätselhaften Tod eines gewissen Charles Dupont verwickelt sein, dessen gefolterte Leiche das Meer an die Atlantikküste spülte, in der Nähe eines Orts namens Carnac.

*

Paul hat sich eingeigelt, zugemauert hinter einer undurchdringlichen Wand aus Trauer und Wut, Schuld und Scham, Verzweiflung und Schmerz.

Ein paar Tage noch holt er die Zeitung aus seinem Briefkasten, kann nicht aufhören zu lesen, was man schreibt über den Horror, der Charlotte widerfahren ist. Aber er lässt niemanden an sich heran, zu sich herein. Er verlässt das Haus nicht, geht nicht ans Telefon. Auch nicht, wenn Leonhard anruft. Er zieht es ganz aus der Steckdose nach einer Weile. Seinen Computer hat er abgeschaltet, seinem Handy den Akku entnommen. Er schließt seine Wohnung ab. Nicht einmal seinen Töchtern öffnet er die Tür, selbst Malu nicht. Nur dem Vietnamesen. Er bringt das Essen, das er täglich in die Kloschüssel spült. Paul ertränkt sich. In Leid. In Selbstmitleid. Und im Suff.

Seine Wohnung mutiert zum Verlies, er zum Kerkermeister seiner selbst. Er kann niemand um sich herum haben, keine Menschenseele ertragen, schon gar nicht in seiner Nähe. Grauenhaft schwarze Ströme von Gewissensqualen begraben ihn unter sich. Wie eine Lawine aus Schlamm. Er ist schuld. Er ist schuld. Er ist schuld an Charlottes Martyrium. Albträume peinigen ihn, verfolgen ihn aus bleichen Nächten in verzweifelte Morgengrauen. Er hat versagt. Er hat in jeder Hinsicht versagt, versagt als Journalist, versagt als Mensch, versagt als Freund, versagt als Beschützer, versagt in der Liebe. Er konnte Christiane nicht bewahren vor ihrem Krebs. Und Charlotte nicht vor dem Terror. Er hat so elendiglich versagt wie Charlotte gestorben ist.

Von ihrer Beerdigung bekommt er nichts mit. Nun warten auf dem Friedhof zwei tote Frauen, um mit ihm zu reden.

Nacht für Nacht, wenn er schlaflos an die Decke starrt mit tränenlosen Augen, versucht er sich an das Abzeichen zu erinnern, das er gesehen hat an Brauners Revers, im Gartenhaus auf der anderen Seite des Flusses. Die MMS, die man auf Charlottes Handy fand, zeigt einen harpunierten Wal, dessen Blut das Meer tiefrot verfärbt. Darunter die Worte: „Aus jedem Opfer wachsen 1000 Täter. Rot bringt Tod." Er kann es nicht erkennen, dieses verfluchte Abzeichen, hat ihn nicht sehen können, an Brauners Revers geheftet, den bösen Fluch der guten Tat.

Fünftes Kapitel

Alberts diskretes Leben. Oder: Wie sich sogar ein Jurist nützlich machen kann

Sie waren geduldig, hatten gewartet. Bis gegen 3 Uhr morgens. Albert sah ihn zuerst. Die grell grün geschminkten Lippen und das pink eingefärbte Bürstenhaar seiner Freundin leuchteten auf wie ein Verkehrssignal. Er kam mit ihr aus dem „Morrison's 2“, einem angesagten Nachtclub, nur einen Sprung weit weg von der Margarethenbrücke. Sie blickten sich suchend um und überquerten die Straße, offenbar auf dem Weg zu einem Taxi auf der anderen Seite. Er war es, unverkennbar. Albert war sich sicher. Sofort. Alles stimmte. Ein blasses Jüngelchen, Mitte 20, eher klein, schmächtig, graues Sweatshirt, ausgewaschene Jeans, Baseballmütze, darunter braune Haarbüschel, struppiger Pferdeschwanz. Allein seine Hasenscharte hätte ihn verraten.

Sie hatten ihn schon lange im Visier mitsamt dem Mädchen, das ihm zum Verhängnis wurde. Weil sie ohne Ende bei ihren Freundinnen herumsimsen und whatsappen musste, wo sie im Augenblick war und was sie gerade machte. Ihre digitale Fährte war so auffällig wie ihr Äußeres. Für Albert und seine Kollegen war ihr zwanghaftes Mitteilungsbedürfnis ein Glücksfall. Eine Pechmarie war sie für ihren Freund, der im krassen Kontrast zu ihr darauf achtete, im Netz nicht die geringste Spur zu hinterlassen oder sie im unumgänglichen Fall penibel zu verwischen. Der es sich mit der Zeit sogar angewöhnt hatte, nur noch face to face zu kommunizieren, von Angesicht zu Angesicht. Und auch das nur, wenn es unbedingt sein musste, um sein Business zu organisieren. Immer an wechselnden Orten.

Albert gab seinen Kollegen ein Zeichen. Sie griffen zu. Kein Widerstand, kein Aufsehen, es ging ganz einfach und ganz schnell. Drei Stunden später saß Albert im Flieger. Es hielt ihn nichts in Budapest.

*

Frei haben und frei sein, sind zwei paar Stiefel. So wie Glück haben und glücklich sein. Und Sein und Haben sowieso. Albert hatte nun frei, aber es fühlte sich am nächsten Morgen nicht so an, als er eines der kleinen Cafés hinter den Königlichen Ställen betrat, um ein spätes Frühstück einzunehmen. Wann immer er in Den Haag war, zog es ihn hierher in die Mitte, zu den Plätzen und Palästen, dem Huis ten Bosch, dem Paleis Noordeinde, dem Friedenspalast, dem Paleis Lange Voorhout, den Königlichen Ställen, den Regierungsgebäuden, dem Haager Binnenhof mit dem Parlament: königliche Geschichte, prunkvoll prächtig, doch ohne Pomp und Prahlerei, mitten in die Stadt hinein gebaute Monarchie, überkommen aus dem französischen Orange, auf Umwegen in den Niederlanden angekommen und bei den Leuten.

Heute konnte Albert dieses Ambiente nicht würdigen, genau genommen war es ihm sogar vergällt. Dabei war Albert kein galliger Typ, kein neidischer Charakter, keiner, der irgendjemandem einen Erfolg missgönnte. Er hatte sich sogar die leichten Anflüge von Ärger abgewöhnt, wenn sich andere ungebührlich ins Rampenlicht stellten und für Erfolge feiern ließen, die sie gar nicht verdienten. Die eher seinen

Kolleginnen und Kollegen zu verdanken waren, und manchmal auch ihm selbst. Es gehörte nun mal zu seinem Job, diskret im Hintergrund zu bleiben. Oder im Untergrund. Wenn wieder einmal von „sichtbaren Erfolgen" die Rede war, dann war er nie gemeint. Denn er war unsichtbar.

Aber nun konnte er eine leichte Verstimmung, einen Hauch von Missmut nicht unterdrücken. In den Morgenmagazinen des Fernsehens plusterten sich alle möglichen Leute auf, als hätten sie den Sieg höchst persönlich und eigenhändig errungen, den sie gerade vollmundig verkündeten: Örtliche Polizeichefs und Staatsanwälte, Politiker, Experten, Kommentatoren drängten sich vor die Mikrofone, und eine Sprecherin verlautbarte, es sei ein „Durchbruch im Kampf gegen die organisierte Kriminalität" gelungen, ein Schlag gegen das „Verbrechen moderner Ausprägung", der „völlig neue Dimensionen" eröffne.

Dabei hatten keine martialischen Sondereinsatzkommandos zugeschlagen, es war kein Schuss gefallen, nicht ein einziger Tropfen Blut geflossen, niemand zu Schaden gekommen, jedenfalls nicht körperlich. Es war eigentlich gar nichts passiert, außer dass einige Internet-Adressen abgeschaltet und ein paar Leute verhaftet worden waren. Allerdings hatten es diese Seiten in sich. Sie hießen zum Beispiel „Silk Road 2.0" oder „Hydra". Man konnte sie nicht einfach googeln oder mit Lesezeichen markieren. Sie waren anders. Und sie waren Milliarden wert, solange sie funktionierten. Die Seiten des „Dark Net".

In diesem Fall war Albert durchaus ein wenig stolz auf sich und seine Kollegen. Es war eine gemeinsame Meisterleistung gewesen, in diese dunkle Welt einzudringen und die anonymen, illegalen Handelsplattformen aufzuspüren, diese

Online-Shops, über die jeder mit einem Klick und gegen die Zahlung von Bitcoins alles bestellen kann, was verboten, aber auf dem kriminellen Markt leicht zu haben ist: Drogen, Zwangsprostituierte, Waffen, Kinderpornographie, bestechliche Beamte, Nuklearmaterial, Auftragskiller, Ausrüstungen aller Art, Geldwäsche, Giftgas, Falschgeld, Zeugenaussagen, Bankreferenzen und, und, und. Auch Albert hatte in der Den Haager Europol-Zentrale dazu beigetragen, dass das Team der Joint Cybercrime Action Taskforce (J-CAT) am Ende einer weltweiten Operation mit dem Codenamen „Onymous" über 400 verborgene Umschlagplätze des „Dark Net" ausschalten und 17 Betreiber verhaften konnte.

Zum Beispiel den cleveren Blake Butterfield, gerade einmal 26 Jahre alt, der die „Silk Road 2.0" unter dem Decknamen „Defcon" betrieb und dafür allein an Transaktionsgebühren fast eine halbe Million Dollar kassierte. Jeden Monat. Die FBI-Kollegen fassten ihn in San Francisco. Er trug einen Kapuzenpulli mit der Aufschrift „internet better", als er der Haftrichterin vorgeführt wurde. Oder diesen unscheinbaren Burschen mit seiner Hasenscharte, der ihnen in Budapest in die Falle gegangen war, Lukas Imbusch aus Ingolstadt, genauso alt wie Butterfield, vom Typ her ein Nerd, ein Freak, aber ein Freak mit beträchtlicher krimineller Energie, der entscheidende Kopf der „Hydra".

Was in den Medien so enthusiastisch gefeiert wurde, war ein grandioser Erfolg grenzenloser Zusammenarbeit, für den sich Albert zusammen mit Spezialisten aus 16 europäischen Ländern mächtig ins Zeug gelegt hatte. Und der in Wahrheit nicht irgendeinem Staatsanwalt irgendwo vor einer Fernsehkamera zu verdanken war, sondern dem reibungslosen Zusammenspiel der Europol-Taskforces und etlicher US-amerikanischer Behörden. In mühseligen und geduldigen Operationen hatten sie dafür Agenten in die Szene eingeschleust. Und vor allem: Sie hatten das „TOR“ geöffnet, „The Onion Router“, und seine Schwachstelle geknackt. Es war der weitaus schwierigste Teil der Aktion gewesen, dieses freie, geheime Netzwerk anzuzapfen, von gewitzten Leuten erfunden und betrieben unter dem Zeichen der Zwiebel, um reale IP-Adressen hinter den Schalen zahlloser Server zu verstecken, ihre Identität zu verschleiern und so eine digitale Anonymität zu ermöglichen, die schützt vor ungebetenem Eingriff.

Nun, dachte Albert, ihr Dunkelmänner, das ist ein herber Rückschlag für euch und für alle, die meinen, sich im Schoß der Internet-Community abducken zu können. Dass sie das „TOR“ mit seinen „hidden services“ und versteckten Nutzern aufgesprengt hatten, freute Albert mächtig, obgleich sich in sein Wohlgefallen auch leises Bedauern mischte. Denn in der Anonymität von „TOR“ hatten keineswegs nur Kriminelle Deckung gesucht. Ihr erfolgreicher Schlag brachte alle in Gefahr, denen „TOR“ Unterschlupf gewährte. Ohne Unterschied. Auch Leute, die vielleicht illegal waren, aber alles andere als kriminell: Oppositionelle in autoritären Staaten, Menschenrechtler, Whistleblower, kritische Journalistennetze, Widerstandsgruppen in Terror-Regimen, unterdrückte ethnische oder religiöse Minderheiten, Untergrundbewegungen, Öko-Aktivisten, Außenseiter in Subkulturen oder schlicht humanitäre Netzwerke, die nicht geduldet wurden. Auch ihnen hatte „TOR“ den Schutz der Verschleierung geboten, ein Schutzschild, das nun löchrig geworden war. Hatten es bestimmte Geheimdienste vielleicht gar nicht auf kriminelle Macher, sondern gerade auf diese Nutzer abgesehen und nur deshalb ihren Einsatz gegen das „Dark Net“ eingefädelt?

Die im Dunkeln sieht man nicht. Das gilt jedenfalls nicht mehr, schon gar nicht mehr im Netz, dachte Albert. Obwohl ihm selbstverständlich klar war, dass der „Hydra“ neue Köpfe wachsen würden. Und dass ein findiger Jemand womöglich schon in diesem Augenblick eine „Silk Road 3.0“ eröffnen würde, die vermutlich noch schneller befahrbar sein würde als ihre Vorgängerin.

*

Albert dachte ohnehin viel nach, zumal jetzt, da sie diese Operation so erfolgreich abgeschlossen hatten und auf neue Einsätze warteten, eine neue Verwendung, wie es im Bürokratenjargon der Schreibtischhengste hieß. Jedesmal, wenn eine Aktion beendet war, war das so. Es tat sich eine Leere in ihm auf, eine Senke seiner Seele, die sich nicht sogleich wieder füllen ließ, auch nicht mit dem Stolz auf eine enorme Leistung, mit der Freude an einem so wichtigen Erfolg. So ähnlich, stellte er sich vor, musste sich ein Läufer fühlen, wenn er im Ziel war, nein, wenn er das Stadion verließ und es ihn zurückließ mit sich selbst. Oder ein Star nach dem glanzvollen Auftritt, wenn die Autogramme geschrieben waren und im Hotel der Glamour von ihm fiel. Oder vielleicht Gott am siebten Tag.

Aber ihn bedrückte nicht nur diese Niedergeschlagenheit, die dem Hochgefühl so zwangsläufig folgt wie die Nacht dem Tag und die ihm vertraut war aus früheren Einsätzen. Dieses Mal würde er auch das Team vermissen, die Kollegen von J-CAT, die Europol speziell für diese Aktion zusammengestellt hatte. Und nun, mission completed, wieder auseinanderriss. Leute wie er, die ein unsichtbares Band zusammenhielt, die einander erkannten und anerkannten, Individualisten,

Spezialisten, Experten, alle auf Hochleistung aus und auf Erfolg getrimmt, eigene und eigenwillige Typen, aber auch Mannschaftsspieler, deren Stärke sich im Team mit der Kraft der anderen noch multiplizierte. Er war gern Teil dieser Task Force gewesen, in der sich jeder auf den anderen verlassen konnte, ob er nun aus diesem Land kam oder aus jenem. In der sie sich fühlten, als seien sie unschlagbar, wenn sie gemeinsam ihren Job erledigten.

Vor allem jedoch machte ihm dieses Mal zu schaffen, dass ihm nun möglicherweise doch ein Schreibtischjob drohte, das, was er seit seinen Juristentagen unter allen Umständen hatte vermeiden wollen. Wenn er, wie jetzt, darüber nachdachte, wie es mit ihm weitergehen könnte, fühlte er sich keineswegs unschlagbar. Dann wanderten seine Gedanken zurück zu diesem vermaledeiten Einsatz in St. Philibert, als er einem Gangster das Leben rettete und sich dabei selbst fast verbrannte. Als man ihn Hals über Kopf aus dem Verkehr ziehen musste, weil er seinen Job vermasselt hatte. Als er im Moment eines Wimpernschlags agieren, in Sekundenschnelle eine folgenschwere Entscheidung fällen musste.

Er ärgerte sich darüber, dass ihn diese Geschichte wieder einholte, dass er immer und immer wieder in diese Grübelei verfiel, in eine Endlosschleife, die ihn nicht loslassen wollte. Es gärte noch, was seinerzeit vorgefallen war in St. Philibert und ihn fast seine Karriere gekostet hatte. Als er Charles Dupont im „La Mer“ den vergifteten Teller entriss, hatte er sich für dessen Lebensrecht entschieden. Und gegen seinen Beruf, jedenfalls gegen den Auftrag, der ihm aufgegeben war. Er war ja nicht derjenige, der Dupont schützen sollte. Im Gegenteil. Dupont war seine Zielperson. Und er war der Europol-Agent, der ihn ausspionieren, überwachen und am

Ende womöglich als Gangster überführen sollte, als Paten einer kriminellen Organisation, als Großmagnaten einer ganzen Branche, als stinkenden Kopf des Fisches, als Qualle der Quallen.

Dabei hatte er Charles Dupont nur eine Galgenfrist verschafft, bevor ihn seine Mörder doch noch fanden. Vielleicht wäre Charles Dupont an einer vergifteten Dorade leichter gestorben als ein paar Tage später unter Qualen, die sich Albert gar nicht ausmalen wollte.

Es war diese selbstvergessene wie vergebliche Tat, die ihn immer noch beschäftigte, in Momenten wie diesen. Schon die eigenartige Verbundenheit, die sich zwischen ihnen so schnell eingestellt hatte, war ihm nie ganz erklärlich und noch im Nachhinein blieb sie ihm rätselhaft. Es hatte sich nicht um jene Nähe gehandelt, die ein Agent suchen muss, um sich ins Vertrauen seiner Zielperson zu schleichen. Vielmehr war zwischen ihnen, zumal in ihren spätabendlichen Plaudereien, eine persönliche Sympathie und geradezu intime Vertrautheit gewachsen, die ihre Rollen im Restaurant, hier der prominente Gast, dort der Ober, aber auch die getarnte Beziehung, hier die Zielperson, dort der Agent, binnen kurzem gesprengt hätte, wären sie nicht beiderseits ausdrücklich darauf bedacht gewesen, die Förmlichkeit stets zu wahren oder jedenfalls schnell zu ihr zurückzufinden.

Er hatte Charles Dupont wirklich gemocht, diesen hinkenden Mann, der so viel Geld und Macht angehäuft hatte, der in seiner legalen wie illegalen Karriere mit Sicherheit über Leichen gegangen war und der gewiss über eine Gewaltmaschinerie gebot, die ihm nackte Angst hätte einflößen müssen. Statt dessen hatte er sich an Duponts humorigen Bemerkungen erfreut, den lockeren, witzigen Sprüchen, die er meist mit einer fein abgestimmten Prise Ironie, selten mit einem scharfen Schuss Zynismus würzte, an seinem legeren Umgang mit anderen Menschen, an seiner anregenden Intelligenz und weitläufigen Bildung, wenn sie die Dinge der Welt analysierten, an seiner unverhohlenen Lebenslust, die sich nicht nur in der genießerischen Auswahl seiner Speisenfolge, seiner Weine und seiner weiblichen Begleiterinnen offenbarte, und, ja, an einer fast sanften Aufmerksamkeit und Zuwendung, die dieser hartgesottene Mann ausgerechnet ihm geschenkt hatte, Albert, dem Ober.

Dabei musste er seine Phantasie nicht sonderlich bemühen, um sich vorzustellen, was ihm zugestoßen wäre, hätte Charles Dupont auch nur den leisesten Zweifel gehegt, Albert könne ein anderer sein als sein Lieblingskellner, sein Vertrauter, vielleicht so etwas wie eine Art Freund. Wenn Duponts Gefühlshaushalt überhaupt so etwas Riskantes zuließ wie eine freundschaftliche Empfindung.

Aber es war so gekommen. Dupont hatte nie Verdacht geschöpft, im Gegenteil, ihn von Mal zu Mal mehr ins Vertrauen gezogen, ihn sogar eingeweiht, als er nach dem missglückten Attentat von jetzt auf nachher die Entscheidung traf, sich vorzeitig abzusetzen, unterzutauchen und als Täuschungsmanöver seine eigene Beerdigung zu inszenieren.

Alberts Pflicht wäre es ganz gewiss gewesen, dies zu verhindern, umgehend seine Zentrale zu benachrichtigen und Dupont noch am gleichen Abend von den französischen Behörden festsetzen zu lassen, nach allem, was sie über ihn bereits wussten. Warum hatte er gezögert? Was hatte ihn abgehalten? Warum hatte er geschwankt, bis es zu spät war?

War es, weil ihm die Nähe zu Dupont selbst eine Freundschaftlichkeit geschenkt hatte, für die er empfänglich geworden war? Eine Vertrauensseligkeit, die ihm sein Leben als Europol-Agent sonst vorenthielt? War er emotional bedürftig geworden?

War es so weit gekommen, dass ihm sein Doppelleben nicht zwei gelebte Leben verschaffte, sondern nicht einmal mehr eines? War er verführt worden von Duponts Nähe, weil seine verdeckte Existenzweise es mit sich brachte, dass er nie und nirgends ganz dazu gehörte, es kein Dasein für ihn gab und kein Dortsein? Weil unvermeidlich ein Teil seines Ichs hinausragte über das Hier und Jetzt, in eine kalte Sphäre berechnender Rationalität hinein, und dort, abgespalten, wach und kontrolliert, ein eigenes Spiel trieb nach Regeln, die er in seiner Agentenausbildung gelernt und später ganz und gar verinnerlicht hatte?

Oder war es vielleicht immer schon sein Problem, schon seit Kindheitstagen, dass er sich als Außenseiter fühlte, nirgendwo so richtig zugehörig und gerade deshalb anfällig für Freundlichkeit, Nähe und Intimität? Dass er anders war als die meisten anderen Jungs, hatten die ihn bald spüren lassen, wenn er keine Lust hatte mitzukicken oder mit ihnen herumzubalgen und stattdessen lieber mit den Mädchen zusammen war, ihnen zuschaute beim Seilhüpfen, oder ihr fröhliches Giggeln und Gaggeln belauschte beim Blumenpflücken.

Albert bestellte sich noch einen Kaffee, strich sich über den Kopf und wischte seine Selbstzweifel mit einer energischen Handbewegung beiseite. Selbst wenn er bis auf den Grund ging in sich selbst, er fand keinen. Weil es keinen Grund gab für solche Grübeleien.

Er musste sie nur wegschieben, die bohrenden Anfragen an sich selbst, dann kehrte seine Sicherheit zurück. Er hatte einfach ganz normal reagiert, in St. Philibert. War sein

Verhalten nicht geradezu ein Beleg dafür, dass er beruflich noch nicht völlig entstellt war, noch nicht ganz verbogen von der unvermeidlichen Déformation professionelle?

Es war eben nicht dasselbe, grundsätzlich und allgemein gegen eine kriminelle Organisation vorzugehen, oder ganz persönlich auf einen wie Charles Dupont zu treffen. Als kriminelle Organisation war sein Angriffsziel abstrakt. So abstrakt wie eine Stadt aus distanzierter Höhe, auf die der Pilot eine Bombe wirft oder, verräterische Sprache, einen Bombenteppich legt. Mit einer Zielperson aber wird die Sache plötzlich konkret, so konkret wie in St. Philibert. Plötzlich springt ein Mensch aus dem System, dem abstrakten, und geht einen an, persönlich, plötzlich verwandelt sich die Sache, wie im Märchen, wenn sich ein versteinerter Brocken verwandelt in den quicklebendigen Prinzen. Und schon ist Zwischenmenschliches im Spiel. Und unumgänglich, gewollt oder ungewollt, eine Beziehung.

So war es ihm mit Dupont ergangen. Charles Dupont und sein kriminelles Syndikat wollten einfach nicht aufgehen ineinander, waren nicht dasselbe. Er sah Duponts Gesicht vor sich, oft starr aufgesetzt wie eine dunkle Maske, manchmal aber transparent wie eine Offenbarung, besonders Albert gegenüber. Seine dunklen Augen, die bedrohlich im Schatten lagen oder belustigt funkelnd heraustraten bei einem gelungenen Scherz, die elegant geschwungene Nase, die stets zu wittern schien, was sich um ihn herum tat, sein Mund mit den vollen, aber kantigen Lippen, als wären sie aus wülstiger Baumrinde geschnitten, der kräftige, fast muskulöse Hals, dem zuweilen jenes schnarrende Geräusch entstieg, das er so schlecht unterdrücken konnte. Charles Duponts Gesicht, wie er es immer noch vor sich sah, als säße er ihm gegenüber in diesem Augenblick. War es nicht gut so, dass er in Dupont nicht nur die Fratze einer Organisation sehen konnte, eine beliebige Figur, eine leere Charaktermaske, eine Marionette, eine Qualle?

Das Attentat auf Dupont einfach geschehen zu lassen, im „La Mer“ einfach dazustehen und kalt zu beobachten, wie Dupont vergiftet würde, er hätte es gar nicht fertiggebracht. Ebensowenig hätte er in Kassel sitzen können, im Internet-Café in der Holländischen Straße, seelenruhig, und die NSU-Mörder gewähren lassen, die hinter der Theke Halit Yozgat, den türkischen Betreiber, erschossen. Er war auch kein James Bond, kein 007, könnte wohl nie in seinem Leben töten im Auftrag seiner Regierung, es sei denn in allerhöchster Not. Vielleicht, nein, gewiss stieß er damit an Grenzen seiner Professionalität. Er verabscheute es, einen Gegner nur als abstraktes Abziehbild eines Systems wahrzunehmen, als entmenschlichten Repräsentanten einer Struktur, den man, wenn man ihn liquidierte oder es zuließ, noch nicht einmal persönlich meinte. Ob dieses Zielobjekt nun Siegfried Buback hieß oder Benno Ohnesorg, Muzaffar Sharma oder Georges Wolinski. Oder ob es, wie fast immer in Kampf und Krieg, einfach namenlos blieb, kein auffälliges, überfälliges, sondern ein zufälliges, abfälliges Opfer irgendeiner gerechten Sache, von denen es so viele gab in aller Welt.

Niemandem, sagte sich Albert, niemandem durfte sein Lebensrecht und seine Menschenwürde genommen werden. Aus keinem Grund. Galt dies nicht auch für einen Kriminellen wie Charles Dupont?

*

Schon als er noch Ernst Polanski hieß, hatte sich Albert des Öfteren den Kopf zerbrochen, über alles Mögliche, nur nicht darüber, was einmal aus ihm werden würde. Sein Studentenleben war bewegt, das Fach Jura von den Eltern verordnet. Aber er hatte es immerhin mit Ach und Krach zu Ende gebracht. Und mit beiden Staatsexamen, befähigt zum Richteramt. Danach? Arbeit in der Justiz? Das ging ihm so gegen den Strich wie einem Wildpferd Sattel und Trense. Ihn reizte anderes, lockte zum Ausbruch aus heimisch behüteter Enge, ihn rief die Welt. Und so begann er herumzustreunen, als Backpacker on Tour, heute hier, morgen da, jenseits der Alpen, jenseits des Mittelmeers, jenseits der Ozeane, einzutauchen in wilde Wasser, unbändig frei, grenzenlos, sich treiben zu lassen bis hinter den Horizont. Begann, selbst die Zeit zu vergessen.

In Lissabon überkam den Rastlosen zum ersten Mal ein anderes Bedürfnis. Er hielt inne, an den Ufern des Tejo.

Mit einem Vorschuss seines Erbes, das er als Startkapital einsetzte, eröffnete Ernst Polanski eine Bäckerei. Hier in der Fremde buk er deutsches Brot, vier, manchmal sechs Sorten, schwarzes, kräftiges, kerniges Brot, das bald beliebt und begehrt war, nicht nur bei Touristen, Brot, das ihn ernährte. Einige Jahre ließ er sich ein auf dieses Projekt, blieb ungeheuer sesshaft für seine Verhältnisse, beheimatete sich zwischen den Fliesenmustern der Alfama, fühlte sich zuhause in dieser sanften Stadt, die ihn umarmte mit ihrer Freundlichkeit und ihn berührte in ihrer Wehmut. Und die ihm Raum ließ für sein ureigenes Lebensgefühl, das stets hin und her wogte zwischen Ebbe und Flut, Drinnen und Draußen, Himmel und Erde.

Es war eine gute Zeit, eine ganze Weile, so lange sie währte. Aber irgendwann ging sie zu Ende, irgendwann war es an der Zeit, sich wieder zu erheben aus dieser Niederlassung, aufzustehen, und weiterzugehen. Es fiel ihm nicht leicht dieses Mal, vor allem, weil er liebe, liebenswerte, liebevolle Menschen zurücklassen musste, Menschen, die er verlieren und vermissen würde. Aber er dachte, es sei kein anderes Leben möglich als verlieren, gewinnen, beginnen, aufhören, bleiben, aufbrechen, festhalten, loslassen. Anders ging es nicht für ihn, auch nicht nach sechs sesshaften Jahren in Lissabon, in seinem Lisboa.

Und tief in seinem Innern meldete sich noch eine andere Stimme, eine Mahnung, ein Vermächtnis seiner Vergangenheit. Eine Inhalation, die er im Elternhaus von Kindesbeinen an eingeatmet hatte und deren Substanz zeitlebens in seinen Innereien zirkulierte. Es war der Auftrag, sich nützlich zu machen im Leben, nie nur an sich selbst zu denken und an das eigene Wohl, stets auch da zu sein für andere und anderes. Warst du behilflich, Ernst, hörte er seine Mutter fragen, wenn er nachhause kam irgendwoher.

So war Albert bereits weit in den Dreißigerjahren seiner Lebenszeit angekommen, als er sich wieder auf seine akademische Ausbildung besann und auf seinen beruflichen Ausgangspunkt. Er würde zurückkehren nach Deutschland, um sich dem Leben eines erwachsenen Menschen zu stellen, würde Verantwortung übernehmen, einem ordentlichen Beruf nachgehen, eine Familie gründen, ein verlässlicher, liebender Ehemann und Vater sein und insgesamt seinen Beitrag für Staat und Gesellschaft leisten.

Kaum saß er im Nachtzug aus Lissabon, kamen ihm ernste Zweifel. Wollte er wirklich ein brav bürgerliches Dasein fristen, hinter einem Schreibtisch, vor einem Eigenheim, in einer schrecklich netten Familie, und das bis zu seinem

Lebensende? Wollte er mit seinen zwei Examen richten über die Welt, jetzt, da er sie kennengelernt hatte und wusste, dass kein Richterspruch ihr gerecht werden könnte. Fast wäre er wieder ausgestiegen, als es einen Halt gab irgendwo. Aber schon winkte eine Kelle über roter Mütze, der Zug fuhr zügig weiter und nahm ihn mit, bevor er sich aufraffen konnte zur Fahnenflucht. Während verschwommene Lichter vorbeihuschten an den dunklen Fenstern seines Abteils und ihn das gleichmäßige Rauschen und Raunen aus Schiene, Rad und Wagen sanft umhüllte, glitt er in einen dämmrigen Halbschlaf hinüber, der ihm angenehm war und dem er sich willig überließ.

Irgendwann, zwischen Sein und Nichtsein, tauchte sie auf, die erlösende Idee. Wie ein heller Fleck aus einer Nebelwand.

Wenn denn schon wieder Juristerei, hörte er sich sagen zu sich selbst, dann keinesfalls als Mahlstein in den Mühlen der Justiz. Dann wieder an der Universität. Hier hatte er so gute Zeiten erlebt. Hier würde sich ihm wieder ein Raum öffnen, der für ihn uneingeschränkt geeignet war, weil er ihn aufnahm, ohne ihn einzuschränken. Schon freute er sich auf diese Aussicht, auf wilde Abenteuer in seinem Kopf, auf riskante Tiefgänge der Verständigung und gefährliche Höhenflüge der Welterklärung, vor allem aber auf dieses sprudelnde Verjüngungsbad, bereitet von immer neuen Generationen junger Menschen, neugierig und hoffnungsvoll, die es zu jedem Semesterbeginn herbeispülte aus allen Disziplinen, aus aller Welt. Ein eigener Kosmos. Und auch ein Biotop, in dem einer wie er gut aufgehoben sein würde.

Es sollte nicht sein. Die Erleuchtung, die ihm im Nachtzug nach Deutschland aus der Dämmerung seines Halbschlafs emporgestiegen war, platzte wie ein zu prall aufgeblasener

Luftballon. Zwar war es ihm erstaunlicherweise sofort gelungen, an seiner alten Uni anzudocken, wenn auch nicht an der Juristischen Fakultät, wo seine Erfahrungen als Bäcker in Lissabon rein akademisch wenig zählten. Durch einen glücklichen Zufall und dank alter Verbindungen kam er umgehend in der Universitätsverwaltung unter, wo man angesichts immer komplexerer Rechtsfragen dringend weitere Juristen brauchte, um nach Antworten zu suchen und dabei weitere Rechtsfragen aufzuwerfen, und so weiter und so fort.

Vom seinerzeit bewegten Studentenleben an seiner alten Uni spürte er allerdings nichts mehr. Sicher, der Campus pulsierte weiter wie das bunte Biotop, das er in Erinnerung hatte. Aber nach all den Jahren gehörte er nicht mehr dazu, jedenfalls nicht mehr wie früher. Die neuen Studentengenerationen tickten anders, nach einem Rhythmus, der ihm fremd war und trotz seiner Annäherungsversuche unzugänglich blieb. Viele Mitarbeiter, Dozenten, Profs aus seiner Zeit waren weg. Ihm war, als ob er einem kleinen Jungen auf dem Spielplatz zuschaute, der nicht mitmachen darf. Und dieser Junge war er selbst. Er fühlte sich, als habe er eine Zeitreise in die Vergangenheit unternommen, kam sich vor wie einer, der aus der Zeit gefallen ist und wieder zurück will in die eigene Geschichte. Seine Lebensgeschichte und seine Erlebnisse als Globetrotter und Lissabonner Bäcker fanden zwar alle ganz unterhaltsam, wenn er davon erzählte, aber zugleich klangen sie auch wie die Geschichte von der Rückkehr eines Aussteigers, der wieder einsteigen will, obwohl der Zug längst weiter gefahren ist.

Er hatte sich Illusionen hingegeben. Er hatte sich gründlich getäuscht.

Auch seine juristische Tätigkeit fesselte ihn wenig. Auf seinem Schreibtisch landete kaum etwas, das ihn wirklich interessierte oder gar forderte, aber vieles, das ihn langweilte oder, schlimmer noch, anödete und nervte. Im Alltag der Rechtsabteilung, zwischen Akten, Schriftsätzen, Laufmappen und Verwaltungsvorgängen, grünen, roten und lilafarbenen Paraphen, Signaturen und Vermerken ging es letztlich um ordentlich praktizierte Paragraphenreiterei, um ministerielle Erlasse und Regelungen, komplizierte Kapazitätsverordnungen, unvermeidliche Haftungs- und Regressprobleme, funktionierende Satzungen, ausgetüftelte Rahmenprüfungsordnungen, prekäre Beschäftigungsverhältnisse, bürokratisierte Drittmittelverträge, abwehrende Zulassungsprozesse, umständliche Ausschreibungs- und Vergabeverfahren, Klagen gegen zurückgewiesene Widersprüche und dergleichen mehr. Nichts, das ihn berührt hätte. Dazwischen Sitzungen, Besprechungen, Telefonate, Mails und ab und an, wenn er sich keines Anwalts bediente, ein Termin bei Gericht. Tag für Tag.

Es handelte sich um ein grandioses Missverständnis, dass er hier gelandet war, so ziemlich am anderen Ende, am Gegenpol all seiner Vorstellungen von einer Arbeit, in der er Verantwortung übernehmen und die ihm Freude machen könnte. Als ihm das schmerzlich klar wurde nach geraumer Zeit, entschloss er sich, seinen fatalen Irrtum so schnell wie möglich zu beenden.

Manchmal war es dennoch interessant zugegangen auf dem Campus, oder sogar lustig. Zum Beispiel, wenn er sich die Zeit nahm, im Studium Generale spannende Vorlesungen zu hören, über Astrophysik, Nanotechnologie, Kunstgeschichte, Krebsforschung, wenn er eintauchen konnte in unbekannte Wissenswelten aus allen möglichen Disziplinen, so wie er sich vor seiner Juristerei herumgetrieben hatte auf fremden Kontinenten.

Oder wenn er auf einer der zahlreichen Campus-Feten unterwegs war, die ihn immer noch anlockten wie der Blütenduft die Biene.

Es war schon spät in der Nacht, als sich eine eher trübsinnige Semesterabschluss-Party der Juristischen Fakultät ihrem eher trostlosen Ende zuneigte. Die meisten waren schon gegangen und der Rest so abgestanden wie die Getränke, für die kaum noch Nachschub aufzutreiben war. Nur noch ein paar Nachtschwärmer wie er wollten sich partout nicht abfinden mit einem so banalen Kehraus.

In jener Nacht war er noch, als er die Regale hinter der Theke nach Trinkbarem durchstöberte, mit einem Typen ins Gespräch gekommen, einem Krauskopf mit stark verrutschter Krawatte, der gleichfalls den rechtzeitigen Abgang verpasst hatte und offenbar noch in der Hoffnung herumhing, irgendetwas Erfreuliches mitzunehmen aus dieser Nacht, und seien es ein paar tröstende Worte. Schon reichlich alkoholisiert hatten sie anfangs in Erinnerungen an alte Zeiten gekramt und in den alten Kisten ihrer universitären Vergangenheit tatsächlich ein paar Figuren gefunden, über die sie sich gemeinsam lustig machen konnten. Aber irgendwann hatte sich der Krauskopf zu Polanskis Überraschung als Mittelsmann einer neuen EU-Taskforce zu erkennen gegeben, der sich um die Rekrutierung von akademischem Nachwuchs für eine völlig neue Abteilung kümmern sollte.

So war Ernst Polanski zu Europol gekommen.

In dieser Morgendämmerung entstieg ihren Hirnen seine Zukunft als Agent der europäischen Polizei, schaumgeboren aus den Fluten des Restalkohols, den sie noch hatten auftreiben können.

Was ihm der Krauskopf bis in die ersten Morgenstunden vorschwärmte von einem neuen europäischen Projekt, für das er gute Leute suche, wusste er später nicht mehr so genau. Aber er fuhr sofort auf die Ideen ab, die er ihm in sein Gehirn pflanzte, als habe er schon immer auf so etwas gewartet. In Den Haag, so erzählte ihm der Mittelsmann sinngemäß, werde eine völlig neuartige Truppe aufgebaut, um einen erfahrenen Profi herum, einen Iren, der gerade dabei sei, sein Team zusammenzustellen. Man habe endlich beschlossen, energisch gegen die ausufernde Wirtschaftskriminalität anzugehen. Die EU wolle nicht länger als kalte bürokratische Wirtschafts- und Finanzgemeinschaft dastehen, die sich nur um Bankenrettung, Vereinheitlichung von Bananengrößen und Standardisierung von Klobürsten kümmere. Man wolle wieder als politische Errungenschaft wahrgenommen werden, die im Interesse der Bürger und Verbraucher dem europäischen Kapitalismus und seinen Auswüchsen mutig entgegentrete, zumindest aber eine gewisse Kontrolle entgegensetze.

Und dafür, so redete der Lockenkopf auf ihn ein, brauche Europol engagierte Leute, Leute wie ihn, Ernst Polanski, mit seinem akademischen Hintergrund, seinem internationalen Background, aber auch seiner mittlerweile erworbenen Verwaltungskompetenz. Dafür sei er doch wie gebacken. Dabei hatte er ihm von seiner Bäckerei in Lissabon gar nichts erzählt.

So war es gekommen, dass sich der Hochschuljurist Ernst Polanski nach intensiven Schulungen in verschiedenen Polizeiakademien und nach anstrengenden Trainings in entlegenen Camps als Europol-Agent wiederfand, der sich fortan Albert nannte, und manchmal auch ganz anders.

Er war diesem Krauskopf zeitlebens dankbar. Er hatte ihm den Job seines Lebens vermittelt. Nun zog Albert wieder durch die Welt, fast wie früher, erledigte brisante Aufträge, erlebte viel, bewegte viel, lebte gleich mehrere Leben auf einmal. Zu seinem jüngsten Einsatz gegen das „Dark Net" war er als Spezialist für Lebensmittelbetrug in das Team der J-CAT beordert worden. Er hatte sich in diesem Feld über die Jahre zu einem gefragten Profi entwickelt. Wenn es darum ging, die kriminelle Szene im Schatten der Lebensmittelindustrie zu bekämpfen, war er an vorderster Front dabei. Vermutlich hatte ihm diese Kompetenz die Haut gerettet, die er sich in St. Philibert um ein Haar verbrannt hatte.

Albert hatte zu den ersten Europol-Mitarbeitern gehört, auf die man zukam, um zusammen mit Interpol die OPSON-Programme aufzubauen. OPSON, der Name für dieses Projekt, klang reichlich hergeholt, in diesem Fall gar aus der griechischen Antike, wo er irgendetwas mit richtiger Ernährungsweise zu tun hatte, was genau, hatte ihm niemand so richtig erklären können. Keineswegs weit hergeholt war jedoch der Auftrag, eine Kooperation europäischer und internationaler Agenten und Behörden zu organisieren, die effizient gegen die wuchernde Lebensmittelkriminalität vorgehen sollte.

OPSON I war mühsam aus den Startlöchern gekommen, mit Kollegen aus gerade mal zehn Staaten. Zwei Jahre später, bei OPSON III, machten bereits 31 Länder mit, darunter 18 Mitglieder der EU. Fast ohne die sonst üblichen Rangeleien fügten sie ihre Kompetenzen und Netze zu einer hochwirksamen Einheit zusammen. Bald scheuchten sie die Lebensmittelbranche auf, veranlassten Tausende von Inspektionen und beschlagnahmten Hunderttausende von Tonnen und

Litern an Getränk und Esswaren, von minderwertigen Olivenölen über gefälschte Tomatensoßen, kontaminierten Käse, ungenießbare Schoko-Riegel bis zu gepanschtem Wein. Was freilich mit Abstand am häufigsten in ihre Netze ging, waren Fisch und Meeresfrüchte, unzureichend konserviert, falsch etikettiert, ohne Dokumentation ihrer Herkunft, die ganze Latte der Betrügereien eben: high profit, low risk.

Begonnen hatten sie, indem sie die größten Importschleusen verschärft kontrollierten, den Seehafen von Antwerpen allen voran und den Frankfurter Flughafen. Schon bald nahmen sie die ersten Ganoven fest, die in die Betrügereien verwickelt waren, wenig später hoben sie ganze Banden aus und identifizierten organisierte Netzwerke samt ihren Aktivitäten. Nun war die Risikoschwelle für manches böse Geschäft nicht mehr ganz so niedrig, die Profitrate nicht mehr ganz so hoch. Es war klar, dass auf OPSON III noch OPSON IV folgen würde, so erfolgreich waren sie, auch wenn es ihnen bislang noch nicht gelungen war, einen wirklich großen Drahtzieher der Branche zu fassen und anzuklagen.

In dieser Situation war Albert zu seinem Einsatz in die Bretagne beordert worden. Sein Auftrag war es, die Halbwelt zu überwachen, die in Scharen einen kleinen bretonischen Küstenort namens St. Philibert aufsuchte, um sich dort, als harmlose Urlauber getarnt, unter die Schickeria, die Jetsetter und Touristen zu mischen, Geschäfte einzufädeln, Aktivitäten zu koordinieren oder Probleme aus der Welt zu schaffen, die sie in ihren fragwürdigen Unternehmungen hätten stören können. Ein besonderes Augenmerk, so wurde Albert eingeschärft, sollte er auf einen prominenten Lebemann, Unternehmer und Patriarchen richten, einen dubiosen Geschäftsmann aus Paris, der sich in St. Philibert niedergelassen hatte und im Rahmen der OPSON-Programme ins Visier der Euro-Ermittler geraten war, einen gewissen Charles Dupont.

*

Dupont galt als einer der ganz Großen des europäischen Lebensmittelmarkts. Sie waren ihm schon lange auf den Fersen. Und sie hofften, mit ihm endlich den ersten wirklich dicken Fisch an Land zu ziehen. Albert war in der Den Haager Zentrale sorgfältig auf ihn vorbereitet worden. Man hatte ihn gewissenhaft vertraut gemacht mit allem, was man schon wusste über Duponts Geschäfte. Er war einer der letzten Magnaten, die ihr Spiel auf beiden Seiten machten, in den legalen Geschäften des von ihm geführten Konzerns, gleichsam der Sonnenseite zugewandt, aber ebenso auf der Schattenseite einer Branche, die in dunkle Machenschaften verwickelt war und sich im Hintergrund einen brutalen Verdrängungskampf lieferte. Man informierte ihn über alle bekannten Details aus Duponts Leben, seine familiären Verhältnisse, seine sexuellen Gepflogenheiten, seine erkennbaren Ambitionen, sich in der Bretagne als angesehener, rechtschaffener Bürger zu etablieren, seine Gewohnheiten und auch seine Vorliebe für die Feinheiten der Speisenfolge im „La Mer“, mit der sich die erforderliche geschäftliche Kommunikation so angenehm verbinden ließ.

So war sein Einsatzleiter auf die Idee verfallen, ihn als Ober in das „La Mer“ einzuschleusen. Albert kam für diese Rolle zugute, dass er in jungen Jahren viel gekellnert hatte in aller Welt, um seine Allerweltstouren zu finanzieren. Dennoch schickten sie ihn zum Crashkurs in eines der meist angesagten Schickimicki-Restaurants, wo ihm der letzte

Schliff verpasst wurde, um in einem französischen Edellokal wie dem „La Mer“ zu reüssieren. Auch technisch wurde er mit allem ausgestattet, was einem Agenten in Undercover-Mission dienlich sein könnte, mit modernster Kommunikationstechnik sowieso, aber auch mit K.o.-Tropfen, Abwehrseife, Störsender, Blendlampe, Killer-Kuli, allerlei Agenten-Schnickschnack eben, von dem Albert hoffte, er werde ihn nie nutzen müssen. Wirklich nützlich und vom Feinsten war allerdings eine Miniaturkamera mit einem winzigen Richtmikrofon, integriert in seine Armbanduhr. Sie hätte dem Labor von James Bonds genialem Ausrüster Q entnommen sein können. Damit konnte er, zielgerichtet auf einen einzelnen Tisch oder sogar auf eine Person, jedes Gespräch aufnehmen, mithören, speichern oder es gleich in Echtzeit in die Den Haager Zentrale senden.

Tatsächlich eignete sich sein Einsatz als Ober im „La Mer“ als perfekter Arbeitsplatz. Er hörte viel, schnappte wichtige Mitteilungen auf, sah, wer mit wem zu tun hatte. Dank seiner Hinweise kam die Taskforce in Den Haag noch unbekannten Netzwerken auf die Spur und konnte informelle, verborgene Strukturen weitverzweigter Syndikate enttarnen, die sie bisher nur erahnt hatten. In der Einsatzleitung war man mit seiner Arbeit mehr als zufrieden.

Noch nichts Entscheidendes indes konnte er von Albert Dupont abschöpfen. Zwar fand sich unter den Ergebnissen seiner Abhöraktionen einiges Brauchbare. Immerhin bestätigten sie die Erkenntnisse, die in der Zentrale bereits vorlagen. Vor allem den Umstand, dass Dupont dabei war, sich eine ehrenwerte Existenz aufzubauen und im Zuge dieser Absicht nach Möglichkeiten suchte, ganz aus dem kriminellen Milieu auszusteigen. Mehrfach hörte ihn Albert mit Leuten über ein Pilotprojekt reden, das er in Deutschland lanciert hatte, in einer Fabrik in der Pfalz. Mit diesem Projekt hoffte er offenbar, alle illegalen Machenschaften hinter sich lassen zu können, ganz einfach, weil er sie nicht mehr benötigen würde.

Albert hörte auch Gespräche mit, die Duponts direkte Verstrickung in kriminelle Aktionen bestätigten, wenn es etwa um Andeutungen zur Bestechlichkeit hoher Beamter ging, um die Desavouierung konkurrierender Unternehmen, um die Denunziation von Gegenspielern, den Transfer von Geldern oder die länderübergreifende Verschiebung ganzer Lebensmittelketten. Auch wenn Duponts Äußerungen in solchen Gesprächen stets vage blieben und indirekt, es war neues Belastungsmaterial. Die Zentrale in Den Haag wartete eigentlich nur noch auf den einen, den unwiderlegbaren Beleg, der eine Verhaftung und erfolgreiche Anklage rechtfertigen würde. Und sie stand bereits in enger Verbindung mit der Staatsanwaltschaft in Paris, obwohl nicht ausgeschlossen werden konnte, dass es dort undichte Stellen gab, wenn nicht sogar einen Maulwurf. Man stand kurz davor, Dupont endlich zu überführen.

Und in Albert wuchs die eigentümliche Sympathie für diesen Mann.

Er war schon seit Wochen in St. Philibert im Einsatz, als ihm die Zentrale in Den Haag eine brisante Information zukommen ließ. Die Digital Taskforce von Europol hatte eine Online-Plattform ausgewertet, auf der eine abstruse Internetgemeinde zusammenkam, verknüpft mit allen möglichen Facebook-, Twitter- und Whatsapp-Accounts, auch verlinkt mit Adressen und Verbindungen im Dunklen Netz, offenbar der angesagteste virtuelle Treffpunkt einer kruden, aber deshalb umso brisanteren, ja explosiven Mixtur aus bretonischen Separatisten, die den harten Kern der Rotmützenbewegung ausmachten, und deutschen Öko-Hisbollahs, die ihren Kampf an regionale Befreiungsbewegungen zu hängen suchten, ob in Katalonien, im Baskenland, in der Ukraine, in Südtirol, in Schottland, in Tschetschenien oder in der Bretagne.

Es war zwar unklar, was so unterschiedliche Gruppierungen miteinander am Hut hatten. So wie es rätselhaft erschien, warum sich Hooligans mit Rettern des christlichen Abendlands zusammentaten. Und israelische Rechtsextremisten mit Dschihadisten des Islamischen Staats. Aber ebenso offensichtlich war, dass man sich in Acht nehmen musste vor dem, was sich hier zusammenbraute.

Zwar war die Europol Digital Taskforce längst noch nicht so aufgerüstet wie die amerikanische National Security Agency (NSA). Aber in einer ebenso undurchdringlichen Grauzone europäischer Zuständigkeiten und gedeckt von den Innenministern der Mitgliedsstaaten war man stillschweigend mit von der Partie, wenn es um die Auswertung aller Daten ging, die das Netz, Satellitensignale oder andere digitale Kommunikationswege hergaben. Vor allem die Kompetenz der britischen Kollegen war dabei unersetzlich. Sie steuerten ihren langjährigen Erfahrungshintergrund aus den „Five Eyes“ (FVEY) bei, einer länderübergreifenden, aus der Nachkriegszeit stammenden Allianz der Geheimdienste aus den USA, dem Vereinigten Königreich, aus Kanada, Neuseeland und Australien, deren intensives Zusammenspiel sich unter Federführung der NSA und des britischen Geheimdienstes Government Communication Head Quarter (GCHQ) zu einer weltumspannenden Datenkrake ausgewachsen hatte. Gewiss nicht ohne Gegenleistung waren die Briten in den vergangenen Jahren mit mehreren 100 Millionen Pfund von der großen amerikanischen Schwester an die Hand genommen worden.

Mit ihrer Digital Taskforce war nun auch die Den Haager Europol-Zentrale in der Lage, aus der Datenflut überwachter Massenkommunikation systematisch herauszufiltern, was für sie von Interesse sein könnte, an erster Stelle, um Terroranschlägen zu verhindern, aber auch um verdächtige Organisationen zu beobachten oder kriminellen Aktivitäten auf die Spur zu kommen. Auf diese Weise hatte Europol mehrere Listen potenzieller Attentatsopfer ermittelt, die in terroristischen Netzwerken überall in Europa verbreitet wurden. Sie kursierten offenbar auch in der bretonischen Szene von Hardcore-Rotmützen und Öko-Hisbollahs.

Auf einer dieser Listen stand der Name Charles Dupont. Dahinter ein Totenkopf mit gekreuzten Knochen.

Erstaunlicherweise enthielten die Verzeichnisse Verweise auf die Todesart der ausgewählten Opfer. Manche Namen waren mit einem Galgen verziert, andere mit dem Giftzeichen. Musste vergiftet werden, wer die Welt vergiftete? Bekam einen Strick um den Hals, wer der Welt die Luft nahm? Niemand konnte sich in die abwegigen Hirnverwirrungen derer hineindenken, die das bestimmten. Wenn der Totenkopf hinter Charles Duponts Namen bedeutete, dass auf ihn ein Giftanschlag beabsichtigt war, dann war der Gedanke keineswegs abwegig, dass dieses Vorhaben im „La Mer“ geplant war, wo Dupont so regelmäßig verkehrte und sein Essen zu sich nahm.

Albert verrichtete von da an seinen Dienst noch wachsamer als ohnehin. Ihm war bereits ein junger Mann aufgefallen, der sich seltsam benahm. Er brachte neuerdings im Auftrag des Lieferanten jeden Morgen frischen Fisch für das

Restaurant, hatte es aber selten so eilig wie seine Kollegen, die zusehen mussten, rechtzeitig ihre ganze Tour zu absolvieren. Dagegen trieb sich dieser junge Mann oft in der Küche herum, ohne ersichtlichen Grund, denn mit dem Personal wechselte er kaum ein Wort. Er stand auch an Ecken und Stellen, an denen er eigentlich nichts zu suchen hatte, und war dann plötzlich wieder weg. Als Albert sich nach ihm erkundigte, wurde ihm gesagt, es sei eine neue Aushilfskraft, ein Ausländer, der kaum Französisch spreche, wohl ein Deutscher. Er mache einen zuverlässigen Eindruck, sei zuvorkommend und freundlich. Seine Lieferfirma sei äußerst seriös und über alle Zweifel erhaben.

Später ärgerte sich Albert maßlos darüber, dass er sich mit diesen Auskünften beruhigen ließ, sich zufriedengab und nicht nachhakte. Es wäre ein Leichtes gewesen, die Fingerabdrücke dieses jungen Mannes zu sichern und abzugleichen. Denn sie klebten überall, in der Küche, in den Vorratsräumen, an Durchgängen und Schränken. Er hätte vielleicht verhindern können, was geschah.

Albert fand das Giftfläschchen in der Kellnerkommode. Er wusste sofort, wer gemeint war, reagierte blitzschnell. Charles' Leben konnte er retten, das von Brigitte Leclerc nicht. Sie stand auf keiner Liste. Der Cidre aus der Fabrik ihres Gatten war keinem Terroristen aufgestoßen.

Albert war klar, dass man ihm den Giftanschlag in die Schuhe schieben wollte. Er sollte auffliegen, darüber konnte es den Umständen nach keine Zweifel geben. Immerhin hatte er die Dorade serviert und die Giftflasche fand sich in der Schublade, in der er seine Utensilien aufbewahrte. Es würde nicht lange dauern, bis diese allzu offensichtlichen Zusammenhänge auffallen und die Polizei sich näher mit ihm befassen würde. Viel Zeit blieb ihm nicht. Der Ober im „La Mer“ war verbrannt.

Nur wenig später, am gleichen Abend noch, hatte er Dupont berichtet, was geschehen war. Den jedoch schien völlig kalt zu lassen, dass ihm das Gift gegolten hatte, dass ihn jemand liquidieren wollte, dass er gerade so noch einmal davon gekommen war. Ungerührt verkündete ihm Dupont, er werde seine bisherige Existenz ohnehin auflösen. Nun eben schneller als vorgesehen. Sogar in die Einzelheiten der makabren Inszenierung, die er dafür plante, hatte er ihn eingeweiht, fast als käme ihm das alles gerade recht.

Und Albert hatte ihn nicht hochgehen lassen.

Als Albert später in der Nacht auch seine Zentrale über den Giftanschlag, sein Eingreifen und über die Umstände informierte, war Dupont bereits in den Untergrund abgetaucht.

Seine Vorgesetzten tobten. Er hatte ein jahrelang mit enormem Aufwand und penibler Sorgfalt vorbereitetes Ermittlungsprojekt vermasselt. Und er konnte ihnen noch nicht einmal plausibel erklären, warum.

Sie zogen ihn ab. Damit er spurlos verschwinden konnte, schickten sie ihm in der Morgendämmerung ein Schnellboot. Was er im Europol-Hauptquartier zu hören bekam, hätte das sofortige Aus seiner Agentenlaufbahn bedeutet, zumindest aber die dauerhafte Abordnung hinter einen Schreibtisch, irgendwo im Keller einer vergessenen Abteilung zur Aufbewahrung alter Akten, wo er ganz sicher keinen Schaden anrichten konnte. Er wäre als lebende Büroklammer geendet.

Sein unmittelbarer Chef und Leiter seiner Taskforce, ein Ire namens Patrick Lynch, bewahrte ihn davor. Albert wusste selbst nicht, warum. Vielleicht, weil Lynch ihn und seine persönlichen

Grenzen erkannte und respektierte, vielleicht weil er seine Fähigkeiten dennoch schätzte, vielleicht um sich Alberts Dankbarkeit und Loyalität zu sichern, möglicherweise aber auch nur, weil er vermeiden wollte, dass ein schlechtes Licht auf ihn selbst fiel, wenn ein Mitglied seines Teams als Versager im Haus herumgereicht worden wäre. Lynch verfügte offenbar über ausreichend Einfluss, um das Schlimmste abzuwenden. Albert wurde lediglich in eine neue Taskforce versetzt, gewissermaßen auf Bewährung. Sie brauchten ihn dort. Es war eine große Operation geplant, unter dem Codenamen „Onymous“.

*

Das war nun schon Monate her. Und er hatte seither Gelegenheiten genug gehabt, sich wieder nützlich zu machen, behilflich zu sein. Fast wie es seine Mutter von ihm verlangte. Nur auf seine Weise.

Albert nahm einen Schluck Kaffee. Er war kalt geworden. Ja, er hoffte, der grandiose Erfolg von „Onymous“ werde seine Vorgesetzten mit ihm versöhnen, sein Verhalten in St. Philibert vergessen machen und ihm das Schicksal ersparen, doch noch zum Bürohengst degradiert zu werden. Er spürte das weiche Polster der ledernen Sitzbank unter sich, entließ seine Grübeleien in die Duftschwaden aus Kaffee, schokoladendunklen Trüffeln, raffinierten Pralinen, Sahneteilchen und Kuchenaromen, die ihn umgaben, und lehnte sich entspannt zurück. „Du musst dringend wieder einmal deine alte Mutter anrufen“, sagte ihm eine innere Stimme, als er sich einen Cognac bestellte. „Du bist selbst alt genug, nicht mehr jede Erwartung zu erfüllen“, antwortete ihm eine andere. Er griff zu einer der ausgelegten Zeitungen, gewillt sich einen rundum angenehmen Tag zu gönnen.

Kapitel sechs

Ideen für einen Krimi, der vielleicht nie geschrieben wird

Seine Finger zittern, als er sich ein neues Glas einschenkt, er leert es in einem Zug und schüttelt sich, als sich die Flüssigkeit durch seine Kehle brennt und durch den Magen bis in seine Seele hinein. Er nimmt es als reinigendes Feuer. Paul verlässt den Kerker kaum noch, in den er seine Wohnung verwandelt hat, verkriecht sich hinter seinen vier Wänden, trauert durch Tage und Nächte, die keinen Anfang finden und kein Ende nehmen, taumelt durch Raum und Zeit, wie gefangen in einem schwarzen Loch. Stundenweise martert er sich mit quälenden Selbstanklagen, zergrübelt seinen Kopf, irrt in seinen Hirnwindungen umher, ohne einen Ausgang zu finden. Dann wieder versinkt er in bodenlose Leere, wattiges Nichts. In seiner Küche, im Flur und auf dem Balkon stapeln sich Berge leerer Flaschen. Wein, Whiskey, Wodka. Seine Barthaare wuchern zu einem rostroten, zotteligen Fell. Irgendwann liest er keine Zeitungen mehr.

Nachts erscheint ihm Charlotte. Würgemale am Hals, eine Dornenkrone über den blonden Locken. Blut tropft den nackten, leblosen Körper herab, tropft aus zahllosen Wunden über Brüste, Bauch und Beine. Rote Tropfen schwellen zu Rinnsalen, vereinigen sich zu einem Bach aus Blut, der über den kalten Steinboden der alten Wurstfabrik in einen Gulli fließt. Brauner lacht. Laut, unsichtbar, höhnisch, höllisch. Tausendfach schallt und hallt das Echo. Dann plötzlich drängt sich der Ritter von Grumbach vor, schreit dazwischen, reckt sein falsches Herz, aus der Brust gerissen, mit der linken Hand in die Höhe, verflucht seine Mörder mit schmerzverzerrter Fratze. Blutverschmiert seine Lanze in der Rechten. Wehe dem, der zwischen die Fronten gerät. Schweißnass wälzt sich Paul in seinem Pyjama.

Er ist seit Tagen krank geschrieben. Gezählt hat er sie nicht. Die Therapie, wie sie ihm seine Hausärztin nahelegt, lehnt Paul brüsk ab. Er weiß selber, woran er leidet, braucht keine Nachhilfe. Er hätte die Gefahr spüren, erkennen, einschätzen, er hätte einschreiten, hätte die Polizei einschalten müssen. Spätestens, als er von der Waffensammlung in der alten Wurstfabrik erfuhr. Stattdessen hat er die Dinge weiter treiben lassen, vielleicht sogar selbst auf die nächste Skandalgeschichte gelauert. Nach und nach wird ihm klarer, was geschehen ist. Tag für Tag versucht er, seine Schuldgefühle mit Whiskey oder Wodka zu vertreiben, Tag für Tag wuchern sie nach wie die abgehackten Köpfe der Hydra.

Zum ersten Mal hört er an seiner Wohnungstür das Klopfen. Nein, er hört es nicht zum ersten Mal. Das stimmt nicht. Immer wieder hat es hineingepocht in seinen Schmerz. Aber es versank dort, verfing sich in dem Labyrinth, in das seine Seele sich geflüchtet hatte, drang nicht zu ihm vor.

„Opa Pauli, mach auf, bitte!"

Er erkennt Malus Stimme, hält sich die Ohren zu, will sie abermals nicht hören.

Es klopft und klopft.

„Opa Pauli, wir wollen dich zum Eisessen einladen. Komm doch raus oder lass uns rein."

Jetzt hört er auch Ole. Seine Enkel stehen vor der Tür. Wie oft waren sie wohl schon da? Und er konnte sich nicht rühren. Hat sie immer wieder traurig abziehen lassen. Konnte sie einfach nicht zu sich lassen.

Immer noch steht sein Telefon in der Ecke, aus der Dose gezogen, und sein Handy liegt tot irgendwo herum. Einem plötzlichen Impuls folgend legt er den Akku wieder ein und schaltet es ein.

Draußen vor der Tür rumort es. Die Kinder trappeln auf ihren Beinen, entfernen sich, tuscheln, kommen zurück.

„Opa, du darfst dir auch aussuchen, was du möchtest, sogar Schokolade."

Sogar Schokolade, Malus Lieblingseis. Die Kinderstimmen finden einen Weg hindurch durch das Mauerwerk seiner Trostlosigkeit, hüpfen einfach hinein in sein Herz. Ja, wann hat er sie denn zum letzten Mal zu einem Eis eingeladen? Ist es eigentlich nicht an ihm, den Kindern eine Freude zu bereiten? Und jetzt wollen die beiden ihm ein Eis spendieren?

Paul hält inne, lauscht dem fröhlichen Geplapper, das durch die Tür in seine Wohnung hereinweht wie ein frischer Frühlingswind. Unsicher steht er auf, geht ein paar Schritte. Endlich öffnet er den beiden und lässt sie herein. Der Bann ist gebrochen.

„Buh", sagt Ole und hält sich die Nase zu, „hier stinkt's".

Und Malu fängt plötzlich an zu weinen. „Opa, warum hast du uns denn die ganze Zeit ausgesperrt? Warum hast du dich versteckt? Wir haben dir doch gar nichts getan."

Paul will ihr antworten, sie trösten, in den Arm nehmen. Aber er kann es nicht, steht einfach nur da, sieht an sich herunter, wie er dasteht in seinem verschwitzten Pyjama, ungewaschen seit Tagen, heruntergekommen. Er schmeckt den fauligen Geschmack in seiner Mundhöhle, ekelt sich selbst vor dem üblen Alkoholdunst, den er ausstößt, wenn er atmet.

„Ich“, hört er sich sagen, „ich ... “. Weiter kommt er nicht. Derweil nehmen die Kinder das Heft in die Hand. Malu geht zum Telefon und steckt es wieder in die Anschlussbuchse. Ole macht sich an seinem Handy zu schaffen, das dauernd piept.

„Guck, Opa, das sind ganz viele SMS für dich drauf.“

Es ist, als falle zum ersten Mal wieder Licht durch die Vorhänge seiner Wohnungsfenster. Die Kinder laufen unbefangen herum, als wäre nichts vorgefallen, umkurven die Flaschenberge, als wären sie zum Spaß aufgestellte Hindernisse, nehmen ihn an die Hand und zerren ihn vor den Spiegel.

„Opa“, sagt Malu, „guck mal. Du siehst aus wie Rübezahl. Und müffeln tust du auch. Du musst dich mal wieder richtig waschen.“

Paul schämt sich, als er sich so sieht. „Gut“, brummt er. „Du hast ja Recht. Dann werde ich erstmal unter die Dusche gehen. Ist es okay, wenn wir uns um fünf treffen, im Venezia?“

Ole und Malu machen einen Luftsprung. Sie sind schon fast aus der Tür gestürmt, als Paul ihnen nachruft: „Aber unter einer Bedingung: Ich lade euch ein. Sagt ihr den anderen Bescheid?“

Am nächsten Tag kommt Malu allein. Mit einem Strauß roter Tulpen als Dankeschön und einem Gruß seiner Tochter. Sie geht ihm zur Hand, als er das Verlies, in dem er gehaust hat, wieder in seine Wohnung verwandelt. Malu hilft ihm aufzuräumen, lässt Luft herein, gießt Blumentöpfe, in denen sich halb verwelkte Zimmerpflanzen nach Licht und Wasser sehnen. Paul sieht ihr zu, hört, was sie alles zu erzählen weiß aus ihrer Welt, genießt, dass sie da ist, sieht, wie sie geschäftig hin und her eilt und jedes Mal eine Spur Leben hinterlässt, wenn sie seine Zimmer durchquert.

Das Telefon klingelt. Leonhard.

„Paolo, mein Lieber. Endlich. Wie ich aus gut unterrichteten Kreisen höre, bist du auferstanden aus deiner Gruft? Und hast dir in bester Gesellschaft gleich ein Gelato beim Italiener gegönnt. Findest du das nicht ein bisschen übertrieben, nach der Auszeit gleich die Eiszeit?“ Leonhard lässt ihn gar nicht zu Wort kommen, fragt nicht, wie es ihm geht, kündigt sich einfach an: „Pass auf, morgen Nachmittag bin ich bei dir und bringe dir eine Überraschung mit. Widerstand ist zwecklos.“

Paul fühlt sich überrumpelt. Aber zugleich sehnt er sich nach seinem Freund. Gewissensbisse regen sich. Wahrscheinlich hat Leonhard endlos versucht, ihn zu erreichen und erst von seinen Töchtern erfahren, was die ganze Zeit mit ihm los war. Und immer noch los ist.

„Hm“, sagt er. ,,Na gut. Bis morgen.“

Als Leonhard vor seiner Wohnungstür steht, nehmen sie sich in den Arm. Eine Welle aus Schmerz überschwemmt Paul und fließt in Tränen ab. Sie setzen sich einander gegenüber. Still. Ohne Worte. Sie sind nicht nötig.

Irgendwann bricht Leonhard das Schweigen.

„Paolo, ich weiß, wie dir ist. Und zugleich habe ich sicher gar keine Ahnung. ... Karla hat sich große Sorgen gemacht. Du weißt ja, wie Frauen so sind. Fast hätte sie mich angesteckt. Deshalb habe ich eine Überraschung für uns beide: Wir begeben uns zusammen in eine Therapie. Die berühmteste, die unvergleichlichste, die wirkungsvollste aller Therapien. Die Bologna-Therapie. Wie damals. Jetzt sofort. Du wirst sehen, das hilft dir. Und mir auch."

Paul leistet keinen Widerstand. Weil ihm jede Kraft dazu fehlt, aber auch, weil Leonhard ihm die Rossa, die rote Stadt in der Emilia-Romagna, so wortgewandt und in so warmen Farben schildert, dass sie in ihm aufersteht wie eine Fata Morgana und mit ihr die Reste seines Lebensmuts. In Bologna, auf der Eckbank der Küche ihres Lehrers Fabio, hatten Leonhard und er einst wochenlang Italienisch gepaukt. Tausend Erinnerungen. Freunde hatten sie in ihrer winzigen Wohnung bei sich aufgenommen, hatten ihnen ihr Schlafzimmer überlassen und selbst mit dem Sofa im Wohnzimmer vorliebgenommen.

„Weißt du noch, wie wir uns vor dem Einschlafen aus dem Oblomow vorgelesen und dabei schier kaputtgelacht haben, weil er einfach nicht hochkommt aus seinem Pfuhl."

Ja, der phlegmatische Oblomow und seine dekadente russische Adelsgesellschaft. Nichtsnutzigkeit als Lebensprinzip. Dahingleiten. Den lieben Gott einen guten Mann sein lassen.

Und die Welt draußen vor. Nichts tun müssen. Kein Entschluss, keine Aktion, keine Effizienz. Dekadent, aber ungemein sympathisch und menschlich. Paul sinniert vor sich hin.

„Leonardo, ich weiß, ich darf mich nicht so gehen lassen. Und schon gar nicht aufgeben. Allein wegen meiner Töchter und Enkel nicht. Ich darf ihnen das nicht antun."

„Und was ist mit mir?"

Paul umarmt seinen Freund.

„Natürlich, Leonardo. Auch du brauchst mich doch. Wie die Harmonie den Kontrapunkt. Ohne meinen Widerspruch wärst du heute kein Jota klüger als damals in Bologna."

„Die italienische Junisonne wird dir guttun."

*

Sie lassen Pauls Käfer stehen, machen sich in Leonhards Jaguar auf den Weg, richten sich im Stadtkern Bolognas ein. Leonhard hat in einem historischen, aber heimeligen Hotel zwei Zimmer gebucht, durch eine Tür miteinander verbunden, ein altehrwürdiger Bau mit meterdicken Mauern aus dem 15. Jahrhundert, ganz in der Nähe der Piazza Maggiore.

Am frühen Nachmittag verlassen sie die Stadt durch die mächtige Porta Saragozza, eines der zehn mittelalterlichen Tore, steigen den Arkadengängen entlang hinauf zum Guardiahügel, zum Heiligtum der Jungfrau des Heiligen Lukas. Es wird ein ausgedehnter, sonnensatter Spaziergang. Sie genießen den Blick auf die unendlich weite Po-Ebene. Die anmutige Landschaft, ihr Licht, ihr Grün, Vogelgezwitscher, die Anhöhen, die Gelb- und Ockertöne der Häuser. Und sie umfangen sie wie heilsame Essenzen, die Landschaft, die Farben, das Licht, das Gezwitscher, die Düfte, heben ihr Lebensgefühl so wohltuend, als könnten sie Leib und Seele zugleich befreien und erneuern. Sie schauen. Und die Welt scheint stillzustehen für einen Moment. Draußen, und in ihrem Innern auch.

Mitten in dieses Wohlbefinden hinein fragt Paul: „Leute wie Brauner könnten auch beim Islamischen Staat mitmorden. Was meinst du?"

Leonhard nickt. „Oder bei den Brigate Rosse. Oder beim Nationalsozialistischen Untergrund."

„Wie kommen Menschen nur auf die Idee, die Erfüllung ihres Lebens darin zu sehen, dass sie andere umbringen? Und wie kann einer nur so einen Unfug glauben, dass er für sein Märtyrertum im Paradies mit 72 Jungfrauen belohnt wird? Steckt die Lust zu töten in unseren Genen?"

„In unseren archaischen Instinkten vielleicht? Wenn wir sie nicht im Zaum halten und bändigen unter zivilisatorischer Kontrolle. Aggression, Gewalt, Machtrausch fasziniert, vor allem junge Männer. Erinnere dich, wie wir Che Guevara verehrt und verklärt haben in unserer Jugend, manche auch Lenin, Trotzki oder Mao, Revolutionäre, heldenhafte Kämpfer für das Gute, Befreier der Unterdrückten, Rächer der Gedemütigten und Entrechteten. Und die Nachdenklichen, Abwägenden, Zaudernden, Kompromissbereiten haben wir geschmäht."

„Aber die haben doch wenigstens für vernünftige Ziele gekämpft, für eine gute Sache, im Prinzip jedenfalls."

„Vernünftig? Was als vernünftig gilt, ist das nicht relativ? Ändert sich das nicht je nach Standpunkt, Kontext, Ort, Zeit? Notre Dame in Paris haben sie im Namen von Freiheit, Gleichheit und Brüderlichkeit zum Tempel der Vernunft geweiht, und nur ein paar Meter weiter hat die große Revolution ihre eigenen Kinder guillotiniert, sind die Köpfe nur so über das Pflaster gerollt. Offenbar wohnt selbst dem lieben Gott eine gefährliche Dialektik inne: Irgendwann kippt auch das Gute, wenn Menschen es vergöttern, ins Böse um. Das ist der böse Fluch der guten Tat."

„Leonhard, im Moment ist mir, als spiele die Geschichte mit uns herum. Als wären wir nur Marionetten. Wer hinter der Weltbühne die Fäden zieht, finden später nicht einmal die Historiker heraus."

„Einspruch, Euer Ehren. Du fühlst Dich vielleicht gerade so. Und das ist auch kein Wunder nach alldem, was passiert ist. Mit Charlotte. Und auch mit dir. Aber die Geschichte macht sich nicht von selbst. Wir machen sie. Und sind dafür verantwortlich. Jeder für sich und gemeinsam für uns alle."

„Verantwortung vor wem?"

„Auf jeden Fall vor uns selbst, vor unseren Kindern und Kindeskindern, vor unseren Nächsten. Und vielleicht auch vor unserem Planeten und allem, was darauf kreucht und fleucht."

„Ob nicht auch Brauner meint, seine Taten verantworten zu können? Und trotzdem sind es Verbrechen. Das fünfte Gebot hat sich leider nicht durchgesetzt. Und die Bergpredigt noch weniger. Hätten wir nicht damit rechnen müssen, dass Brauner dermaßen brutal vorgeht?"

„Paul, es tut weh, sich das einzugestehen. Aber wir wollten nicht wahrhaben, was sich da zusammenbraut. Wir dachten, es geht am Ende alles gut. Wir haben die Brutalität dieser Bande schlicht unterschätzt. Nicht nur du. Das war mindestens ebenso mein Fehler. Und natürlich mache ich mir den Vorwurf, dich nicht ernst genug genommen zu haben. Das ist leider alles so. Und dennoch: Nicht wir haben Charlotte ermordet. Nicht du und nicht ich. Die Täter sind Brauner und dieser Sven Friese."

Auf halbem Weg zum Santuario della Madonna di Luca erzählt Leonhard, was noch so alles in den Zeitungen stand, nachdem Paul aufgehört hat, sie zu lesen. Auch über Sven Friese. Dem werde mittlerweile ein weiterer Mord zugerechnet, im Norden Frankreichs, in der Bretagne.

„Das Opfer hat er ähnlich brutal zugerichtet wie Charlotte. Und am Ende mit einer Drahtschlinge erwürgt", berichtet Leonhard seinem Freund. „Und jetzt kommt die faustdicke Überraschung: Weißt du, wer es war, den dieser Sven Friese in Frankreich auf dem Gewissen hat?" Paul schüttelt den Kopf. „Charles Dupont. Ausgerechnet Charles Dupont. Du erinnerst dich bestimmt. Das war der Dunkelmann, dem dieser ganze Lebensmittel-Konzern gehört. Samt dieser Fisch-Fabrik in der Pfalz, die wir uns zusammen angeguckt haben. Den hatte doch Patrick Lynch, mein neuer Freund bei Europol, im Verdacht, so etwas wie der Pate einer ganzen kriminellen Szene zu sein. Ist das nicht merkwürdig? Dass ausgerechnet dieser Typ auch diesen Mann umbringt? Wie kommt denn sowas? Dabei soll Friese den Zeitungsberichten zufolge in der Bretagne gar nicht mit Öko-Extremisten in Verbindung gestanden haben, sondern mit parisfeindlichen

Rotmützen. Aber vielleicht war es ja auch ganz anders. Vielleicht gibt es ja tatsächlich einen Zusammenhang ...". Leonhard zögert. „Sei's drum. Uns muss das nicht mehr scheren."

Leonhard bricht ab, legt seinen Arm auf Pauls Schulter und zieht ihn zu sich. „Ziemlich sicher haben wir in dieser Sache so ziemlich alles falsch gemacht, was man überhaupt falsch machen kann. Wenn ich nur an meine Blödheit und Naivität denke, mich mit dieser Chinesen-Mafia einzulassen. Es war so dumm, auf eigene Faust den Kriminalkommissar geben zu wollen. Ich träume immer noch von dem Plakat auf meinem Bett und von dem toten Fisch in meinem Briefkasten. Und von dem chinesischen Klingelton. Sogar Friedel trällert ihn manchmal noch. Hab Karla und dir nur nichts erzählt, um euch nicht zu bekümmern."

Paul nickt. „Ich erzähl dir lieber auch nicht, wer und was mich im Schlaf verfolgt. Vielleicht kannst du es dir ja vorstellen. Und eins sage ich dir: Mich mit irgendwelchen Typen einlassen, um irgendwelche Skandale aufzudecken, werde ich garantiert nicht mehr. Dieser ganze investigative Journalismus kann mich kreuzweise. Es ist doch so, dass Charlotte noch leben könnte, wenn ich nicht auf diesen verdammten Deal eingegangen wäre. ... Und auf Charlotte. ... Bin froh, dass wenigstens dir nichts Schlimmes passiert ist."

Die Freunde verstummen.

„Paul", sagt Leonhard schließlich, „unser Fehler war nicht nur, dass wir uns so geirrt haben, was diese Öbefa-Terroristen anging, und dass wir, ohne es zu wissen und zu wollen, zugelassen haben, dass Charlotte ihr Leben riskiert. Und du deines vielleicht auch. Es war zudem ein grober Fehler, die

Rolle des journalistischen Beobachters zu verlassen. Dann verwandelst du dich selbst fast unvermeidlich vom Mitwisser zum Mitmacher, vom Zuschauer zum Täter. Und merkst es nicht einmal."

Lange diskutieren die Freunde noch. Wie weit sie geht, wo sie endet, die Rolle des Journalisten in dem Versuch, Wahrheiten aus verborgener Tiefe ans Licht der Öffentlichkeit zu bringen? Wo unterscheidet sich der Journalist noch vom Aktivisten in Zeiten, da ein Whistleblower wie Snowden seine Information zur Auswertung an ausgewählte Medien weitergibt und sie damit instrumentalisiert für seine gute Sache? Wie geht das zusammen mit ihren eigenen Recherchen, gestützt auf Informationen von Europol, die wiederum mit Methoden gesammelt werden, die so weit weg von denen der NSA nicht sein können? Und das, obwohl sich Leonhard mittlerweile aktiv bei der Autoren-Gruppe Writers Against Mass Surveillance engagiert? Andererseits, gibt es puren Journalismus? Sind nicht selbst bei der Erforschung der Wahrheit, ähnlich wie in der Wissenschaft, immer Interessen im Spiel?

Am Ende treffen sie, über den Weiten der Po-Ebene, auf dem Guardiahügel, unter dem Heiligtum der Jungfrau des Heiligen Lukas, für sich eine Entscheidung. Sie werden nicht aufhören, werden weiter zusammenarbeiten, werden auch künftig gemeinsam Geschichten schreiben, werden sich an neue Themen wagen. Aber sie werden es nicht mehr als Journalisten tun, deren Aufgabe es sein muss, Tatsachen zu recherchieren und sich an Fakten zu halten. Sie werden sich aus allen irdischen Gefahrenzonen befreien und himmlischer Fiktion zuwenden, werden sich Kriminalromane ausdenken, allein ihrer Phantasie entsprungen. Und dennoch werden sie

Wirklichkeit beschreiben, realer und wahrer vielleicht als mancher schlampig recherchierte Zeitungsbericht.

Kaum haben sie sich so entschlossen, phantasieren sie auch schon heftig. Themen, Fälle, Figuren, Szenerien und Protagonisten tauchen auf und werden wieder verworfen.

Noch ahnen sie nicht, dass es ihnen nie gelingen wird, einen fiktiven Krimi zu schreiben, erschaffen aus purer Irrealität. Weil Fakten und Fiktionen nicht mehr auseinanderzuhalten sind, nicht mehr in den medial inszenierten Wirklichkeiten dieser Welt. Und weil sie immer wieder selbst in ihre eigenen Geschichten hineingeraten. Fast wie Bastian Balthasar Bux in die Unendliche. Aber ihre gemeinsamen Ideen und Projekte, ihre Herumspinnerei, ihr ganzes Herumdoktern helfen Paul, aus seinem schwarzen Loch herauszufinden. Mit jedem neuen Faden, den sie spinnen, jeder neuen Figur, die sie zum Leben erwecken und wieder sterben lassen, jeder überraschenden Wendung, die sie einer Geschichte geben, klingt Pauls Stimme nicht mehr so belegt, lacht er befreiter, weiten sich seine Augen, tanzen seine roten Locken lockerer.

„Wie wär's mit einem Mord auf den Zwillingstürmen. Oder in der Sakristei von San Petronio."

„Wir bestimmen, wer getötet wird. Und wer der Mörder ist. Und halten uns trotzdem an das fünfte Gebot."

Am Abend lassen sich Leonhard und Paul in einer gemütlichen Trattoria nieder. Sie bestellen Tortellini nach Art des Hauses und einen Rosso, der sie mit fruchtiger Süffigkeit überrascht, durchzogen von einer feinen Säure, die süßen Überdruss gar nicht erst aufkommen lässt. Nach und nach, angelockt von den Düften der Pasta und den Aromen des Weins, kehren Pauls Lebensgeister zurück. Sie beginnen, in Erinnerungen zu schwelgen.

„Auch die Vergangenheit ist Zukunft."

„Wie meinst du das, Paolo?"

„Auch in Zukunft werden wir uns an Vergangenes erinnern. Im Erinnern fallen Vergangenheit, Gegenwart und Zukunft zusammen."

„Paul, das versteh ich jetzt noch nicht so ganz."

„Wie? War dir das zu kompliziert?"

„Nein. Ganz und gar nicht. Aber es klingt so schlau. Und ich kann mir so etwas Schlaues doch nicht entgehen lassen".

Sie lassen es sich gut gehen. Bis spät in die Nacht. Stoßen auf Bella Italia an. Auf Bologna. Auf ihre Freundschaft.

„Hast du gewusst, Leonardo, dass der Parmigiano schon im Decamerone des Boccaccio erwähnt wird?"

„Nein, aber es wundert mich kein bisschen. Ist halt ein Millenniumskäse."

„Siehst du, mit den Köstlichkeiten des Lebens ist es nicht viel anders als mit den Erinnerungen. Sie haben schon in der Vergangenheit gemundet, sie werden uns auch in Zukunft schmecken, und gegenwärtig werden sie, wenn wir sie genießen."

„Meinst du jetzt wirklich den Parmigiano oder oder eher die Gegenwart unserer Freundin hier?"

Die hübsche Kellnerin ist Leonhard schon beim Eintreten in die Trattoria aufgefallen und er hat in seinem unbeholfenen Italienisch versucht, ihre Bestellungen in einen kleinen Flirt umzumünzen, hat seine eindrucksvolle Silbermähne geschüttelt und sich an die dunkle Brille gefasst. Nicht ohne Resonanz, wie er aus ihrem Lächeln herauszulesen glaubt. Und aus ihrem Augenaufschlag. Ein Draht fängt an zu flimmern. Sie sind die Letzten im Lokal und bestellen noch eine Runde Grappa.

„A tavola non si invecchia“, sagt sie, „am Tisch wirst du niemals alt“. Elena stammt aus einem Dorf in Kalabrien, arbeitet aber schon seit zwanzig Jahren in Bologna. Inzwischen glüht zwischen ihr und Leonhard der Draht. Paul kehrt allein ins Hotel zurück.

Als sie beim Frühstück wieder zusammensitzen, schlägt Leonhard vor, den Asinelli zu besteigen, den größeren der Due Torri, den beiden Wahrzeichen Bolognas. Paul schnauft schwer.

„Oje, fast hundert Meter die Treppen hoch. Das bringt einen ja um.“

„Sie waren eine Art sublimierter Peniskult des Mittelalters“, gibt Leonhard aus seinen Kenntnissen der Geschlechterpsychologie über die Türme zum Besten, „Statussymbole des frühen Finanzkapitals.“

Die Rundsicht über die roten Dächer der Stadt mit ihren prächtigen Palazzi, gewaltigen Stadttoren und einzigartigen Arkadengängen ist aufs Neue ein Erlebnis, das sie mächtig beeindruckt. Paul deutet auf das Viertel, an dem der Ortskundige noch die Folgen der britischen und amerikanischen Luftangriffe erkennen kann.

„Es war ein Kreuz, bis Italien vom Faschismus befreit war."

„Ja, Paul, was meinst du, wollen wir nicht noch einmal nach Marzabotto fahren?"

„Lieber nicht."

Damals waren sie eine Stunde im Auto unterwegs, um Marzabotto zu besuchen, den Ort, an dem im Herbst 1944 Wehrmacht- und SS-Soldaten ein Massaker verübten. Als Vergeltung für Partisanenüberfälle.

„Bist du sicher?"

„Du kennst doch die Geschichte von meinem Onkel Wilhelm. Es wird mir zu viel. Das muss jetzt nicht sein."

„Gut, dann nicht. Ist ja okay."

„Handgranaten haben sie in den Gebetsraum geworfen. Unschuldige Frauen und Kinder. Einfach abgeschlachtet."

Paul schießen Tränen aus den Augen. Er hatte es erst vor ein paar Jahren erfahren. Die Dokumente belegten, dass sein Onkel Wilhelm unter den Tätern gewesen sein musste.

„Ich wusste vorher nur, dass er in der Partei war, Soldat in Italien. Und dass er gegen Ende des Krieges seinen Wehrpass fälschte, nachts über den Po schwamm. Fahnenflucht. So hat er überlebt. Diese Heldentat bekam ich als Jugendlicher öfter zu hören. Die waren ja alle ganz tolle Hechte im Krieg. Kein Wort von Gräueltaten."

Als Paul in der Zentralstelle zur Aufklärung von NS-Verbrechen in Ludwigsburg Akten wälzte, lag der selbst friedlich entschlafene Onkel längst unter der Erde. Der Befehlshaber des Massakers, SS-Sturmbannführer Walter Reder, war 1951 in Bologna zu lebenslanger Haft verurteilt, später begnadigt worden. Das Fußvolk hatte man laufen lassen.

„Nein, ich will nicht mehr dorthin, Leonardo. Lass uns lieber auf dem Rückweg am Comer See entlangfahren. Wir sehen uns die Stelle an, wo sie Mussolini mit seiner Konkubine hingerichtet haben."

„Ja, und dann singen wir ein ‚Bella Ciao' auf die Partisanen."

„War das nicht auch Gewalt? Oder Gerechtigkeit?"

*

Bevor sie aufbrechen, statten sie der Pinacoteca Nazionale einen Besuch ab, schlendern durch die Säle, bleiben vor einem Bild des Bologneser Malers Annibale Carracci stehen. Es heißt „Verspottung Christi".

„Warum trifft es so oft die Unschuldigen?"

Paul fragt es im Blick auf das Antlitz Jesu, dem zum Hohn eine Dornenkrone aufgesetzt wird. Bei Carracci scheint der Gottessohn das abstruse Vorspiel zu seiner Kreuzigung mit Geduld und Güte zu ertragen. Paul holt die Vorstellung ein, wie wohl Charlottes Gesichtszüge bei ihrer Hinrichtung ausgesehen haben mögen. Dann versucht er, sich wieder auf das Gemälde zu konzentrieren.

„Warum wehrt er sich nicht?"

„Darf er nicht. Sonst würde sich die ganze Erlösungsgeschichte in Luft auflösen."

„Was meinst du, wenn der Herr der Christenheit am Ende aller Tage den Mördern vergibt, ist er dann nicht ungerecht gegenüber den Rechtschaffenen?"

„Wer weiß das schon. Vielleicht ist es gar nicht der Gottessohn, der Gnade walten lässt und Vergebung schenkt. Jesus war schließlich auch ein Mensch. Vielleicht sind es am Ende doch wir, die einander verzeihen müssen, unseren Feinden und uns selbst."

Kapitel sieben

Eine echt unterschätzte Frau, ein falscher Strohmann und ein Todbringer aus Deutschland

Der entsetzliche Fund einer gemarterten Leiche durch zwei arglose Joggerinnen hatte an der bretonischen Küste blankes Entsetzen verbreitet. Zumal es sich bei dem geschundenen Körper um keinen Geringeren handelte als um den Großindustriellen und Halbwelt-Magnaten Charles Dupont, der doch erst zwei Wochen zuvor feierlich in der Kirche von Carnac eingesegnet und in Paris auf dem Friedhof Montparnasse beigesetzt worden war. Erst nach und nach drangen die makabren Umstände dieses brutalen Verbrechens ans Tageslicht.

Die unmittelbaren Konsequenzen des grausigen Funds waren teils tragischer, teils erfreulicher, teils ambivalenter Natur.

Tragisch für den ehrenwerten Doktor Briand, der Charles Duponts fiktiven Tod amtlich beurkundet hatte und dabei in einer Art Wahnvorstellung einem doppelten Irrtum erlegen sein musste, sowohl den Leichnam wie dessen Todesart betreffend. Denn ganz offensichtlich war der in Duponts geöffnetem Grab auf dem Pariser Friedhof Montparnasse gefundene Hund keinem Herzversagen erlegen, sondern an Überfütterung, Bewegungsmangel und letztlich einem Genickbruch eingegangen. Und ebenso unverkennbar handelte es sich bei der Leiche nicht um Charles Dupont. Doktor

Briand konnte einen so gravierenden Verlust seiner ärztlichen Reputation nicht verschmerzen und setzte seinem ohnehin nur noch von Gewissensbissen geplagten Leben intravenös mit einer ausreichend gefüllten Insulinspritze ein Ende.

Erfreulich für Carnacs Bürgermeister le Pont, der dank Briands tragischem Schicksal die nicht unbeträchtliche Summe einbehalten konnte, die er dem Doktor für seine ungewöhnlichen Dienstleistungen eigentlich noch hätte zukommen lassen müssen. Er verbuchte sie nun unverhofft und endgültig als anonyme Spende, sorgte so für ihre letzte Waschung und führte sie einer sinnvollen Verwendung zu, nämlich dem Fonds für seine nächste Wiederwahl.

Ambivalent für den frommen Père Caneloux, der dank der materiellen Basis, die ihm der so schmerzlich dahingeschiedene Charles Dupont verschafft hatte, weiterhin Gutes tat. Aber da von seinem verblichenen Gönner für die Befriedigung seiner ganz speziellen Neigung keine Hilfe mehr kam, erwuchs ihm nun in den jüngeren Gottesgläubigen seiner Gemeinde erneut eine ständige Versuchung. Besonders in der leiblichen Gestalt seiner vier Messdiener, die ihm zugetan waren in gutem Glauben.

Der „Atlantic Libre“ hingegen, als Carnacs örtliches Blatt sonst eher mit bretonischem Provinzgeschehen gefüllt, profitierte enorm von den skandalösen Ereignissen. Giftmord, inszenierter Scheintod, Folter, Hinrichtung. Endlich hatte er Material für Wochen, auch wenn es ihm nur gelang, auf dessen Oberfläche herumzuschwadronieren.

Im „Hôtel des Voyageurs“ in der Avenue des Druides quartierte sich noch am Tag des ominösen Leichenfunds ein Dutzend Pariser Presseleute samt Fotografen ein, journalistische Spürhunde, von üblichem Mord und Totschlag sonst eher gelangweilt und abgestumpft, hier aber angestachelt von dem toten Hund, der polizeilich aus dem Grab Duponts auf dem Cimetière de Montparnasse geschaufelt worden war. Schon tags darauf reisten sie wieder ab, enttäuscht darüber, dass sich vor Ort nicht mehr herausholen ließ aus dieser skurrilen Geschichte. Die meisten Einwohner ebenso wie der örtliche Priester blieben wortkarg, wollten den Ermordeten persönlich kaum gekannt haben, gaben allenfalls ungläubigem Staunen darüber Ausdruck, dass in ihrer Heimat so Befremdliches hatte passieren können. Die Polizei tappte im Dunkeln. Und der kahlköpfige Bürgermeister war in einen angeblich schon lange gebuchten Urlaub in die Toskana entschwunden. Was sollte er auch schon zu tun haben mit dem seltsamen Tod eines Geschäftsmannes aus Paris?

Blieb noch dessen schöne Witwe, Gisèlle Dupont. Aber auch von ihr war nichts zu erfahren. Man kam überhaupt nicht mehr an sie heran. Sie hatte sich sofort nach dem ersten, bloß scheinbaren Ende ihres Mannes als trauernde Witwe nach Paris begeben und sich dort, verständlich in ihrem vermeintlichen Zustand, völlig zurückgezogen, ja fast klösterlich hinter den Mauern des großzügigen Dupont'schen Anwesens abgeschirmt. Auf Presseanfragen reagierte sie nicht, am gesellschaftlichen Leben nahm sie nicht teil. Und auch sonst ließ sie so gut wie niemand zu sich vor, nur ihre engsten Freunde und Vertrauten sowie das Personal, dem strengstens auferlegt war, die Privatsphäre von Madame unter allen Umständen zu schützen.

Es war, als hätte sie einen Kokon um sich gesponnen.

*

Niemand konnte ahnen, welche Metamorphose sich im Innern dieser Verpuppung vollziehen würde, welches Wesen ihr eines Tages entschlüpfen würde. Die Abgeschiedenheit und Ruhe um Gisèlle Dupont war so trügerisch wie das scheinbare Ableben ihres Gatten.

Sie genoss die Stille des Hauses, seine Geborgenheit, seinen Komfort. Und wenn sie sich in diesen Tagen auf ihrer Terrasse die Zeit für eine mittägliche Siesta nahm und ihren Blick von den anmutigen Repliken gut gewachsener griechischer Halbgötter über die kultivierte Schönheit des sorgfältig gepflegten Parks schweifen ließ, wanderten ihre Gedanken oft zu ihm, zu Charles.

Es war für sie ein eigenartiges, ein zwiespältiges Gefühl gewesen, als trauernde Witwe seinem Sarg zu folgen, wohl wissend, dass sie dem munter ins Werk gesetzten Trauerspiel seines Scheintods beiwohnte. Ihre zur Schau getragene Trauer war nicht bloß gespielt. Sie mochte ihren Mann nach all den gemeinsamen Jahren noch, trotz ihres Aneinandervorbei- und Auseinanderlebens, wenn auch auf eine eher freundschaftliche, fast geschwisterliche Weise. Sie hatten so viel miteinander erlebt, so viel voneinander gewusst, sie vielleicht noch mehr von ihm als umgekehrt. Und nun hatte er sie mit seinem inszenierten Ableben verlassen, war endgültig von ihr geschieden. Zugleich war ihr so, dass sie ihrem Ex-Gatten den Selbsterfahrungstrip mit seiner neuen Freundin gönnte, ja dass sie sogar, als diese Geliebte im Leben ihres Mannes auftauchte und ihm eine völlig neue Wendung gab, eine gewisse Erleichterung spürte. Auch weil sie die Chancen erkannte, die sich so ihrem eigenen Leben eröffneten. In diesen Dingen war sie sich selbst gegenüber so ehrlich, wie sie es stets auch miteinander gehalten hatten. Bestimmte Dinge ausgenommen, die wiederum aus bestimmten Gründen geheim bleiben mussten.

Sie gönnte ihm seine neue Liebe. Und auch seine Wiedergeburt, das neue Leben, das er mit diesem Mädchen auf seiner Trauminsel beginnen wollte. In dieser Beziehung war sie mit sich im Reinen. Irgendwo in den Tiefen ihrer Gefühle spürte sie zwar noch einen kleinen Stich, wenn sie an ihn dachte, fühlte die Unumkehrbarkeit seiner Entscheidung, die Endgültigkeit des Abschieds. Auch einen Schmerz darüber, dass die Eiszeitschmelze, die Charles überkommen hatte, seine emotionale Erwärmung, seine wieder erwachte Lebenslust, dass diese erstaunliche Wiederbelebung ihres Mannes nicht mehr ihr zugutekommen würde, die so viele Jahre mit ihm durchgestanden hatte, sondern nun ihrer Nachfolgerin zufiel wie eine reife Frucht. Aber das war nun einmal die Tragik, die jeder Beziehung innewohnte, wenn sie an ihrem Ende angelangt war. Und der Zauber jedes Neubeginns, wenn er denn glückte.

All das machte sie sich noch einmal klar in diesen ersten Tagen nach der grandiosen Begräbnisinszenierung in der Kirche von Carnac. Einmal war ihr sogar, als sei auch Charles dagewesen, als hätte sie während der Zeremonie sein eigentümliches Schnarren gehört, irgendwo über sich. Aber so unverfroren konnte selbst er kaum sein. Das hatte sie sich vermutlich nur eingebildet. Und umso leibhaftiger hatte sie neben sich die körperliche Nähe ihres Liebhabers gespürt.

In den Tagen nach dieser Zeremonie drängte sich ihr auch die Frage in den Kopf, wann das erotische Knistern zwischen ihr und Charles, der sexuelle Hunger aufeinander, verloren gegangen war, warum ihr sein Sperma nicht mehr schmeckte und er in ihrem Schoß kein Geheimnis mehr entdecken konnte, warum sie das Vergnügen aneinander nicht mehr hatten finden können, jedenfalls nicht mehr erotisch, nicht mehr im Bett, Vergnügen, das sie ihrem aktuellen Liebhaber so verschwenderisch zukommen lassen konnte. Und bei ihm selbst wieder erlebte.

Letztlich fand sie auf diese Fragen keine befriedigende Antwort. Oder vielmehr nur die Wiederholung all der Banalität, in der Dinge oft zu Ende gehen, die aufregend begonnen haben. Dass dieses erotische Einschlafen und Absterben einfach eine völlig normale Abnutzungserscheinung sei, eben so komme mit der Zeit in einem langen Eheleben, sagte sie sich, dass es fast allen Paaren so ergehe nach mehr als drei, vier, fünf Jahren des Zusammenseins, sagte sie sich, eine übliche, regelmäßige und unvermeidliche Folge stetiger Gewöhnung, alltäglicher Vertrautheit und ständigen Umgangs, so wie Leitungswasser aus dem Wasserhahn in der Küche eben immer da ist und nicht so prickelt wie Champagner aus einem eleganten Kelch, zugereicht in lauer Sommernacht, all das sagte sie sich. Doch die Banalität dieser Erklärung wollte sie ungern wahrhaben. Denn sie nahm der Einmaligkeit ihrer Liebesgeschichte mit Charles nachträglich ihren Zauber. Und jede Liebe zwischen Frau und Mann will einzigartig sein.

*

Sie war auf dem Flughafen in Düsseldorf im wahrsten Sinn des Wortes in sein Leben hineingestolpert, hatte ihn mit Kakao übergossen. Er war dagestanden wie ein braun begossener Pudel und wollte gerade anfangen zu schimpfen, schaute sie an und war entwaffnet. So eine schöne Frau. Wie sie ihm gegenüberstand mit ihrem Pappbecher, ihre Hand gegen den Kopf schlug und ihre Augen vor Schrecken aufriss. So eine bildschöne Frau. Wie sie vor ihm stand in ihrem schlichten blauen Mantel, als wäre sie aus dem Himmel zu ihm heruntergefallen, umwerfend, atemberaubend. Pure Anmut, Verlockung, Liebreiz, Unschuld. So musste einst Simonetta, die siebzehnjährige Geliebte des Medici-Fürsten, in Florenz vor Botticelli gestanden haben, als er sie in seiner Venus verewigte.

Ihr Antlitz ein sanftes Oval, umströmt von wilden blonden Locken, fast einer Löwenmähne gleich, blau-grün fluoreszierende Augen, ihr Blick ein magisches Meeresleuchten aus tiefstem Wasser, das ihn sofort gefangen nahm, dem er sich auslieferte, in dem er versank, dessen schimmerndes Licht seine Seele flirren ließ. Unter weich modellierten Wangen und vollkommen geformten Nasenflügeln üppig schwellende Lippen, leicht geöffnet, verlockend wie Walderdbeeren, auf denen sich wie ein zarter Zitronenfalter ein zaghaft schüchternes Lächeln niederließ.

Später gestand ihr Charles, dass sie ihn an Scarlett Johansson erinnert hatte, für die er schwärmte, seit er sie im „Pferdeflüsterer“ zum ersten Mal gesehen hatte, deren Zauber er im „Mädchen mit dem Perlenohrring“ erlegen und schließlich in „Vicky Cristina Barcelona“ vollends verfallen war.

Genauso erging es ihm nun mit Gisèlle.

Nicht ihm allein. Ihre strahlende Schönheit zog Männer scharenweise in ihren Bann, betörte sie, hätte sie hundertfach unterwerfen, ja versklaven können, wäre sie nicht auch in ihrem Innern schön gewesen. Zugleich schaffte sie Distanz, wirkte wie ein Ring aus Flammen, der undurchdringlich schien. So wie sie Männer anzog, so schien sie auch unnahbar, unerreichbar für normale Sterbliche. Gisèlles Schönheit war ihr einerseits Macht, andererseits Schild. Sie verunsicherte Männer, die sich ihr nähern wollten. Aber auch sich selbst. Weil sie nie wusste, würde sie um ihrer selbst geliebt oder wegen ihrer äußeren Erscheinung. Und deshalb schützte sie sich. So war es gekommen, dass sie, bevor sie auf dem Flughafen über Charles stolperte, zwar zahllose Verehrer und Möchtegernliebhaber verwirrt, manche sogar um den Verstand gebracht, aber in Wirklichkeit kaum ernsthafte Erfahrung gesammelt hatte in ihrem Liebesleben.

Äußere und innere Schönheit korrespondierten bei Gisèlle auf so wunderbare Weise, dass Charles gar keine andere Möglichkeit hatte, als sofort für sie zu entflammen. Umgekehrt faszinierte seine Hässlichkeit sie weit mehr als der wohlgeformte Körper irgendeines Schönlings. Und vor allem erlag sie sofort seinem unwiderstehlichen Charme, seiner völlig selbstgewissen Art, sie zu berühren, schon in diesem ersten Moment auf dem Flughafen, als der Kakao von ihm tropfte und er sie fragte, ob er ihr eine neue Tasse bringen dürfe. Am liebsten hätte sie ihm einen der warmen, süßen Tropfen von seiner Wange geküsst und auf ihrer Zunge zergehen lassen.

Gisèlle und Charles waren wie Tag und Nacht. Und wie Nacht und Tag gehörten sie zusammen. Ihre strahlende Schönheit kontrastierte seine körperliche Deformation, sein hinkendes Bein, seine dunklen, verworfenen Gesichtszüge von diesem ersten Augenblick ihrer Begegnung an. Und gerade der krasse Gegensatz entband sie von allen Äußerlichkeiten, machte sie völlig frei und bahnte ihrem Verlangen nacheinander den Weg. Sie verliebten sich hemmungslos, sie gab ihr Studium auf, gab sich ihm ganz und gar hin, das wollte Charles so, der schon in jüngeren Jahren unwiderstehlich erfolgreich war. Nicht, weil er vielleicht sein verkrüppeltes Bein mit übermäßigem Leistungsdrang hätte kompensieren wollen. Sondern, weil er einfach gut war in dem, was er tat, besser als die anderen. Sie wurde seine Partnerin, seine Vertraute, sogar seine Ehefrau. Sie wusste alles von ihm. Und noch nach Jahren, als ihre Liebesglut schon abkühlte und von ihrer Leidenschaft nur noch die Partnerschaft blieb, war sie seine beste Freundin, die Einzige, der er völlig vertraute, mit der er vermeinte, alles teilen, alles bereden zu können.

Darin täuschte er sich.

Irgendwann war Gisèlle aufgegangen, dass die Schranken seiner dominierenden Existenzweise es nicht zuließen, sie wirklich zu erkennen, sie ganz und gar anzunehmen. Es blieben Reservate, aus denen er sie ausschloss, Machtbereiche, die er nicht zu teilen gewillt war, nicht einmal mit ihr. Vor allem in seinen Geschäften. Und es blieb sein Hang, letzte Entscheidungen allein zu treffen, dazu niemand anderem Zutritt zu gewähren, einsam, nur eins mit sich selbst. Sie als wirklich gleichberechtigte Partnerin zu akzeptieren, das konnte er nicht. Das ließ das Alpha-Tier nicht zu, das er in sich genährt und groß gezogen hatte, das er gefüttert hatte mit Machthunger, Mannesmut, Härte und Überlegenheit, ohne das er in all seinen Revieren und all seinen Kämpfen auch kaum sehr weit gekommen wäre.

Anfänglich hatte sie sich an die Hand nehmen lassen, hatte für das Leben an seiner Seite ihr eigenes zurückgestellt, sich führen lassen von seiner nie versiegenden Energie und seiner unwiderstehlichen Willenskraft. Wie im Sturm schien er die Welt zu erobern und sich zu unterwerfen, was sich ihm in den Weg stellte. So war er aufgestiegen, immer weiter, immer höher. Und in seinem Windschatten war sie mitgesegelt, lange Zeit ohne jedes Zögern, ohne jede Reue, ohne darüber nachzudenken, wohin ihre eigene Reise hingehen sollte. Sie beackerte ihre eigenen Betätigungsfelder, kümmerte sich um die Häuser, die Pferde. Und vor allem war sie seine persönliche Assistentin. Sie lernte auch in dieser Rolle schnell, durchschaute, wie seine Geschäfte funktionierten, die einen wie die anderen, schenkte ihm eigene Ideen, half ihm in jeder Beziehung, setzte auch ihre Schönheit für ihn ein, wenn es denn nützlich war, ging damit so weit wie nötig und, wenn es ihr dann selbst ein Vergnügen war, auch darüber hinaus.

Irgendwann, im Laufe der Jahre, als sie älter wurde und ihr Leben unter ihren Händen zu zerrinnen drohte, war ihr das nicht mehr genug. Sie konnte gar nicht sagen, wann es genau war. Da war kein bestimmtes Ereignis, an das sie sich erinnern konnte, kein konkreter Vorfall, den sie benennen könnte, als sie begann, sich auf die eigenen Füße zu stellen. Sie ging einfach in einem Leben nicht mehr auf, das bloß abgeleitet war. Irgendwann fing sie an, sich mehr um sich selbst zu kümmern als um ihn, ihr eigenes Leben zu führen, beruflich, finanziell, sexuell.

Nicht, dass sie sich nun völlig von ihm abgewandt hätte. Aber sie durchschaute nach und nach die Grenzen, die er nicht überschreiten konnte, seine Überforderung ihrer Entwicklung gegenüber, seine Unfähigkeit, sie neben sich wachsen zu lassen, vielleicht sogar ihre Überlegenheit zu akzeptieren, jedenfalls in manchen Dingen. Viel früher als er hatte sie zum Beispiel erkannt, dass sich ihm mit Green Technologies einmalige Chancen bieten würden, die kriminelle Seite seiner Geschäfte hinter sich zu lassen. Aber als sie ihn vorsichtig in ein Gespräch darüber verwickelte und ihm konkretere Vorschläge machte, reagierte er einmal mehr wie ein Oberlehrer, der seine Lieblingsschülerin abkanzeln muss, um es ihr zu zeigen.

Zugleich war sich Gisèlle immer, auch in diesen nachdenklichen Tagen ihres endgültigen Abschieds, ganz und gar bewusst, wie sehr sie in ihrem Leben von Charles profitiert hatte, in jeder denkbaren Hinsicht. Nein, die Bilanz ihrer ehelichen Beziehung war für sie, nüchtern, fair und aus vernünftiger Distanz betrachtet, vollkommen in Ordnung. Alles in allem. Auch und obwohl Charles sie immer unterschätzte. Bis zuletzt. Und von Anfang an.

*

In Wahrheit hatte Gisèlle Dupont, während Charles sein neues Leben erst plante, mit dem ihren schon begonnen.

Die nachdenklichen Auszeiten auf ihrer Terrasse, die sie sich in diesen Tagen zuweilen gönnte, um in Ruhe über ihr bisheriges Leben nachzudenken, sie waren die Ausnahme, abgerungen einer emsigen, fast hektischen Geschäftigkeit, mit der sie gerade jetzt so viel regelte. Die äußerliche Abschirmung, die sie sich organisiert hatte, brauchte sie im Augenblick am wenigsten für ihre Trauerarbeit nach dem vermeintlichen Tod ihres Mannes. In Wirklichkeit hatte sie umgehend ihre neue Position eingenommen, als Drahtzieherin und Managerin ihrer geschäftlichen Operationen, arbeitete rund um die Uhr daran, nun zu Ende zu führen, was sie schon vor Charles Ausstieg begonnen hatte, hinter seinem

Rücken, ohne dass er es auch nur im Entferntesten ahnte.

Sie hatte alles klug eingefädelt, war überaus diskret vorgegangen, selbst nie persönlich in Erscheinung getreten. Sie benutzte für ihre eigenen Geschäfte einen Strohmann. Unter den Männern ihrer vielen außerehelichen Abenteuer gab es einen, mit dem sie nicht nur Sex haben wollte, den sie einbeziehen wollte in ihr nacheheliches Leben. Er hieß Nikolas Plage. Es war jener braun gebrannte 40-Jährige, der sie zur Beerdigung ihres Mannes begleitet hatte.

Nikolas Plage hatte sich zwischen ihre Schenkel und in ihr Herz geschlichen. Es war ihr immer noch ein Leichtes, sich zu ihrem eigenen Vergnügen Männer ins Bett zu holen. Ihn jedoch empfand sie als selbstlosen Kavalier, der sie um ihrer Lebensklugheit und Liebesfähigkeit willen schätzte, ja bewunderte. Er hatte ihr unaufdringlich, aber in steter Aufmerksamkeit den Hof gemacht, ihr das Gefühl zurückgegeben, in jeder Beziehung begehrenswert zu sein, und ihr vermittelt, dass es ihm nur um sie ging, nie um ihr Geld oder ihren Einfluss. Nie hatte er irgendetwas angenommen oder ausgenützt. Er war erheblich jünger als sie und brachte das Kunststück fertig, dass sie sich mit ihm verjüngte. Es war wirklich so: Wenn sie mit ihm zusammen war und in den Spiegel schaute, sah sie eine jüngere Frau. Und ohnehin: Warum sollte sich eine erfolgreiche und immer noch attraktive 55jährige Frau nicht einen deutlich jüngeren Mann gönnen?

Sie machte ihn, Nikolas Plage, nicht nur zum Kronprinzen unter ihren Liebhabern, sondern auch zu ihrem Strohmann für ihre diskreten Geschäfte, baute ihn hinter Charles' Rücken langsam auf, führte ihn ein in die einschlägigen Netzwerke, übertrug ihm Vollmachten, ließ ihn auf seinen Namen erste Deals durchziehen und eigene Firmen gründen, verhalf ihm zu diversen Gelegenheiten, sich einen gewissen Respekt in der Branche zu verschaffen.

Und dann hatte sich mit den Ausstiegsplänen von Charles ihre große Chance ergeben. Einmal offiziell beerdigt, würde Charles alle seine alten Geschäftsfelder räumen müssen, nie wieder zurückkehren können.

Sie würde ihn beerben, ganz anders jedoch, als Charles sich das hatte vorstellen können. Deshalb willigte sie so umstandslos in seinen Plan ein, seine bisherige Existenz aufzulösen und den Großteil seines Vermögens auch. Aber deshalb verhandelte sie auch so hart um ihre finanzielle Abfindung, feilschte um jeden Euro, pochte auf seine Großzügigkeit. Sie brauchte die Millionen. Für ihre eigenen Absichten.

Und die verwirklichte sie nun.

Dupont hatte seinen Firmenkomplex fast kunstvoll zu einem höchst verschachtelten Gebilde zusammengebaut, um Profite aus allen Quellen und Flüssen abschöpfen zu können, den ober- wie unterirdischen, den sichtbaren wie den verschwiegenen. Mit den beträchtlichen Krediten, die sie sich mit Charles' großzügigem Trostgeld leicht besorgen konnte, ließ sie ihren Strohmann einen guten Teil dieser für Außenstehende undurchschaubaren Konstruktion aufkaufen. Den profitabelsten Teil. Genau jenen Teil, hinter dem sich das Syndikat ihres Ex-Mannes versteckte. Und sie kaufte sich in seine Zukunftsprojekte ein, in diese vollautomatische, biotechnologische Fischfabrik zum Beispiel, die in der Pfalz bereits so erfolgreich produzierte. Auch die Idee zu diesem Projekt stammte ursprünglich von ihr, hatte sie Charles in einem günstigen Moment eingeflüstert, sodass er am Ende überzeugt war, er selbst sei darauf gekommen und habe alles höchstpersönlich entschieden. Diese Investitionen, darin war sich Gisèlle sicher, waren gut angelegt und würden ihrem neuen Leben mit Nikolas eine nachhaltige finanzielle Lebensgrundlage schaffen.

Sie war mit ihrem Liebhaber gerade in ihrem Schlafzimmer zusammen, um sich einen Vorschuss auf die Verlockungen ihr künftiges Daseins zu gönnen, als das Telefon klingelte. Ihr Ex-Mann. Sie wand sich aus Nikolas' Armen, spürte, wie seine Hände über ihren Rücken glitten, hörte Charles' Stimme, die schon entfernt klang, obwohl er noch nicht weit weg sein konnte.

„Ich wollte mich bei dir noch einmal bedanken. Ein letztes Mal. Für alles. Du weißt schon, wie ich das meine", hörte sie ihn sagen. „Auch für deine Fairness am Schluss, vor allem Chantal gegenüber. Das ist nicht selbstverständlich. Du bist eine großartige Frau. Wer weiß das besser als ich. Vielleicht hätte ich dich anders lieben können, wenn ich dich erst jetzt kennengelernt hätte. Vielleicht hättest du damals auf dem Flughafen lieber einen anderen durch den Kakao ziehen sollen … ". Er unterbrach sich kurz, als müsste er eine sentimentale Anwandlung unterdrücken. „Ich wünsche dir jedenfalls mindestens so viel Glück, wie ich es mir selbst nun gönne." Er werde Chantal am nächsten Abend auf seiner Yacht im Hafen von Saint Philibert treffen. Sie würden einfach davonsegeln. „Dann wird Charles Dupont völlig verschwunden sein hinter dem Horizont."

Es hörte sich an wie das Rauschen von Wind und Wellen, als Charles auflegte. Und Gisèlle konnte nicht anders, als es ihrem Liebhaber weiterzuerzählen. Sie hoffte, ihm mit der Nachricht vom endgültigen Verschwinden ihres scheintoten Ehemanns eine Freude zu machen. Und zugleich suchte sie einen kleinen Trost in der Wehmut dieses Augenblicks. Sie presste sich an ihn, umklammerte ihn, als müsse sie ertrinken, legte sich seine Hände um den Hals, wälzte sich auf seine Haut, seine Muskeln und Sehnen, entfesselte seine Kraft, erstickte fast an seinem Körper. Als sie sich von ihm löste, fühlte sie sich, als sei sie frei und ganz sie selbst. Sie bettete ihren Kopf in die Mulde zwischen seinen Lenden, ertastete mit den Fingerspitzen seine Lippen, zeichnete seine Wangen nach. Was sie nicht wusste, nicht einmal ahnte, der Mann, dessen Duft sie gerade einatmete, war ihr aller Tod.

*

Schon in dem Moment, als Gisèlle den Big Deal vollzogen und nach Charles' Beerdigung alle Vollmachten für ihn unterschrieben hatte, meldete Nikolas Plage Vollzug. Meldete, während er sich noch in Gisèlles warmen Bettlaken räkelte, dass er Duponts Laden übernommen habe. Meldete, er sei jetzt der Herr hier, in diesem europäischen Revier. Und dass er nun nur noch den Rest erledigen werde, Aufräumarbeiten, wie er sagte. Er meldete den Vollzug an seine Bosse, die Auftraggeber auf der anderen Seite des Globus, an jenes mexikanische Syndikat, das es auf Charles europäisches Imperium abgesehen und ihm schon zu Lebzeiten so zugesetzt hatte.

Es war ein Verrat, wie er übler, gemeiner, hinterhältiger nicht hätte begangen werden können.

Plage kündigte, als die feuchten Spuren Gisèlles noch an ihm klebten, seinen mexikanischen Bossen an, dass der ehemals in der europäischen Wirtschaftskriminalität so mächtige Charles Dupont samt seiner Frau Gisèlle, über all die Jahre die dominierenden Beherrscher der Dunkelseite in der Lebensmittelbranche, bald endgültig aus dem Weg geräumt seien.

Er brauchte diese Erfolgsmeldung auch dringend, um seine Reputation wieder herzustellen. Das mexikanische Syndikat hatte ihm diesen Job, die Duponts und ihre Geschäfte in Europa zu übernehmen, als Test für höhere Aufgaben anvertraut. Aber er hatte ihn zunächst versaut, obwohl er ihn so raffiniert eingefädelt hatte. Nicht was Gisèlle Dupont betraf. Mit ihr lief alles perfekt, nachdem er sich bei ihr mit so viel Hingabe und persönlicher Opferbereitschaft in Stellung gebracht hatte. Aber was ihren ja viel wichtigeren Mann anging, Charles Dupont, war sein ausgefuchster Plan zunächst völlig danebengegangen. Und er wusste nicht einmal, warum.

Aus seiner Nähe zu Gisèlle hatte er mit angesehen, wie all die Attacken seiner Bosse und der übrigen Konkurrenz Charles Duponts Macht langsam zerbröselten, wie er schwächer wurde, wie er begann, sich aus seinen illegalen Geschäften zurückzuziehen und wie er versuchte, sich eine gesellschaftliche Existenz als Ehrenmann und Mäzen aufzubauen, sich aus der Schusslinie in die Bretagne zurückzuziehen und mit seinen Goodwill-Aktivitäten beim bretonischen Establishment anzubiedern. Und er hatte erkannt, wie wenig das bringt.

Er suchte deshalb andere Verbindungen, Verbündete, die ihm ohnehin näher lagen. Und so hatte er seine mexikanischen Auftraggeber davon überzeugt, dass es sich lohnen würde, unter der Hand viel Geld in den militanten Flügel der bretonischen Rotmützen zu investieren, um aufwändige Streiks und Aktionen zu finanzieren und sich damit enormes Einflusspotenzial zu sichern. Und er hatte dafür gesorgt, dass Charles Dupont in dieser Szene als Pariser Imperialist galt, der mit allen Mitteln bekämpft werden musste. Er war es, der die Rotmützen-Aktivisten so gezielt gegen Dupont aufhetzte, dass er zur Hassfigur, zur personalisierten Projektionsfläche ihres Befreiungskampfes wurde, dass man ihn immer wieder bedrohte und schikanierte. Und schließlich sorgte er dafür, dass Duponts Name seitens der Rotmützen-Terroristen auf die berüchtigte Todesliste gesetzt wurde, die in der europäischen Terroristenszene kursierte. Wer auf dieser Liste stand, war vogelfrei. Es musste sich nur jemand finden, der das Urteil vollstreckte.

Nikolas Plage war gewillt, diesen jemand ausfindig zu machen. Er hörte sich um und erfuhr von einem Typen, der aus Deutschland verschwinden musste, weil er eine Verräterin an seiner heiligen Sache liquidiert hatte und deshalb zur Fahndung ausgeschrieben war. Ihm Unterschlupf zu gewähren, übernahm man in der Bretagne gerne, Freundschaftsdienste dieser Art waren auf der ganzen Welt Ehrensache im sonst eher losen Verbindungsnetz selbst ernannter Freiheitskrieger. Wer suchte schon so schnell einen deutschen Ökoterroristen bei militanten Rotmützen in der Bretagne oder bei Dschihadisten in Syrien oder, oder, oder. Gleichsam als Gegenleistung übernahm dieser Typ, der sich Sven nannte, die Sache mit Charles Dupont.

Sie schien einfach zu bewerkstelligen, diese Sache. Man schleuste ihn als Aushilfskraft bei dem Feinkostlieferanten ein, der das „La Mer“ in St. Philibert belieferte und zu dessen Spezialität es gehörte, Nobelrestaurants mit fangfrischer Dorade zu versorgen, ein Lieferant ironischerweise, der, ohne es selbst zu wissen, zum Lebensmittelkonzern eines gewissen Charles Dupont gehörte. Nikolas Plage wusste, das Dupont dort regelmäßig verkehrte und Dorade zu seinen Standardgerichten gehörte. Es war für diesen Sven ein Leichtes, sich Zugang zur Küche und zu den Kellner-Utensilien zu verschaffen, um die Lieblingsspeise Duponts mit einer tödlichen Dosis zu versehen. Für die Polizei sollte es so aussehen, als könne nur der Ober für das Giftattentat verantwortlich sein.

Aber dann misslang der Anschlag völlig. Aus unerfindlichen Gründen riss der Ober ausgerechnet Duponts Teller vom Tisch, während die sicherheitshalber ebenfalls vergiftete zweite Dorade einer völlig unbeteiligten Dame am Nachbartisch einen qualvollen Tod bereitete.

Plage fühlte sich alles andere als wohl in seiner Haut, als er diesen Fehlschlag nach Mexico berichtete. Niemand wollte diese Nachricht entgegennehmen, keiner wollte sie Tico überbringen. Niemand konnte sich sicher sein, wie „El Austin", der Angstmacher, reagieren würde, wenn er hörte, dass wieder einmal ein Attentat auf Charles Dupont gescheitert war. Er musste es ihm selbst mitteilen. Und Tico wurde böse. Auch wenn er vorerst Gnade walten ließ.

Ein zweites Mal konnte sich Nikolas Plage ein solches Fiasko nicht leisten. Da half ihm der Zufall auf die Sprünge. Gisèlle machte ihm tatsächlich eine Riesenfreude, als sie ihm erzählte, wann und wo sich Dupont mit seiner Freundin treffen wollte, um sich endgültig in die Karibik abzusetzen. Nur ganz anders als sie dachte. Noch in der Nacht fuhr er nach St. Philibert, informierte Friese und beorderte ihn vor Ort. Sie überwachten den Hafen, entdeckten Dupont im Morgengrauen auf dem Weg zu seiner Yacht, günstigerweise noch allein, ohne Chantal. Sie überwältigten und folterten ihn in seinem eigenen Boot, um letzte Geschäftsgeheimnisse aus ihm herauszupressen. Dann überließ Plage ihn Sven Friese, dem Todbringer aus Deutschland, der seine Opfer so gern erdrosselte. Sie steuerten Duponts Yacht auf die See hinaus und kippten seine Leiche über Bord.

*

Gisèlle Dupont erfuhr es aus den Abendnachrichten. Sie schüttelte ungläubig den Kopf, als wolle sie sich weigern, zur Kenntnis zu nehmen, was geschehen war. In ihr Bewusstsein drang Charles' furchtbares Ende erst, als der Nachrichtensprecher von höchst ominösen Umständen sprach und mitteilte, man habe Duponts Grab geöffnet und herausgefunden, dass sein Tod zuvor nur vorgetäuscht worden war. Ein heftiges Körperbeben erschütterte sie, sie zitterte am ganzen Leib, wollte in einem ersten Reflex hinausrennen in den Garten, den Park, und sich zwischen den Büschen verstecken. Doch sie fasste sich, zwang ihren Impuls unter das Kommando ihres Verstands und bereitete sich vor.

Noch am selben Tag kamen sie zu ihr. Ein junger Staatsanwalt, begleitet von mehreren Polizisten. Sie unterzogen sie einem scharfen, einem eindringlichen Verhör. Was es mit dieser offensichtlich nur inszenierten Trauerfeier auf sich gehabt habe, fragten sie immer wieder. Sie sei doch die Vertraute ihres Mannes gewesen, müsse doch mehr wissen, als sie immer behaupte. Sie sei doch wohl eingeweiht gewesen in dessen Scheintod. Es sei doch gar nicht möglich, dass sie von all den Vorbereitungen für einen solchen Abgang nichts bemerkt habe. Ob sie seine Pläne danach gekannt, wann sich ihr Mann bei ihr zum letzten Mal gemeldet habe. Ob sie wirklich keinerlei Lebenszeichen mehr von ihm erhalten habe. Ob sie die Frau kenne, in deren Begleitung er in St. Philibert zuletzt gesehen worden sei. Wer ein Interesse daran gehabt haben könnte, ihn so zuzurichten und zu ermorden. Und so weiter und so fort.

Sie spielte die schockierte, aber ahnungslose Witwe so perfekt, wie sie die Vorstellung schon von Anfang an gegeben hatte. Und sie hielt durch bis zum Ende.

Als die Beamten endlich gegangen waren, kroch sie in ihr Bett, zog sich unter der Decke zusammen wie ein Embryo. Charles ermordet. Der kluge Charles, dem niemand das Wasser reichen konnte, der jede Gefahr witterte und sich dagegen wappnete, der jedem Gegner überlegen war. Gefoltert und ermordet. Eine unklare Ahnung beschlich sie, auch sie könne etwas falsch gemacht haben. Angst kroch in ihr hoch und ihr wurde kalt. Sie rief Nikolas an und erreichte ihn nach einer Weile in seiner Wohnung draußen in einem jener schicken Pariser Vororte, in denen sich neureiche Aufsteiger Betongold zulegen.

„Ich fahr zu dir."

„Ja, komm schnell."

Auf dem Weg zu ihm blendete sie im Tunnel ein fremdes Auto, wechselte plötzlich die Spur, kam ihr frontal entgegen. Sie riss das Steuer herum, prallte gegen einen Betonpfeiler. Ihr Genick knickte, ehe noch ein letzter Gedanke ihr Hirn hätte durchzucken können. Er hätte nichts bedeutet.

Kapitel acht

Die letzte Dorade

Eineinhalb Jahre später. Vielleicht gerade jetzt. In diesem Augenblick.

Diesmal treffen sich die beiden Freunde nicht auf halbem Wege. Sondern in Paris. Paul hat Leonhard dazu bewegt. Weil es ihm nicht aus dem Kopf ging, auf dem Friedhof Montparnasse nach dem Grab Charles Duponts zu suchen. Dort musste er liegen, ein zweites Mal begraben, leibhaftig und wirklich tot. Mordopfer von Sven Friese. Wie Charlotte.

Sie haben sich in der Nähe der Place de la Republique einquartiert. Für ein verlängertes Wochenende. In einem billigen kleinen Hotel. Wie zu früheren Zeiten. Fast wäre ihr Taxifahrer daran vorbeigefahren, als er sie vom Flughafen in die Rue de Turbigo brachte. Von außen sah es aus wie ein Möbellager. Hinter den Fensterfassaden endlose Stapel von Stühlen, folienverpackte Kartons und Kisten, Berge eingeschweißter Kissen. Doch laut Buchungsbestätigung mussten sie hier richtig sein. Auf den zweiten Blick erkennen sie einen schmalen Gang, der von der Eingangstür in das Innere führt. Hinten hat sich gegen alle Bedrängnis gelagerten Materials ein schmaler Platz behauptet, vor einer bescheidenen Rezeption, an der sie der Portier herzlich empfängt und sich so wortreich wie charmant entschuldigt: Man stecke mitten in Renovierungen, aber danach werde für die Gäste alles noch viel komfortabler sein als schon jetzt. Sie zwängen sich in den Fahrstuhl.

Auch ihre Zimmer im dritten Stock sind beengt, aber hohe, lichte Fenster und ein kleiner Balkon zur Straßenseite hin lassen Weite hinein. Wenn Leonhard hinaustritt und sich über den Balkon lehnt, kann er hinüberblicken zu Marianne, der imposanten Dame, die erhobenen Arms den Platz der Republik beherrscht und ihre Siegespalme ebenso hochhält wie Liberté, Égalité und Fraternité. Auf der Straßenseite gegenüber die typische Pariser Häuserfront, die so viel Eleganz und Leichtigkeit verströmt. Sechs Etagen hoch pure Urbanität, klassizistisch verziert, Fenster, die bis zum Boden reichen, vorgesetzte Austritte und Balkongeländer, kunstvoll schmiedeeisern, und obendrauf, eine Welt für sich, das ausgebaute Dach, zimmerhohe Gauben unter Zink und Blech. Lautsprechergedröhn dringt vom Platz der Republik zu Leonhard herüber, von Musikfetzen durchsetzt, Polizeiwagen setzen sich in Bewegung, dahinter schwanken Spruchbänder und Plakate.

Ein Demonstrationszug macht sich auf den Weg, Linke offenbar, Gewerkschafter, Kommunisten, ein paar Grüne, alle aufrechten Gangs, alle enttäuscht von ihrem sozialistischen Präsidenten. Der kleine Haufen, fast mehr Ordnungshüter als Demonstranten, kommt die Rue de Turbigo herauf. Marianne schaut ihnen nach, ihr Gesicht verborgen im Schatten ihrer phrygischen Mütze mit dem nach vorne weisenden Zipfel, ein Missverständnis, das die Jakobiner ihr aufgesetzt haben und sich selbst, in den Tagen der Revolution. Die Jakobiner, die irrtümlich wähnten, diese Mütze sei in der Antike von befreiten Sklaven getragen worden, die dachten, sie stehe dafür, dass der Mensch die Herrschaft von Menschen über Menschen abschütteln könne wie ein Rind sein Joch. Dabei entsprang diese sehr spezielle Art der Kopfbedeckung dem gegerbten Hodensack eines Stiers und dem nicht weniger irrtümlichen Glauben, dessen Manneskraft auf sich selbst übertragen zu können. Also, denkt Leonhard bei sich, hat die arme Marianne ein Missverständnis auf dem Kopf, eine schlafmützige Zipfelmütze, so wie der deutsche Michel und sein Gartenzwerg. Und der Senat der Vereinigten Staaten von Amerika, der hat sie sogar in sein Siegel gesetzt.

Er schaut den Demonstranten eine Weile von oben zu, so wie Marianne von der anderen Seite, die schöne Marianne, über Jahrhunderte bloß ein französischer Allerweltsmädchenname, seit den Tagen der Revolution aber das Symbol aller republikanischen Errungenschaften, die schöne Marianne, immer neu erfunden, immer neu erschaffen nach dem Vorbild der Schönen aus dem französischen Volk, Brigitte Bardot, Catherine Deneuve, Mireille Mathieu, Laetitia Casta, Sophie Marceau. Leonhard dreht sich um und ruft in das Zimmer hinein. Aber Paul versteht ihn nicht.

„Ich habe gesagt, hier hat man das Gefühl, als sei das Politische ein Teil der alltäglichen Lebenskultur, die ihren eigenen Wert hat. So wie Kunst oder gutes Essen."

Paul sitzt auf dem Bett und kämpft mit Leonhards Tablet. Er hat es sich ausgeliehen, um auf dem Belegungsplan des Friedhofs Montparnasse das Grab Duponts herauszufinden. Seit Charlottes Ermordung besucht er auf dem heimischen Friedhof zwei Gräber, hält Zwiesprache mit seinen toten Frauen. Und immer wieder stieg dabei das Verlangen in ihm auf, auch das von Dupont zu sehen. Er hatte inzwischen all die absurden Umstände in Erfahrung gebracht, die dessen Tod begleiteten, auch dass er sich zunächst nur zum Schein hatte beisetzen lassen. Paul war sich sicher, dass Dupont auf dem Friedhof Montparnasse ein zweites Mal beerdigt worden war. Er geht die Gräberliste mit allen Namen durch, so viele Berühmtheiten darunter: Schauspieler, Politiker, Intellektuelle, Schriftsteller, von A wie Raymond Aron und B wie Samuel Beckett bis Z wie Ossip Zadkine.

„Sieh mal, hier ist es. Es muss direkt neben dem Grabmal für die vier Sergents de La Rochelle sein, hier hinten, nicht weit von dieser alten Mühle, der Moulin de la Charité."

*

Sie ziehen sofort los, nehmen die Metro zum Boulevard Edgar Quinet.

„Du hast Recht", sagt Paul unvermittelt und blickt hinaus ins Tunnelschwarz, das an ihnen vorüberzieht.

„Ach, womit denn so plötzlich?"

„Mit der selbstverständlichen Wertschätzung der politischen Kultur hierzulande. Kennst du eigentlich die Geschichte der vier Sergeanten von La Rochelle?"

„Um ehrlich zu sein, nicht so genau. Waren das nicht irgendwelche Revolutionshelden?"

„So ähnlich. Es war eines der aufwühlendsten und tragischsten Ereignisse in der Zeit der Restauration, nach Napoleons Waterloo, als in Europa die Kaiser und Könige wieder das Sagen hatten und in Paris Ludwig XVIII. fast wieder so herrschte wie anno dazumal. Fast. Denn der Freiheitsgedanke war nicht mehr zu unterdrücken, vor allem nicht in Frankreich, und verbreitete sich über den Geheimbund der Carbonari bis hinein ins Militär."

„Moment mal“, unterbricht Paul sich selbst und grinst. „Das haben wir doch gleich, ich brauche dafür nur mal kurz dein mobiles Wissen der Welt. Dann kann ich dir sogar sagen, wie sie geheißen haben, die vier.“

Paul schnappt sich Leonhards Tablet, es leuchtet auf, Paul wischt mit seinem Zeigefiger darauf herum, wischt und tippt, tippt und wischt. Dann ist der Bildschirm schwarz.

„Mist.“ Aber Paul gibt nicht auf.

„Hier ist es, hier, ich hab’s. Also ... Speziell das 45. Infanterieregiment in Paris war von republikanischen Unruhestiftern infiziert. Jean-Francois Bories, Jean-Joseph Pommier, Marius-Claude Goubin und Charles Raoulx, das waren sie, alles junge Leute zwischen 20 und 26 Jahren. Sie wollten ihn einfach nicht mehr hochleben lassen, diesen König. Also verlegte man das ganze Regiment weit weg an die Atlantikküste in die kleine Festung La Rochelle. Aber natürlich gaben sie auch dort keine Ruhe, planten einen Aufstand, wurden verraten, in einem Schauprozess zum Tode verurteilt und als Schwerverbrecher am 21. September 1822 mit dem Fallbeil hingerichtet.“

„Und das nennst du politische Kultur?“

„Das nicht“, antwortet Paul, „aber die Geschichte ist noch nicht zu Ende. Natürlich war die Revolution auf Dauer nicht mehr aufzuhalten. Und schon 1830, nach seinem abermaligen Sieg, ehrte das französische Volk die vier Sergeanten von La Rochelle auf dem Friedhof von Montparnasse mit einer Säule, als unsterbliche Märtyrer der Freiheit und als leuchtende Helden ihrer republikanisch demokratischen Tradition.

Zehn Jahre später errichteten sie über ihren Gräbern an der Allée des Sergents de La Rochelle ein Denkmal."

„Chapeau, das ist ein würdiger Umgang mit Menschen, die ihr Leben für Freiheit und Demokratie geopfert haben. Vor allem, wenn man bedenkt, wie wir in Deutschland umgehen mit unseren Helden aus dieser Zeit. Ich denke natürlich an unseren Friedrich Hecker und seine Glanztaten im Badischen ... "

„ ... auch das Wissen um den edlen Hecker hat man ein ganzes Jahrhundert lang unterdrückt. Der Kaiser wollte sowieso nichts davon wissen, erst recht nicht die Nazis. Erst die Amerikaner haben ihm 1946 in seinem Geburtshaus in Eichtersheim eine Gedenktafel angebracht."

„Unser Hecker konnte wenigstens abhauen in die USA, jemand wie Weidig blieb nur die Flucht in den Tod."

„Weidig?"

„Ja, Weidig. Hab gerade über ihn gelesen. Friedrich Ludwig Weidig. Ein überaus gebildeter Mensch, Freund Georg Büchners, Rektor der Stadtschule in Butzbach. Er war einer der Anstifter des Frankfurter Wachensturms von 1833. Auch ihn hat man verraten, in Darmstadt eingesperrt und so lange gefoltert und gequält, bis er sich in seinem Kerker die Adern aufgeschnitten hat. Auch den kennt kaum noch einer in Deutschland, geschweige denn, man hätte ihm auf einem Berliner Friedhof ein Ehrenmal gesetzt."

Da sind sie sich ganz und gar einig, die Freunde, und umgehend schmettern sie ein dreifaches Hecker-Hoch in die Pariser Luft, auf Rektor Weidig aus Butzbach.

Ein steinerner Engel mit weit ausgebreiteten Flügeln über buntblumenbeetgeschmücktem Inselrund weist ihnen den Weg in die Allée des Sergents de La Rochelle, vorbei an der Grabplatte Philipe Noirets, die sein bronzener Dackel regungslos bewacht und ewig treu. Ergriffen halten sie vor dem Denkmal für die tapferen Sergeanten inne, entziffern die Namen, schauen sich um. Schräg gegenüber liegt ein neues Grab, schlichter weißer Marmor, mit einer roten Nelke frisch geschmückt. Das könnte es sein, das Grab Duponts. Die Inschrift ist überaus dezent eingraviert, kaum zu erkennen. Doch ein kleines Schild davor öffnet ihnen die Augen: Georges Wolinski, 1934–2015. Es ist nicht Dupont. Es ist Charlie Hebdo. Nein, auch nicht Charlie Hebdo. Denn Charlie lebt ja noch, lebt millionenfach weiter, alle sind Charlie in diesen Zeiten. Georges Wolinski ist es, der hier liegt, den sie erschossen haben im Namen ihrer gerechten Sache, einen alten Mann von 81 Jahren, mit hoher Stirn und weißen Haaren, der zeichnete und schrieb. Ein Terroristen-Opfer wie Charlotte. Und möglicherweise wie Dupont.

Wie traurig, wie absurd. Bestürzt stehen Leonhard und Paul vor diesem Grab. Fast vergessen sie weiter Ausschau zu halten nach Duponts Grabstein, wenden sich schon ab, um zu gehen. Da fällt ihr Blick auf eine junge Frau, nur ein paar Schritte entfernt, eine sommerweizenblonde Frau mit zärtlichen Händen, an deren Fingerspitzen die zartrot lackierten Nägel zu sitzen scheinen wie Knospen im Frühling. Mit liebevoller Geste legt sie eine rote Rose nieder auf hellen Stein, der sein Grab so schlicht bedeckt wie nebenan Wolinskis. Sie kommen mit ihr ins Gespräch. Ja, sagt sie, das sei Duponts Grab. Ja, sie habe ihn gekannt, sagt sie, sie kümmere sich um dieses Grab. Leonhard und Paul sehen sie an, diese Frau mit ihren zärtlichen Händen, die dafür sorgt, dass Duponts zermarterter Körper hier ruht, seinem Wunsch entsprechend. Und dass dieses Grab nicht verwildert wie die Umstände, unter denen er zu Tode kam. Nun liegt er hier begraben, kein Hund.

Die blonde Frau dreht sich abrupt um und geht. Sie sehen ihr hinterher, sehen ihren geraden Rücken zwischen marmornen Engeln und behauenen Steinen verschwinden. Chantals Tränen sehen sie nicht.

Eine Weile noch verharren die beiden Freunde an den Gräbern, atmen die Stille des Friedhofs ein, ehe sie den Weg zum Ausgang suchen, in Gedanken versunken. Hätten sie gewusst, wer sie hier erwartet, hätten sie Georges Wolinski eine Blume mitgebracht. Stumm sagen sie den Toten Adieu, den Sergeanten von La Rochelle, Wolinski, Dupont und all den anderen.

*

Eine überfüllte Metro, in der es nach Motorenöl, Schweiß und aufdringlichen Parfums riecht, nimmt sie mit zum Montmartre. Doch die seltsamen Begegnungen auf dem Friedhof von Montparnasse gehen ihnen nicht aus dem Sinn. Und Paul wird von Erinnerungen eingeholt an Charlottes Martyrium. Er versucht, sich abzulenken.

„Eigentlich hätte man Wolinski auf dieser Seite der Seine begraben müssen."

„Warum das, Paolo?"

„Wir sind gleich auf dem Mons Martyrum. Ich glaube, es war ein Abt, der den Berg einmal so bezeichnet hat. Warte."

Paul nestelt zu Leonhards Verblüffung ein schickes nagelneues Smartphone aus seiner abgewetzten ledernen Umhängetasche, tippt darauf herum und meldet mit einem Anflug von Siegerlächeln:

„Der Abt Hilduin von St. Denis, ein Franke, hat den Hügel so bezeichnet. Hör zu. Der erste Bischof von Paris, Dionysius, soll hier, nachdem der Scharfrichter sein Werk an ihm vollbracht hatte, sein abgeschlagenes Haupt aufgehoben, das Blut abgewaschen und mit dem Kopf unter dem Arm sechs Kilometer weit bis zur Stelle gegangen sein, an der er begraben werden wollte. Heute steht dort die Kirche St. Denis."

„Ich bin beeindruckt. Eine beachtliche Leistung. Kein Wunder, dass die Pariser ihn zu ihrem Stadtheiligen erkoren haben."

„Aber vor allem, welch wunderliche Verkettung von Umständen. Den wackeren Dionys hatte Papst Fabianus zum Missionieren hierher beordert. Fabianus wiederum war der direkte Vorgänger von Papst Cornelius, dem heiligen Cornély, den man in der Nähe von St. Philibert massakrierte und den sie dafür bis heute in der Bretagne verehren. In Carnac hat man ihm die Kirche gewidmet. Dort wo Dupont seine eigene Leichenfeier inszenierte. Ist das nicht seltsam? Ich bin bei meinen Recherchen zu seinem Tod darauf gestoßen."

Eigentlich waren sie nicht auf den Montmartre gefahren, um weiteren Martyrien nachzuhängen, sondern um sich in den Bars rund um die Place Pigalle herumzutreiben. Und sich ein bisschen wie Künstler zu fühlen. Oder wie Philosophen. Wie einst Émile Zola, Paul Gauguin und Henri Toulouse-Lautrec. Und wie heute Touristen aus aller Welt.

Paul räsoniert vor sich hin: „Eine Welt, die Märtyrer braucht, ist eine missratene Welt.“

„Ich widerspreche nicht, Paul. Und Märtyrer, die auf Heldentum aus sind, sind ebenfalls missraten.“

„Aber welch ein Wahnsinn, wenn jemand sein Leben lang angeht gegen Märtyrerkult und selber als Märtyrer endet.“

Auch in der schummrigen Bar in einer Seitenstraße des Boulevards de Clichy kommen sie von den Gräbern Wolinskis und Duponts nicht los. Nach allem, was sie mittlerweile wissen über Dupont, aus den Zeitungen und aus dem Netz, muss er ein Schurke erster Güte gewesen sein, aber auch ein charismatischer Charmeur. Und er hätte ohne diese Charakterzüge wohl niemals solch gigantische Erfolge einstreichen können. Im Wirtschaftsleben wie bei den Frauen.

„Kohle ohne Ende muss der hinterlassen haben. Was schätzt du, Leonardo, wie viele Jaguars hatte Charles Dupont in seinem Stall stehen?“

„Du irrst, Paul, wenn du das Eigentum an einem Jaguar für die Maßeinheit ökonomischen Erfolgs hältst. Vermutlich waren Luxusautos nur Peanuts für einen wie Dupont.”

Während die zwei weiterplaudern, über Dupont und über die sommerweizenblonde Frau an seinem Grab, während sie spekulieren, phantasieren, fabulieren, nehmen sie den älteren Herrn kaum wahr, der nebenan vor seinem Weinglas sitzt. In dessen Ohren jedoch hallen ihre Worte wider wie die Klänge der Kirchturmglocken von Carnac, und, als der Name Charles Dupont fällt, zuckt er unmerklich zusammen. In einer Gesprächspause wendet er sich ihnen zu.

„Entschuldigen Sie". Er spricht in völlig akzentfreiem Deutsch. „Ich möchte Sie keinesfalls stören. Aber ich habe gerade mitbekommen, dass Sie die Bretagne besonders gut kennen. Ich habe dort eine Zeit lang gelebt."

„Kennen?", grummelt Paul zurück. „Eigentlich gar nicht. Wir haben uns nur mit einem speziellen Mordfall beschäftigt, der sich an der bretonischen Küste zugetragen hat und der in einem rätselhaften Zusammenhang mit einem Mord in Deutschland steht. Aber das würde jetzt zu weit führen ... "

„Wenn Sie erlauben, Jürgen Schmitt", stellt sich der Fremde förmlich vor.

„Leonhard Ross."

„Paul Wiesensee."

Es macht ihnen Spaß, mit ihm zu reden, diesem Herrn Schmitt aus Deutschland, der sich so gut auskennt in der Bretagne. Offenbar hat er viel erlebt, nicht nur in Frankreich. Er wirkt weltgewandt, ausnehmend gebildet. Und lebhaft, ausgesprochen frisch, jungenhaft, trotz seines Alters, das nicht allzu weit weg sein kann von ihrem. Der Gesprächsfaden hält, reißt nicht, sie kommen von diesem auf jenes, von jenem auf das nächste. Und irgendwann auf ihre letzte journalistische Recherche im Milieu der Lebensmittelmafia und der Öko-Hisbollahs. Der Mann hört aufmerksam zu, als von ihren bedrohlichen, ja lebensgefährlichen Erlebnissen die Rede ist. Und davon, dass sie sich künftig darauf beschränken wollen, Krimis zu schreiben, rein fiktiv.

Abend und Alkoholkonsum, sie schreiten fort, Hand in Hand, nehmen ihren Lauf, gewinnen an Fahrt wie ihr Gespräch. Herrn Schmitt gefällt die Idee mit den Krimis. Er deutet an, dass er sie vielleicht unterstützen könnte.

„Möglicherweise könnte ich Ihnen behilflich sein. Mit Anregungen oder sogar mit Stoff aus der realen Welt. Ich selber lese zwar keine Krimis, oder nur ganz selten, allerdings sind mir kriminelle Kreise nicht ganz fremd, sozusagen von Berufs wegen. Aber pardon, Sie wollen sich ja nur noch in der Welt der Phantasie bewegen ... “.

„Nein, nein, das klingt reizend, Ihr Angebot, merci”, nimmt Paul dankend an.

Und Leonhard fügt etwas unvermittelt hinzu: „Die Gedanken sind frei, freier als wir selbst.”

Darauf stoßen sie an.

„Wir lesen auch keine Krimis. Aber wir haben gute Gründe, welche zu schreiben”, nimmt Paul den Faden wieder auf. „Darf man etwas über den Erfahrungshintergrund erfahren, der Sie so vertraut macht mit dem Bösen in der Welt?”

„Das Leben hat mich dahin geführt”, sagt Herr Schmitt. „Ich war einmal Bäcker und einmal Jurist.“ Und er erzählt ihnen so einiges aus seinem Leben, der Herr Schmitt, und so einiges lässt er weg. Den aktuellen Stand seines Daseins, sagt er, kenne er selbst nicht immer ganz genau. Manchmal bilde er sich sogar ein, er habe mehrere Leben.

Später stellt sich heraus, dass der kultivierte Herr Schmitt schon Blumen auf Heinrich Heines Grab niedergelegt hat, so wie es die beiden Freunde immer tun auf dem Montmartre in Paris. Von den hübsch zurechtgemachten, fröhlichen

Damen am Nebentisch, denen sie an einem anderen Abend ganz sicher mehr als einen Blick gewidmet hätten, nehmen sie keine Notiz. Paul bestellt noch drei Cognacs.

Als sie auseinandergehen, klopfen sie sich auf die Schultern, versprechen sich, in Kontakt zu bleiben, tauschen Visitenkarten und geben sich die Hand.

„Wenn ihr beide wüsstet, wie nah wir uns schon längst vor diesem Abend gekommen sind", denkt Albert, als er Leonhard und Paul nachsieht. Zugleich freut er sich über diese neue Verbindung, die noch einiges zu versprechen scheint. Und darüber, dass sein Einsatz in St. Philibert ein Nachspiel hat. Er wird diesen Sven Friese nicht davonkommen lassen.

*

„Riecht nach Detektiv oder so was ähnlichem. Staatsanwalt vielleicht", sagt Paul. Sie finden ihn jedenfalls sympathisch, den Herrn Schmitt, und ziehen weiter in die nächste Bar.

Stunden nach Mitternacht, draußen graut schon der Morgen, verspüren sie Hunger, heuern einen Taxifahrer an, der sie vor einem Lokal in der Nähe der Bastille abliefert. In dem grell erleuchteten Etablissement herrscht Hochbetrieb, hat eine buntscheckige Gesellschaft aufgeschlagen, Paare in Smoking und Abendkleid, Freaks, ewige Studenten in ausgefransten Jeans, junge Pärchen, die sich gerade in der Disco entdeckt haben und vielleicht noch Paare werden in dieser Nacht, Touristen, die nicht in ihre Hotelbetten finden, weil sie die Nächte ihrer Pariser Tage auskosten wollen, bunte Paradiesvögel und brave Nachtschwärmer, die ihre Biederkeit nicht loswerden, auch nicht um diese Zeit. Was sie alle zusammenführt, in der dämmernden Frühe dieses Morgens, und was sie hier alle vereint, ist der Drang, ihrem Appetit zu frönen und das Fortschreiten der Zeit hinauszuzögern. Bei Leber mit Sorbet von Salzkaramell, Carpaccio vom Bresse Täubchen, Husumer Lammrücken. Eine Live-Band intoniert Melodien im Stil von James Last. Die Speisekarte können sie noch lesen, die beiden Freunde, aber allzu beobachtungsfähig sind sie nicht mehr.

„Leonardo, lass uns eine Dorade bestellen, es wird uns schon keiner vergiften.“

Als die Fische vor ihnen auf dem Tisch landen, duften sie nach Thymian, Rosmarin und Wacholder, von einem Hauch Knoblauch umweht, ein Fest für ihre Sinne, bevor sie vollends entschweben in alkoholische Sphären.

Vielleicht essen sie etwas zu hastig. Vielleicht reden sie sich selbst einmal mehr in Rage. Plötzlich fängt Paul an zu husten.

„Paul, du musst nicht alles schlucken, was dir querkommt", lästert Leonhard. „Spuck es aus."

Doch Paul hustet und hustet, hört gar nicht auf damit, greift sich an den Hals, steigert sich immer weiter hinein in dieses Husten, vielleicht steckt in seinem Hals etwas, vielleicht eine Gräte, vielleicht ist etwas mit diesem Fisch. Erschrocken springt Leonhard auf, klopft seinem Freund auf den Rücken, klopft auf ihn ein, ruft nach Hilfe. Paul bekommt kaum noch Luft, röchelt, läuft hochrot an, dann bläulich. Leonhard schreit, panisch, irgendwelche Leute kommen herbei, irgendjemand hat die Notrufnummer gewählt. Paul strampelt, kämpft, hängt schräg auf seinem Stuhl, seine Hände verkrampfen, zappeln in der Luft, verkrallen sich in der Tischdecke, dann in Leonhards Schultern. Endlich die Sirene, das Blaulicht, endlich. Sie lassen Leonhard mitfahren in die Klinik. Aber sie lassen ihn nicht hinein zu ihm, nicht in das Innere, nicht in den OP. Er sieht Paul hinter automatischen Türen verschwinden, nein, nicht Paul, nur einen Arm auf einer Decke, und einen Galgen, von dem Beutel, Röhren und Schläuche hinunterführen zu ihm, dorthin, wo er liegen muss und um sein Leben kämpft.

„Wer sind Sie?", fragt ihn eine Schwester.

Hier könne er nicht bleiben, sagt sie und schickt ihn weg, in einen endlos scheinenden Gang, einen Schlauch, dessen Ende sich öffnet zu einem trostlosen Niemandsland, in dem einige Bänke angeschraubt sind wie ungebetene Gäste. Leonhard setzt sich, wartet, bangt. Hofft. Alles zieht sich, dehnt sich, verliert sich. Niemand ist da außer ihm selbst und nichts rührt sich, die Wartezone ist wie ausgestorben, die Luft steht tot im Raum. Der neue Tag draußen, er beginnt nicht. Ein schlaffer Gummibaum welkt vor sich hin, jemand hat eine Raute mit der Warnung „dead end" auf die rote Sitzfläche neben ihm gekritzelt und „fuck the doc."

Er schließt die Augen, fängt an zu dösen, träumt von seinem See, zuhause, in seiner Stadt, von den Schilfwedeln und Trauerweiden am Ufer, von silbern glitzernden Funken, die im Wasser aufglimmen und verlöschen. Unversehens verwandelt sich der silbern schimmernde Glanz in einen schwarzen Schwarm wimmelnder Wesen. Ihm wird mulmig. Er fühlt sich bedroht, angeklagt, spürt, sie halten Gericht. Über ihn. Zu seiner Linken surrt eine bedrohliche Wolke aus Mücken, Motten, Schnaken, auf dem Boden kriecht eine Armada schleimiger

Schnecken, nackt teils, teils behaust, Maikäfer setzen sich in seinen Haaren fest, ein Spatz pickt in sein Ohr, klebrige Massen von Blattläusen überziehen Arme und Beine.

„Er hat mich mit einer Schere entzwei geschnitten, bei lebendigem Leibe, mitten durch meinen Körper“, klagt ihn die Schnecke an, „er hat mich mit seinen Fingern zerquetscht“, die Laus, „mich mit dem Luftgewehr erschossen“, der Spatz, „uns bei lebendigem Leibe verbrüht und den Hühnern zum Fraß vorgeworfen“, der Maikäfer, „zwischen den Händen zermalmt“, schreien die Motten. Hirsche röhren, Schweine schnauben, Rinder stampfen, Schafe blöken, Fische reißen ihre Mäuler auf, Gänse, Hühner, Enten zischen, krähen, quaken. „Er hat uns schlachten lassen und gefressen.“ Drei Mäuse nagen an seinem Fuß: „Er hat uns in einen Hinterhalt gelockt und das Genick gebrochen.“

Dann hört er sie zu seiner Rechten kommen. Viele. Viele. Tiere ohne Zahl. Aus der Luft, dem Wasser, der Erde. Sie erheben ihre Stimme.

„Er hat uns in seinen Bäumen und Hecken nisten lassen“, zwitschern die Vögel. „Wir wären verhungert, verdurstet, vertrocknet, hätte er uns nicht in seinem Haus gerettet und hinaus ins Freie getragen“, bezeugen dicke Brummmücken, fette Spinnen, summende Hummeln, pünktchengeschmückte Marienkäfer, durchsichtig schimmernde Libellen. „Er hat uns ein Insektenhotel aufgestellt“, loben ihn Wildbienen, Florfliegen, Schlupfwespen und Ohrwürmer. „Wir haben uns wohlgefühlt in seinem Gartenteich“, melden sich Kaulquappen, Molche, Schlammschnecken, Wasserflöhe und Bachflohkrebse. „Er war mein Freund“, sagt sein Hund.

Auf einmal ist er klein, ein Kind, hängt auf dem Rücken seiner Mutter, die sich vom Ufer löst und hinaus schwimmt ins tiefe Wasser. Er spürt ihren Körper und fühlt sich sicher. Es wird dunkel und er steht plötzlich in einem großen Raum, lauscht in die Finsternis, hört einen chinesischen Klingelton, weiß, jemand ist hinter ihm, verfolgt ihn. Er will fliehen, aber er kommt nicht weg. Da erinnert er sich, dass er vom Boden abheben kann, gegen alle Gesetze der Schwerkraft. Er versucht es, fühlt sich leicht und schwebt, erst nur ein paar Zentimeter, dann höher. Er schwebt bis unter die Decke und dann, durch das weit geöffnete Fenster, fliegt er hinaus ins Freie, fliegt.

Ende

Auf ein letztes Wort

Es hätte kein erstes Wort in dieses Buch gefunden

ohne Christel, die wieder zusammengefügt hat, was zusammengehört, unsere Freundschaft nämlich,
ohne Janny, wunderbare Muse auch und liebevolle Kritikerin, die uns nicht nur Elfriede und Rolli hat zufliegen lassen,
ohne Anke, mit der überhaupt alles begonnen hat in der Bretagne, in Carnac und Saint Philibert,
ohne Claudio und Beba, mit denen wir in Bologna am Küchentisch sitzen durften, vor Jahren,
ohne unsere Kinder und unseren Enkel,
denen wir diese Geschichte widmen.

Es wären stümperhafte Worte geworden

ohne das profunde Wissen von Joachim Schulz von der Firma Fisch-Brenner, Frankfurter Fischhallen, Vorsitzender des Fischfachhandels in Hessen, der zusammen mit seinem Sohn einen Fischgroßhandel betreibt und alles weiß, auch über Wolfsbarsch und Dorade,
ohne André Nikolaus, Chefredakteur des FischMagazins in Hamburg, der uns kollegial sein Fischnetz zugeworfen hat,
ohne Claudia Guske, Pressereferentin bei der Vertretung der Europäischen Kommission in Deutschland in Berlin, die verhindert hat, dass wir falsche Türen eintreten, und geholfen, in die richtigen zu finden,
ohne Dr. Kay Beese vom Generaldirektorat für Gesundheit und Verbraucher der Europäischen Kommission, der uns sachkundig und kompetent durch Brüsseler Wirrnisse gelotst hat,

ohne die Pressestelle von Europol in Den Haag, die uns stets versorgt mit dem Stoff, aus dem Kriminalromane sind, ohne das Internet, das alles weiß und in dem nichts sicher ist.

Es wären vollkommen unvollkommene Worte geblieben

ohne die Kommentare von Almut Baumgarten, selbst Autorin und für ihr Drama „Tank“ ausgezeichnet mit dem Else Lasker-Schüler Stücke-Preis, die sich dafür hat gewinnen lassen, unserem Text die Lektorin zu sein. Wo er besser geworden ist, verdanken wir es ihr. Wo er noch Mängel hat, konnte sie es nicht verhindern.
Ohne Elke Baade, die ebenso gnadenlose wie erfolgreiche Jägerin falscher Buchstaben und Zeichen.
Und nicht zuletzt ohne Nina Sangenstedt,
die auch Worten zu Gestalt verhilft, innen und außen.

RoMo und UHu, im Sommer 2015